BLUTMARIECHEN

THRILLER

MARTINA STRATEN

1. Auflage 2020

Siedlungsstrasse 28
54421 Reinsfeld

ISBN 978-3-9822250-1-2

Lektorat und Korrektorat: Anna Albrecht

Covergestaltung: generation4.

Covermotiv: stock.adobe.com
by tinyakov
Datei-Nr.: 297820458

Kontakt: martina.straten@yahoo.com

Über das Buch

Simon Berger ist ein unscheinbarer Mann.
Er hat eine Familie, ein kleines Haus, einen Job und er hat ein schreckliches Geheimnis:
Er tötet Tänzerinnen und seinen Hass auf Mädchen, die das Tanzen lieben, kann er nicht kontrollieren.
Zuerst beobachtet er sie beim Ballett, in der Disco, beim Bauchtanz und dann schlägt er zu.
Er will ihren letzten Tanz!
Der Grund für seinen Blutrausch ist tief in seiner Seele verborgen.
Doch je mehr er danach gräbt, desto grausamer werden seine Taten.

Und dann tanzt Anna …

Über die Autorin

Martina Straten, geboren in Düsseldorf, ist Journalistin und Germanistin.
Als Radiomoderatorin arbeitete sie unter anderem bei RTL RADIO in Luxembourg und Radio Salü in Saarbrücken, wo sie heute noch die erfolgreiche »Martina Straten Show« moderiert.
2018 und 2019 veröffentlichte sie ihre beiden Bestseller-Thriller »Weiß, weiß, Totenkreis« und »Blau, blau, tot die Frau« – eine Reihe um die sympathische Hauptkommissarin Franziska Merten.
Martina Straten lebt mit ihrem Mann, ihrer Tochter und drei Hunden am Rande des Hunsrücks.

Für meine Tochter Lilith, die ich unendlich liebe und die das schönste Geschenk meines Lebens ist.

Tanz immer weiter, mein Liebling!

You are the dancing queen
Young and sweet
Only seventeen
Dancing queen
Feel the beat from the tambourine, oh yeah
You can dance
You can jive
Having the time of your life
Ooh, see that girl
Watch that scene
Dig in the dancing queen

(Abba 1976)

Simon 2019

Für Geld kann man sogar den Teufel tanzen lassen.

(Meng-Tzu, 372 v. Chr. - 289 v. Chr., chinesischer Philosoph)

Es war kalt an diesem Februarmorgen.

Die Autos waren mit einer dicken Eisschicht überzogen.

Minus fünf Grad.

Für Köln ungewöhnlich, aber dieser Winter hatte die Domstadt fest im Griff.

Simon zog die Haustür leise zu, um Sophia und die Kinder nicht zu wecken.

Es war erst kurz nach sechs.

Er begann seinen Arbeitstag gerne früh, dann konnte er zeitig Feierabend machen und mit seiner Familie zu Abend essen.

Er liebte es, wenn seine Mädchen von ihrem Tag sprachen.

Mia war jetzt in der ersten Klasse und hatte immer viel zu erzählen von der Schule, ihren Freundinnen und der Klassenlehrerin, die sie so sehr mochte.

Luisa war vier, ging noch in den Kindergarten, aber auch ihr Tag war ausgefüllt mit Spielplätzen, Kinderturnen und musikalischer Früherziehung.

Seine Frau Sophia war zu Hause.

Sie hatte ihren Beruf als Sachbearbeiterin einer mittelgroßen Firma aufgegeben, als sich die erste Tochter ankündigte, und Simon war stolz darauf, dass sie bei dem Kind bleiben konnte und er genug Geld für sie alle verdiente.

Sogar genug, um sich das kleine Reihenhaus am Stadion leisten zu können.

Sie hatten es vor vier Jahren gekauft und selbst renoviert.
Die Raten waren heftig und Wochenendtrips und Babysitter waren seitdem nicht mehr drin, aber einen Urlaub in einem Dreisternehotel leisteten sie sich noch jeden Sommer.
Im Garten hatten sie Kaninchen.
Und sie hatten den Kachelofen, von dem sie schon jahrelang geträumt hatten.
Er ließ das Auto stehen, damit Sophia die Kinder damit zur Schule und in die Kita bringen konnte, und ging an die S-Bahn-Haltestelle.
Neun Stationen zu seinem Arbeitsplatz.
Er war Steuerberater in einer Kanzlei am Zülpicher Platz.
Er mochte seinen Job.
Übersichtlich, klar, strukturiert.
Gut, manchmal langweilte er sich, aber um nichts in der Welt hätte er eine andere Arbeit haben wollen.
Er brauchte Planbarkeit und er hasste nichts mehr als Kontrollverlust.
Das lag wohl an seiner Kindheit, denn damals hatte er im völligen Chaos gelebt.
Er fröstelte und schlug den Kragen seines grauen Mantels hoch.
Es war wirklich kalt an diesem Montagmorgen, zwei Wochen vor Karneval.
Der schwarze Aktenkoffer schlug leicht gegen seine Beine, als er den Schritt beschleunigte.
Sie fiel ihm sofort auf, als er die Haltestelle erreichte.
Unmerklich zuckte er zusammen und fühlte das Blut in seinen Ohren rauschen.
Das Mädchen war höchstens sechzehn Jahre alt.
Lange, blonde Locken fielen über ihre Schultern.

Ihre Beine wirkten endlos in den hautfarbenen Strumpfhosen und den weißen Halbstiefeln.
Sie trug die Garde-Uniform der Blauen Funken.
Einen kurzen, blau-weißen Rock, ein blaues Oberteil mit weißen Stulpen, die bis über ihre Hände liefen, und den Hut mit blauen und weißen Federn.
Sie stand gebückt an dem schmalen Grünstreifen der Haltestelle.
Außer ihr saß noch eine ältere Frau auf der Bank unter der Überdachung und ein etwa zwölfjähriger Junge stampfte von einem Bein auf das andere, um sich durch die Bewegung zu wärmen.
Simon zögerte.
Sein erster Impuls war, sie anzusprechen.
Aber das war nicht geplant.
Er hatte sich geschworen, es nie wieder zu tun.
Dieser Schwur war jetzt acht Jahre alt und er war so stolz auf sich gewesen, dass er sich daran gehalten hatte, dass er die Kontrolle behalten hatte.
Und jetzt dieses Mädchen.
Er blieb mit etwas Abstand zu ihr stehen und beobachtete sie.
Ihr Blick glitt suchend über das braune, gefrorene Gras.
Ab und zu beugte sie sich weiter vor, zog dann ihren Oberkörper wieder zurück.
Schritt für Schritt ging sie so vorwärts und entfernte sich weiter von der Stelle, an der die Bahn halten würde.
Simon warf einen Blick auf die Uhr.
Noch vier Minuten bis die Straßenbahn einfuhr.
Plötzlich wurde ihm warm.
Kleine Schweißtropfen bildeten sich auf seiner Stirn.

Er starrte auf ihren Rücken und auf die Rüschen an ihrem Rocksaum, die nur ganz knapp ihren Po bedeckten.
Ganz gerade waren ihre Beine und die Strumpfhose ließ sie gebräunt erscheinen.
Die weißen Stiefel mit dem kleinen Absatz verlängerten sie optisch.
Tanzstiefel.
Simon atmete heftig.
Er stellte sich vor, wie diese Beine im Takt der Musik stampften.
Wie die Knie angezogen wurden, abwechselnd zum Dröhnen der Karnevalsmusik.
Er konnte förmlich sehen, wie sie sich drehte und im Spagat auf dem Parkett landete.
Tanz, Mariechen, tanz!
Etwas in ihm setzte aus und er ging mit schnellen Schritten auf das Mädchen zu.
»Suchen Sie etwas?«
Sie sah auf und lächelte ihn an.
»Ich habe hier gestern Abend mein Armband verloren. Das muss passiert sein, als ich die Jacke angezogen habe. In der Bahn hatte ich es noch – zu Hause nicht mehr. Das ärgert mich so, ich habe es von meiner Mutter geschenkt bekommen.«
Ihre Stimme war hell und ohne den rheinischen Singsang.
»Das ist wirklich dumm.« Simon bemühte sich, nicht mehr auf ihre Beine zu starren. Ihr Gesicht war noch ganz kindlich unter den blonden Locken.
»Frieren Sie nicht in der Uniform?«
Sie lächelte.
»Nein, ich bin daran gewöhnt. Ich tanze in der Garde seitdem ich vier bin und Karneval ist nun mal immer im Winter.«

»Und so früh gehen Sie schon zum Tanzen?«

»Wir proben heute um 7.00 Uhr, noch vor der Schule, der Countdown läuft, in zwei Wochen ist Rosenmontag!«

Simon bückte sich. Er war jetzt direkt neben ihr und konnte ihren feinen Duft riechen.

»Ich dachte, ich hätte etwas glitzern gesehen, aber es war nur ein Kaugummipapier.«

Er richtete sich wieder auf.

»Das ist nett, dass Sie mir helfen, aber ich glaube, wir finden das Armband nicht mehr.«

Sie klang trostlos.

Ihm war schwindelig.

Das war zu viel für ihn. Seine Gedanken rasten.

Er durfte es nicht mehr tun, beim letzten Mal war es sehr eng für ihn geworden.

Er musste an Sophia und die Kinder denken. Das konnte er ihnen nicht antun.

Wieder fiel sein Blick auf die weißen Stiefel.

»Meine Bahn geht erst in zehn Minuten«, hörte er sich sagen. »Ich kann ja noch etwas weitersuchen und wenn ich das Armband finde, melde ich mich bei Ihnen. Es scheint Ihnen wichtig zu sein.«

»Meine Mutter ist sehr krank und vielleicht war das das letzte Geschenk, was ich von ihr bekommen habe.« Ihre Stimme brach und sie hatte Tränen in den Augen.

»Das tut mir leid. Ich kenne das, ich habe meine Mutter auch erst vor Kurzem verloren.«

Simon wunderte sich, wie leicht diese Lüge über seine Lippen ging.

Seine Mutter war vor über zwanzig Jahren gestorben. An einer Überdosis. Und er war froh gewesen, dass sie aus seinem Leben verschwunden war.
Das Mädchen sah ihn an.
Ihre Augen waren blau, so blau.
Das Kostüm, die Locken, der schöne Mund, alles war eine Einheit.
Ein Gardemädchen wie gemalt.
»Woran ist sie gestorben?«
»An Krebs.«
»Meine Mutter hat Brustkrebs. Er kommt immer wieder. Sie macht gerade die vierte Chemo. Sie hat keine Haare mehr und sie weint viel. Sie ist sehr schwach, wissen Sie.«
»Haben Sie noch Geschwister?«
»Nein, ich bin Einzelkind. Meine Eltern leben nicht zusammen. Meine Mum ist mein Ein und Alles.«
»Sie wird das schaffen. Es gibt doch heute ganz neue Therapien.«
Von Weitem hörte er die Bahn einfahren.
Ihm wurde wieder heiß. Die Zeit drängte.
»Ich suche noch ein bisschen, wollen Sie mir Ihre Telefonnummer geben? Ich melde mich, wenn ich das Armband finde.«
Das Mädchen zögerte … aber nur einen Augenblick. Sie sah in seine Augen und er bemühte sich, unverbindlich und freundlich zurückzuschauen.
Sie lächelte.
»Uns verbindet ja eine ganze Menge«, sagte sie und öffnete ihre große Umhängetasche, zog einen Zettel und einen Stift heraus und schrieb eine Nummer auf das Blatt.
Es quietschte. Die Bahn stand.
Sie drückte ihm den Zettel in die Hand und lief auf die Türen der S-Bahn zu.

»Vielleicht finden Sie es ja. Ich wäre unheimlich froh. Ich heiße Anna!«, rief sie ihm zu.

Er starrte ihr nach. Sah das blau-weiße Röckchen wippen.

Ihre langen Beine die Stufen hoch hasten.

Die Türen schlossen sich und er konnte ihr Gesicht hinter den beschlagenen Scheiben immer noch sehen.

Sie winkte ihm.

Er bewegte sich nicht.

Die Bahn fuhr an und rollte an ihm vorbei.

Er atmete langsam ein und aus und versuchte, sich zu beruhigen.

Der Bahnsteig war menschenleer.

Wie in Trance wandte er sich wieder der Grasnarbe zu.

Beugte sein Gesicht tief hinunter. Die Dunkelheit machte es ihm schwer, etwas zu erkennen.

Schritt für Schritt ging er in Richtung der Überdachung zurück, wo eben noch die alte Frau gesessen hatte.

Wenn ich es nicht finde, ist alles gut. Ich werfe den Zettel weg und denke nicht mehr daran. Aber wenn ich es finde …

Er verbot sich, weiterzudenken.

Plötzlich sah er etwas blitzen.

Halb verdeckt von einem Büschel erfrorenem Löwenzahn.

Er griff danach und zog ein schimmerndes Armband nach oben.

Eine schmale, runde Panzerkette. Darauf aufgefädelt ein silbernes Herz.

Der Verschluss war geöffnet.

Seine Hand krampfte sich um das Schmuckstück.

Er hielt den Atem an und warf einen Blick auf den Zettel.

Eine hastig dahin gekritzelte Telefonnummer.

»Anna«, flüsterte er. »Mein Gardemädchen.«

Anna 2019

Nur wenn ich tanze, kann ich mich völlig frei fühlen.
(Madonna, Sängerin, Tänzerin und Schauspielerin)

Vorsichtig steckte sie den Schlüssel ins Schloss.
Sie bemühte sich, so wenige Geräusche wie möglich zu machen.
Vielleicht war ihre Mum ja auf dem alten, roten Sofa eingeschlafen.
Es war kurz nach 18.00 Uhr, aber ihre Mutter war oft so müde.
Sie hoffte, dass sie heute wenigstens etwas gegessen hatte.
Gestern hatte Anna für ein paar Tage vorgekocht.
So machte sie es meistens, um nicht jeden Tag in der Küche stehen zu müssen.
Sie fror das Essen in kleinen Portionen ein.
Die Ärzte im Brustkrebszentrum hatten ihr erklärt, wie wichtig es sei, dass ihre Mutter gesunde Mahlzeiten bekam.
Heute sollte ihre Mum frisches Gemüse und ein kleines Putensteak mit Reis gegessen haben.
Aber in dem kleinen, engen Flur roch es nicht nach Essen.
Nur nach abgestandener Luft.
Anna zog ihre Schuhe aus und stellte die Tasche mit dem Gardekostüm vor die alte Truhe.
Es war ein langer Tag gewesen.
Erst die Probe, dann acht Stunden Schule und nachmittags noch mal zum Tanzen.
Die letzten Wochen vor Karneval kosteten immer Kraft, aber in diesem Jahr war es besonders schlimm.

Sie machte in zwei Jahren Abitur und das Gymnasium verlangte viel von ihr ab.

Das Lernen fiel ihr nicht leicht. Sie brauchte lange, um sich Zusammenhänge zu merken, und vor allem in Mathematik und Chemie stand sie ständig auf der Kippe.

Aber sie hatte versprochen, dass sie es schaffen würde.

Und sie hielt ihre Versprechen, immer.

Ihrer Mutter war es wichtig.

Sie wollte, dass ihr Kind eine gute Schulbildung bekam.

Anna sollte selbstständig sein und ihr eigenes Geld verdienen, in einem Beruf, den sie liebte und der sie finanziell unabhängig machte.

Anna war nicht sicher, ob sie studieren wollte.

Vielleicht würde sie auch einfach nur eine Ausbildung machen.

Dann würde sie schneller etwas verdienen und könnte ihre Mutter finanziell unterstützen.

Sie schob den Gedanken weg und betrat vorsichtig das winzige Wohnzimmer.

Nur eine Leselampe erhellte den Raum und wie erwartet, lag ihre Mutter schlafend auf der Couch.

Sie blickte in das vertraute Gesicht, das jetzt so schutzlos da lag.

Aufgedunsen war es von den Medikamenten, leicht gerötet und ohne die langen, blonden Haare, die es sonst umrahmt hatten.

Die weiche Mütze war vom Kopf gerutscht und Anna konnte die Glatze sehen.

Die Haut schimmerte glatt wie die eines Babys.

»Mum?«

Keine Antwort.

Anna war froh, dass sie die tiefen Atemzüge ihrer Mutter hören konnte.

Sie hatte seit Monaten Angst davor, nach Hause zu kommen und ihre Mutter tot vorzufinden. Sie war so zerbrechlich.

»Mama?«

Die Frau auf dem Sofa bewegte sich.

»Da bist du ja, mein Schatz. Ich muss wieder eingeschlafen sein.«

»Hast du was gegessen, Mama?«

Sie ließ sich auf dem kleinen Korbsessel nieder und streichelte die dünne Hand ihrer Mutter.

»Ich konnte nicht, Kind. Mir war so schlecht heute Mittag und ich hatte Angst, dass ich das gute Essen wieder ausspucke.«

Anna seufzte.

»Dann mach ich uns jetzt etwas warm und wir essen zusammen.«

»Warte … bleib erst noch etwas bei mir sitzen und erzähle mir von deinem Tag. Wie war es bei der Garde?«

»Gut. Wir kommen voran, aber diese letzte Hebefigur sitzt noch nicht und wir haben morgen Abend wieder Auftritt.«

»Das schafft ihr schon. Das habt ihr bis jetzt immer geschafft. Ich würde dich so gerne tanzen sehen dieses Jahr …«

»Das ist keine so gute Idee, Mama. Da ist es laut, heiß und voll in den Hallen und wir hetzen von einem Auftritt zum anderen. Das weißt du doch. Es ist hektisch und anstrengend. Ich zeige dir Videos, versprochen.«

Annas Mutter antwortete nicht, aber das Mädchen wusste, wie schwer es ihr fiel, nicht dabei zu sein.

In all den Jahren hatte ihre Mutter sie immer zu den Veranstaltungen begleitet.

Sie war selbst in der Garde gewesen und hatte die Mädchen in den ersten Jahren sogar trainiert.

Jutta Feldhoff brannte für den Kölner Karneval, bis der Krebs in ihr wütete.

Sie hatte den Vater ihrer Tochter an einem Rosenmontag in einer kleinen Kneipe im Viertel kennengelernt. Lange waren die beiden nicht zusammen gewesen und die Trennung hatte ihr stark zugesetzt. Aber er hatte ihr ihre Tochter geschenkt und dafür hatte sich alles in ihrem Leben gelohnt.

Anna dachte gerne an die Zeit zurück, als sie mit ihrer Mutter die ersten Tanzschritte lernte. Das erste Rad schlug sie mit drei und den ersten Spagat schaffte sie mit vier. Der Karneval war für die beiden eine Art Familie gewesen.

Man kannte sich, man vertraute sich, alle Freunde trafen sich hier.

Aber als die Krankheit kam, wurden die Freunde weniger.

Zwar wurde ihnen immer wieder Hilfe angeboten und die Blauen Funken sammelten sogar Geld für Jutta. Das half auch. Aber die Einsamkeit blieb trotzdem.

Jutta bestand damals darauf, dass ihre Tochter weitertanzte.

Und Anna tanzte.

Manchmal mit Tränen in den Augen.

Manchmal mit Wut im Bauch.

Aber sie tanzte und wenn sie die typische Musik hörte, fühlte sie sich zu Hause.

Denn wenn et Trömmelche jeht … dann stonn mer all parat … un mer trecke durch die Stadt … un jeder hätt gesaat … Kölle Alaaf, Alaaf – Kölle Alaaf!

Anna lächelte, als sie ihre Mutter das alte Lied summen hörte.

»Ich mache uns jetzt etwas zu essen, Mama, aber du musst auch wirklich essen. Das ist so wichtig …«

»Ich weiß, Kind, ich versuche es ja.«

Das Mädchen erhob sich und ging die wenigen Schritte bis zu der kleinen Küche.

Eine Viertelstunde später stand das Essen auf dem Tisch.

Anna sah ihrer Mutter zu, wie sie winzige Bissen Putenfleisch in ihrem Mund hin- und herbewegte.
Es dauerte lange, bis Jutta schlucken konnte.
Die Chemotherapie hatte ihre Schleimhäute angegriffen und das Essen bereitete ihr Höllenqualen.
Aber sie schlug sich tapfer und versuchte, sich nichts anmerken zu lassen.
Anna schwieg und räumte den Tisch ab.
»Ich muss noch lernen, Mama, brauchst du noch was?«
»Ach, ich dachte, du guckst einen Film mit mir … da kommt eine ganz romantische Liebesgeschichte im Fernsehen. Komm, Mäuschen, wir machen es uns gemütlich …«
»Das geht nicht, Mama, ich muss noch Geschichte vorbereiten, wir haben morgen einen Test.«
Sie sah das enttäuschte Gesicht ihrer Mutter und zögerte.
Den ganzen Tag war Jutta alleine gewesen.
In dieser winzigen Bude.
Anna stiegen die Tränen in die Augen.
»Na gut. Ich mache uns einen Tee und wir gucken zusammen, Mama. Für den Test lerne ich danach.«
Jutta strahlte.
»Machst du mir Salbeitee? Das tut meinem Rachen so gut.«
»Klar, Mama.«
»Du bist das Beste, was mir in meinem Leben passiert ist, weißt du das, Kind?«
Die Frauen umarmten sich und Anna roch den vertrauten Mama-Duft.
»Das weiß ich, Mum, das weiß ich.«

Die Musik hämmerte in Annas Kopf.

Es war 7.20 Uhr und wieder stand sie in der kalten Turnhalle mit den anderen Mädchen.
Sie konzentrierte sich auf die Kommandos der Trainerin.
Aber sie war müde heute Morgen.
Nach dem Film hatte sie noch bis 0.30 Uhr gelernt und um 6.00 Uhr ging wieder der Wecker.
Ihre Beine tanzten ganz automatisch.
Hoch, runter, hoch, runter, halbe Drehung links, Arme seitwärts, wieder hoch, runter, hoch …
Ihr Atem ging keuchend.
Das, was für andere vor dem Fernseher so leicht und beschwingt aussah, war Hochleistungssport.
Jetzt formierte sich die Gruppe für die letzte Hebefigur.
Die Mädchen tanzten in einer Doppelreihe und bewegten sich zügig auf die Mitte zu.
Jenny, Annas beste Freundin, machte sich bereit.
Sie sprang.
Hoch oben stand sie auf den Schultern der anderen.
Der Turm aus Körpern begann, zu wackeln.
»Und halten, halten, HALTEN!«
Die Stimme der Trainerin überschlug sich.
Jenny stürzte.
Anna hielt den Atem an.
»Scheiße!«
Jenny berappelte sich sofort und rief:
»Nix passiert! Alles gut! Nichts gebrochen oder kaputt!«
Die strenge Stimme von Petra Mais hallte durch den Raum.
»Also, ich weiß ja nicht, wie ihr euch das vorstellt. Heute Abend ist Auftritt und diese beschissene Hebefigur klappt immer noch nicht!«

Betretenes Schweigen.
Die Mädchen scharrten mit den Füßen und sahen sich ratlos an.
»Verdammt, verdammt, verdammt!«, fluchte Petra weiter. »Das ist doch gar nicht so schwer. Corinna, du verlagerst das Gewicht falsch! Nina, du musst auf beiden Beinen stehen! Jenny, wenn du da oben so rumwackelst, kann dich niemand halten!«
»Vielleicht sollten wir die Figur heute Abend weglassen.«
Jennys Stimme klang trotzig.
»Weglassen? Spinnst du? Wir sind hier bei den Blauen Funken und nicht bei irgendeinem drittklassigen Verein aus Bergheim! Los jetzt! Noch mal! Und heute Abend sehen wir uns um 17.00 Uhr. Wir proben, bis das sitzt, und um 21.47 Uhr ist der Auftritt.«
Die Mädchen stöhnten, aber sie gehorchten. Sie waren es gewohnt, dass es rau zuging bei den Proben. Vor allem in den letzten Wochen waren die Nerven bis zum Zerreißen gespannt.
Anna rechnete im Kopf die Zeitfenster aus, die sie hatte.
Schule bis 13.30 Uhr. Dann schnell zu Hause nach ihrer Mutter gucken. Die Schulaufgaben für Mathe machen. Dafür brauchte sie mindestens eine Stunde. Essen musste sie auch noch was. Die Bahn um 16.25 Uhr erwischen, damit sie um 17.00 Uhr wieder in der Halle sein konnte. Die Auftrittssachen musste sie mitnehmen. Sie würde es nicht noch mal an diesem Tag nach Hause schaffen.
Probe bis mindestens 18.30 Uhr und um 20.30 Uhr Treffpunkt vor der Halle, um zum Auftritt zu fahren.
Die zwei Stunden dazwischen konnte sie nutzen, um noch etwas auszuruhen.
Sie verstand sich gut mit dem Hausmeister und der würde nichts dagegen haben, wenn sie sich im Foyer auf dem Boden ausbreitete, um über das Handy ein bisschen Musik zu hören oder ein Video anzusehen.

Anna lächelte, als Jenny ihr einen Becher mit Kaffee reichte.
Die beiden waren seit Kindertagen befreundet.
Sie hatten zusammen in der Garde angefangen, als sie gerade vier Jahre alt waren.
In Annas Leben gab es niemanden, außer ihrer Mutter, der ihr so vertraut war wie Jenny.
Mit ihr hatte sie die ersten Tanzschritte gemacht.
Mit ihr war sie zusammen in die Grundschule gegangen.
Sie hatten den ersten Lippenstift geteilt und den ersten Liebeskummer.
Jenny war ein Zuhause.
»Danke, den brauche ich jetzt.« Anna nippte an dem heißen Getränk.
»Das war eine Probe, wie ich sie liebe!« Jenny ließ sich auf eine der harten Bänke in der Umkleidekabine gleiten. »Die hatte aber auch eine miserable Laune, die Petra«, meckerte sie weiter.
»Na ja, es klappt auch nicht so gut …«
»Stimmt.« Jenny warf den leeren Pappbecher in hohem Bogen in einen Mülleimer. »Trotzdem kann sie netter sein. Mit Druck wird das gar nichts heute Abend.«
Anna zuckte mit den Schultern. Sie war sich sicher, dass der Auftritt später ein voller Erfolg werden würde.
So war es bisher immer gewesen.
Das Adrenalin, das durch ihre Adern rauschen würde, sorgte dafür.
Sie lächelte Jenny an: »Erzähl mir: Wie läuft es mit Tim?«
Tim war Jennys erster Freund – zumindest der erste, bei dem sie es ernst zu meinen schien.
Sie war seit drei Monaten verliebt in den Abiturienten und nutzte jede Minute, um ihn zu sehen.

»Sehr gut! Ich bin nur genervt von dem ganzen Stress hier. Die Garde, die Schule und Tim – das ist ein bisschen viel. Nächstes Jahr steige ich aus dem Tanzen aus – aber sag es noch keinem. Ich habe keine Lust mehr und dann die Auftritte in der Saison bis spätabends und am nächsten Morgen in die Schule. Echt, Anna, das ist mir zu viel.«
Anna nickte. Sie hatte sich auch schon überlegt, aufzuhören. Aber andererseits liebte sie das Tanzen. Sie konnte sich nicht vorstellen, ohne die Garde zu leben.
Jenny plapperte weiter.
»Weißt du, wir sind ganz kurz davor. Wir wollen endlich das erste Mal miteinander schlafen. Noch traue ich mich nicht richtig und der Zeitpunkt stimmt auch nie. Aber ich nehme jetzt die Pille und Tim hat nächstes Wochenende sturmfreie Bude!«
»Nächstes Wochenende sind Auftritte.« Anna grinste. »Da werdet ihr wohl noch bis nach Karneval warten müssen.«
»Vergiss es! Ich lasse mir doch nicht von der jecken Zeit mein Leben diktieren! Was ist überhaupt mit dir? Immer noch kein Anzeichen von Verliebtheit. Mein Gott, Anna, du bist sechzehn! Da wird es auch Zeit für dein erstes Mal!«
Anna errötete.
»Quatsch! Ich habe alle Zeit der Welt. Und außerdem muss ja auch erst der Richtige auftauchen.«
»Wo willst du den finden? Im Elferrat?«
Anna kicherte.
Jenny redete weiter und ließ ihren Gedanken freien Lauf:
»Die sind doch alle schon fast scheintot! Im Ernst: Manchmal denke ich, es wäre besser, das erste Mal mit jemand zu erleben, in den man nicht verliebt ist. Dann hat man es hinter sich und ist viel freier, wenn man dann einen festen Freund hat.«

Anna wurde das Gespräch unangenehm.
Sie hatte keine Lust, mit Jenny über Sex zu reden.
Ihr Kopf war voll mit den Sorgen um ihre Mutter, der Garde und der Schule. Manchmal wünschte sie sich ganz weit weg.
Alleine.
Ohne Verpflichtungen.
Aber kaum waren diese Gedanken in ihrem Kopf, hatte sie auch schon ein schlechtes Gewissen ihrer Mutter gegenüber.
»Ich muss los, Jenny. Danke für den Kaffee. Sehen wir uns nach der Nachmittagsprobe? Wollen wir zusammen lernen, bis wir abgeholt werden?«
»Nee, ich treffe mich mit Tim im Starbucks. Wenigstens für zwei Stunden möchte ich ihn heute sehen.«
»Das verstehe ich. Grüß ihn von mir.«
»Mach ich. Hast du eigentlich dein Armband wiedergefunden?«
»Nein.« Anna klang traurig. »Das ist weg. Das tut mir wirklich weh. Ich habe es von Mum.«
Jenny nickte mitfühlend. Sie kannte Jutta Feldhoff gut. Früher hatte sie mit ihr trainiert und oft war sie bei Anna und ihrer Mutter zu Hause gewesen. Dass Annas Mutter sterben würde, ließ sie innerlich erstarren. Sie konnte kaum mit ihrer Freundin darüber reden, so gerne sie es auch wollte. Und sie war ganz sicher, dass Jutta die nächsten Monate nicht überleben würde. Darüber sprach der ganze Verein. Jenny hatte sogar schon ihre Eltern gefragt, ob Anna dann nicht zu ihnen ziehen könnte, bis sie volljährig wäre.
»Tut mir leid, Anna. Ich …«
»Schon gut«, unterbrach Anna sie. »Du musst nichts sagen. Es ist eben weg und ich habe furchtbare Angst, dass meine Mum bald auch weg sein wird.«

Anna drehte sich abrupt um und ließ ihre beste Freundin stehen.

Sie wollte nicht, dass Jenny sie weinen sah.

Hastig trat sie aus der Turnhalle in die kalte Winterluft.

Die Tränen in ihrem Gesicht fühlten sich an wie Eisspuren.

Wie bei der Eiskönigin. Hätte ich nur auch ein Herz aus Eis, dann würde ich nichts mehr fühlen. Dann täte mir nichts mehr weh, dachte sie.

In der Halle war es laut und heiß.

Mindestens 500 Menschen drängten sich vor der Bühne und um die Theken.

Die Luft stand.

Es roch nach schalem Bier und Schweiß.

Die Stimmen klangen schon heiser, obwohl die Sitzung erst vor einer Stunde begonnen hatte.

Es wurde gesungen, gelacht, geflirtet und getanzt.

Köln war seit Wochen wie im Fieber und langsam steuerte die Stadt ihrem Höhepunkt entgegen.

In der ersten Reihe schob gerade ein Pirat seine Hand in den Ausschnitt einer Fee.

Auf der anderen Seite kotzte ein Cowboy in den Gang vor den Toiletten.

Anna beobachtete das Treiben durch ein Guckloch in dem schwarzen Vorhang.

In der Bütt stand der »Jecke Jupp«, der von Jahr zu Jahr schlechter wurde.

Seine besten Zeiten hatte er in den Achtzigern erlebt. Da konnte er sich vor Auftritten kaum retten. Man sagte, er wäre Millionär gewesen. Aber heute, über dreißig Jahre später, wurde er nur noch selten gebucht. Meist aus Mitleid. Denn der Karneval in Köln vergisst niemanden.

Aber seine Gags waren nicht mehr gut und er war schon lange nicht mehr so witzig wie früher.

Auch heute Abend hörte ihm kaum jemand zu.

Anna sah, dass die Menschen miteinander zu sprechen begannen. Sie lachten laut … aber nicht wegen Jupp, sondern weil sie sich auch ohne ihn bestens amüsierten.

Sie fuhr zusammen, als Petra hinter der Bühne in die Hände klatschte.

»Planänderung. Die schlafen ein da unten. Wir marschieren von vorne auf die Bühne. Los Mädels, Abflug. Raus und vorne in die Halle wieder rein. Die Security weiß Bescheid.«

Anna fluchte innerlich. Sie hasste es, durch die Menschenmassen auf die Bühne zu tanzen.

Es war eng, es roch fürchterlich und trotz der vier Bodyguards konnte nicht verhindert werden, dass die Mädchen vom Publikum betatscht wurden.

Aber sie wusste, dass jetzt nicht die Zeit für Diskussionen mit der Trainerin war, denn sie stand unter Strom. Die letzte Hebefigur hatte im Nachmittagstraining schon wieder nicht geklappt und langsam hatte auch Anna Zweifel daran, dass der Menschenturm heute Abend halten würde.

Sie traten aus der überhitzten Halle heraus in die Frostluft.

Es hatte zu schneien begonnen und die Autos auf dem großen Parkplatz waren schon kaum noch zu sehen.

Im Laufschritt rannten sie um die Halle herum bis zum Vordereingang.

Dort formierten sie sich.

Keine Sekunde zu früh, denn sie konnten schon die Verabschiedung von Jupp hören. Ein verhaltener Applaus und ein ruhiges »Kölle Alaaf« begleiteten ihn.

Kein Zweifel, Petra hatte recht. Das Publikum war genervt.

Der Elferratspräsident kündigte die Tanzgruppe an.

Ihre Musik setzte ein und sofort standen die Menschen und sprangen begeistert auf und ab.

Die achtzehn Mädchen rissen die Beine hoch.

Stolz, die rechte Hand an der linken Hutkrempe, marschierten sie ein.

Anna kam immer wieder aus dem Tritt.

Sie war mit Jenny in der ersten Reihe, aber sie mussten ständig stoppen, weil sich die Besucher vor ihnen in den Weg stellten.

»Ahh – wat lecker Määdsche!«

Anna fühlte eine Hand an ihrem Arm.

Einer der Bodyguards reagierte sofort und zog den Mann zur Seite.

Sie ekelte sich.

Vielleicht hatte Jenny doch recht und sie sollten Schluss machen mit dem Ganzen hier.

Aber dann standen sie oben.

Die von Petra sorgfältig ausgesuchte Musik dröhnte und schon war Anna ganz in ihrem Element.

Sie warf ihre Beine hoch.

Achtete auf die anderen, um den gleichen Rhythmus und Schritt zu halten, und stemmte die Hände in die Seite.

Sie war stolz, als sie die komplizierte Achterschleife ohne Fehler hinbekamen. Und als die Marschmusik dann langsam in den Hit »Kölle, du bes e Jeföhl« überging, wurde Anna warm ums Herz und sie lächelte atemlos zu Jenny herüber.

Auch Jenny strahlte und in diesem Moment fühlte Anna eine tiefe Verbundenheit zu ihrer besten Freundin.

Nichts konnte sie so zu einer Einheit machen wie der Tanz.

Keine Schule, keine intensiven Gespräche und auch keine Jungs.
Sie bildeten mit den anderen eine Reihe und bemerkten noch nicht einmal den tosenden Applaus, als sie nebeneinander exakt dieselben Schritte ausführten, die Beine in der gleichen Höhe in die Luft warfen und sich dabei um sich selbst drehten.
Dann kam der spannende Moment.
Die Pyramide.
Sie stellten sich auf.
Anna sah, dass die Mädchen zum ersten Mal genau das taten, was die Trainerin ihnen wochenlang vorgebetet hatte.
Nina stemmte beide Beine in den Boden. Corinna verlagerte zum ersten Mal ihr Gewicht richtig und Jenny ... Jenny sprang ... so hoch und so stark wie noch in keiner Probe zuvor.
Sie flog durch die Luft und landete auf bereitgestellten Knien und Schultern.
Und dann stand sie. Fest und sicher.
Aber das reichte ihr noch nicht.
Sie sprang nicht einfach nach sechs Sekunden wieder ab, wie es die Choreografie vorsah, sondern sie schlug einen Salto und landete sicher auf den Füßen.
Alle hatten den Atem angehalten.
In der Halle war es mucksmäuschenstill.
Dann erst begannen die Leute, zu klatschen und zu schreien.
Anna sah, dass Petra am Bühnenrand die Hände vor ihr Gesicht schlug.
Sie wusste nicht, ob aus Begeisterung oder aus Wut, denn abgesprochen war diese Szene nicht.
Die Mädchen verbeugten sich, die Halle tobte weiter.
Die Menschen schrien noch, als sie schon wieder beim Ausmarsch waren.

Stolz und glücklich fielen sie sich hinter der Bühne in die Arme.
»Ich sage jetzt nichts … außer: Das war nicht geplant und ihr macht so etwas nie wieder!« Petras Stimme klang streng, aber dann änderte sie den Tonfall und jubelte: »Aber ihr wart großartig! Wirklich großartig, Mädels!«
Sie warf sich in den Pulk der Mädchen und verschwand fast zwischen den weißen und blauen Rüschen.
Nach einigen Minuten befreite sich Anna aus den Armen ihrer Freundinnen und ging zu der Bank, auf der sie ihre Tasche abgestellt hatte.
Sie war müde und ihre Beine brannten wie Feuer.
Sie kramte ihre Armbanduhr raus, legte sie um und warf einen kurzen Blick darauf … 22.50 Uhr.
Es war wieder viel später, als geplant.
Aber so war das immer bei den Auftritten.
In den meisten Fällen gab es Verspätung.
Entweder stand ein Künstler im Stau, weil er noch aus einer anderen Halle abgeholt werden musste. Oder jemand war so gut, dass er trotz anderer Absprachen drei Zugaben dranhängte.
Anna zog ihren warmen Wintermantel über und sah sich um.
Niemand von den Tänzerinnen machte Anstalten, die Umkleide zu verlassen.
Im Gegenteil.
Sie tranken Sekt aus mitgebrachten Flaschen und ließen den Tanz Revue passieren.
»Komm, Anna, sei kein Frosch – trink was!«, rief Jenny ihr zu.
Anna schüttelte den Kopf.
»Ich muss nach Hause. Wirklich.«
Plötzlich hörte sie ihr Handy klingeln.
Es schepperte dumpf aus der großen Sporttasche heraus.

Ihr wurde heiß.

Immer wenn ihr Telefon ging und sie nicht zu Hause war, hatte sie Angst, dass ihrer Mutter etwas passiert war.

Sie riss das Gerät aus der Tasche.

Unbekannter Anrufer.

Anna atmete auf.

Nicht ihre Mutter.

»Ist was mit deiner Mum?«, fragte Jenny besorgt.

»Nein, aber ich gehe kurz raus zum Telefonieren. Hier ist es zu laut.«

Anna trat durch die kleine Tür der Umkleidekabine ins Freie.

Es war dunkel und mit dem ersten Schritt versank sie in einer Schneewehe.

Erstaunt stellte sie fest, dass noch mehr Schnee über Köln heruntergekommen war.

Hoffentlich kommen wir überhaupt nach Hause, dachte sie.

Sie war noch so erhitzt vom Tanzen, dass sie die Kälte nicht spürte.

Das Telefon klingelte immer noch.

Sie drückte die Verbindungstaste.

»Hallo? Hier ist Anna.«

Simon 2019

Tanz ist die versteckte Sprache der Seele.

(Martha Graham, 1894 - 1991, amerikanische Tänzerin und Choreografin)

Es hatte immer stärker zu schneien begonnen.

Die Temperatur war um ein paar Grad gestiegen und der Niederschlag hatte gegen 18.00 Uhr eingesetzt.

Innerhalb von zwei Stunden versank die Stadt unter einer dicken, weißen Decke.

Die üblichen Geräusche der Autos, S-Bahnen, Rettungswagen, der Kirchturm-Uhren und der Stimmen wurden dumpf.

Das Licht der Straßenlaternen war gelblich unter den kleinen Schneehauben, die sich auf ihnen gebildet hatten, und die Kölner blieben, wo sie waren.

Kaum jemand befand sich auf der Straße.

Autos waren an den Rand geschoben worden, weil sie im Schnee stecken geblieben waren. Die Bahnen und Züge hatten lange Verspätungen.

So einen Schneefall hatte die Stadt seit Jahren nicht erlebt.

Simon zog die Terrassentür hinter sich zu.

Er klopfte den Schnee von dem braunen Korbstuhl ab, setzte sich und zündete eine Zigarette an.

Er konnte das Rauchen einfach nicht aufgeben.

Er hasste sich dafür, aber es blieb Bestandteil seines Lebens, so sehr er sich auch dagegen wehrte.

Schon etliche Male hatte er versucht, es sein zu lassen, auch Sophia und der Kinder wegen, aber nichts hatte gegen die Sucht geholfen.

Er hatte Nikotinpflaster probiert, schlaue Bücher gelesen und beherzt aufgehört, um nach vierundzwanzig Stunden wieder anzufangen.
Irgendwann hatte er beschlossen, den Kampf aufzugeben, und rauchte einfach.
Auch jetzt genoss er das Gefühl, als der warme Rauch seine Lungen erreichte.
Sophia brachte die Mädchen ins Bett.
Sie hatten gemeinsam zu Abend gegessen und davon gesprochen, am Wochenende raus aufs Land zu fahren.
Wenn der Schnee liegen bliebe, würden sie den alten Schlitten mitnehmen.
Sie würden einen Rucksack mit belegten Broten und heißen Getränken packen, sich dick einmummeln und für den Notfall noch eine Decke ins Auto legen.
Er war gerne auf alles vorbereitet und so ein Tag im Schnee konnte mit kleinen Kindern anstrengend werden.
Er blies den Rauch aus und starrte in die Dunkelheit.
Die innere Unruhe, die er seit der Begegnung mit Anna in sich trug, verstärkte sich mit jeder Minute.
Er ertrug Sophias Nähe nicht und konnte dem Geplapper seiner Töchter kaum folgen. Seine Gedanken schweiften immer wieder ab – zu seinem Gardemädchen.
Anna.
Ihre langen Beine.
Die eisblauen Augen.
Die wunderschöne Figur.
Nicht mehr Kind und noch nicht ganz Frau, genau wie er es mochte.

Seine rechte Hand glitt in seine Hosentasche und als er den kleinen Zettel, den Anna für ihn geschrieben hatte, berührte, durchfuhr ihn eine Erregung, wie er sie aus seinem Leben nur ganz selten kannte.

Das machte ihn so nervös, dass er sich die Finger an der verglühenden Zigarette verbrannte.

Er versuchte, seine Gedanken auf seine Familie zu lenken.

Mit Sophia hatte er eine Frau gefunden, die sich ganz seinem Rhythmus anpasste.

Sie hatten sich im Internet kennengelernt.

Damals war er gerade fünfundvierzig geworden.

Er suchte verzweifelt nach einer beständigen Beziehung.

Hoffte, dass sich die »Ausraster«, wie er sie nannte, damit vermeiden ließen.

Deshalb meldete er sich auf einer Internetplattform an.

Er gab sich sehr viel Mühe beim Ausfüllen der Fragebögen, versuchte, sich nicht zu sehr zu verstellen, und lud ein Foto von sich hoch, dass ihm aussagekräftig und sympathisch erschien, ihn aber trotzdem mit all seinen kleinen Macken und Fehlern zeigte.

Simon Berger war ein großer Mann, schlank, gutaussehend, mit vollem, dunklem Haar.

Seine grünen Augen wirkten oft kalt und ließen sein Gesicht hart erscheinen.

Er rasierte sich jeden Morgen sorgfältig.

Ab und zu zupfte er die Haare zwischen seinen Brauen, weil er es nicht mochte, wenn sie in der Mitte zusammenwuchsen.

Seine Nase war scharf und gerade – wie die eines Raubvogels. Und zusammen mit seinen hellen Augen gab sie ihm etwas Kaltes, Unnahbares.

Er hatte gelernt, diesen Eindruck durch seine sanften Gesten und eine lockere Mimik zu überspielen.
Auf seine Stimme legte er besonderen Wert.
Er war nicht in Köln aufgewachsen, sondern in einem kleinen Ort am Niederrhein.
Auch dort sprach man platt und trotzdem hatte er sich nie auch nur den Tonfall dieser Region angeeignet.
Früh schon hatte er gelernt, dass man mit der Stimme so spielen konnte, dass das Gegenüber in eine Art Hypnose fiel und das Äußere keine Rolle mehr spielte.
Er hatte Sophias Profil schon sehr früh wahrgenommen in der Dating-Börse. Trotzdem hatte er gewartet.
Sie sollte den ersten Schritt machen.
Und das tat sie auch.
Sie schrieb ihn an.
Locker, ehrlich, plaudernd.
Schon nach drei Tagen und vier Mails trafen sie sich.
Er wusste sofort, dass sie die Richtige für seinen Lebensplan war.
Sie war hübsch, aber nicht wirklich schön. Ihre dunklen Haare trug sie zu einem praktischen Pagenkopf geschnitten. Die braunen Augen hatten einen wachen Blick und auf ihrer Nase tummelten sich winzige Sommersprossen. Er mochte die Art, wie sie lachte.
Sie war zweiunddreißig bei ihrem ersten Treffen und reif für eine ernste Beziehung.
Vorher hatte sie nur zwei Freunde gehabt.
Jede dieser Lieben hielt fünf Jahre.
Der letzte Partner betrog sie mit ihrer besten Freundin und jetzt wollte Sophia Ernst machen.
Sie sehnte sich nach einer Hochzeit und nach Kindern.

Zwei wollte sie, das erzählte sie ihm schon beim ersten Kaffeetrinken an einem heißen Maitag am Aachener Weiher, dem kleinen See, der an warmen Tagen ein beliebtes Ausflugsziel in Köln war.

Sie verbrachten dort den ganzen Sonntag.

Simon hatte vorsorglich eine leichte Decke und etwas zu trinken mitgenommen.

Abends fuhren sie nach Lindenthal und aßen in einer kleinen Pizzeria.

Er brachte sie mit seinem Auto nach Hause und als sie vor seiner Tür parkten, beugte sie sich zu ihm herüber, um ihn zu küssen.

Doch er drehte den Kopf weg.

»Jetzt noch nicht«, flüsterte er. »Wir haben alle Zeit, die wir brauchen.«

Es passierte genau das, was Simon sich ausgerechnet hatte: Sophia biss an.

Er ließ zwei Tage verstreichen, bevor er sie anrief, und sie sagte sofort einem weiteren Treffen zu.

Sie fuhren nach Wuppertal in den Zoo.

Er kaufte ihr einen Stoffelefanten als Andenken.

Danach verbrachten sie jede freie Minute miteinander.

Sie bummelten durch die Stadt.

Stiegen wie Touristen auf das Dach des Kölner Doms.

Hängten ein Liebesschloss an die Hohenzollern Brücke.

Sie bekochten sich gegenseitig, lasen sich aus ihren Lieblingsbüchern vor und er schickte ihr Blumen ins Büro.

Nur eines taten sie nicht.

Sie schliefen nicht miteinander.

Nach sechs Wochen wurde Sophia ungeduldig.

Sie machte sich Sorgen, dass er sie nicht attraktiv finden könnte.

Er mochte sie, fand sie auch hübsch, aber er fürchtete sich vor körperlicher Nähe.
An einem Abend im Juli machte er den ultimativen Test.
Er fragte sie, ob sie Lust habe, mit ihm tanzen zu gehen.
Nie würde er Sophias erstaunten Blick vergessen.
»Ich hasse tanzen«, sagte sie. »Ich mag das gar nicht, aber wenn du unbedingt möchtest, gehen wir hin.«
Er triumphierte innerlich.
In diesem Augenblick wusste er, dass sie die Frau war, die er heiraten würde.
Vorher musste er jedoch noch mit ihr schlafen.
Er wusste, dass sie sich niemals bis nach der Hochzeit vertrösten lassen würde.
Er nahm sie, völlig unerwartet, eines Nachts im Auto.
Sie waren im Kino gewesen.
Es gab einen französischen Film, dessen Hauptdarstellerin ihn erregte.
Sie war höchstens achtzehn und er wurde unruhig, sobald sie auf der Leinwand erschien.
Danach lud er Sophia auf einen Drink im Belgischen Viertel ein.
Er kippte zwei Whiskey Sour herunter und ließ vor seinem inneren Auge immer wieder das Mädchen aus dem Film aufblitzen.
Später parkte er vor Sophias Haustür und sie wollte sich, wie immer, mit einem Kuss auf seine Wange verabschieden.
Diesmal aber riss er sie an sich und drückte seine Zunge zwischen ihre Lippen.
Er spürte ihre Überraschung, aber sie gab sofort nach und öffnete begierig den Mund.

Fast brutal schob er seine Hand unter ihre Bluse und knetete ihre Brustwarzen.

Ihr Seufzen gab ihm recht.

Ein bisschen ekelte er sich vor ihr, aber er schaffte es trotzdem, seine Hose zu öffnen und ihren Slip beiseite zu schieben.

Mit einem Griff ließ er den Beifahrersitz nach hinten schnellen und schob sich über den Schaltknüppel zwischen ihre Beine.

Er kippte den Sitz in die Liegeposition und drängte sich in ihren Schoß.

Sie war feucht und warm.

Nach wenigen Stößen kam er.

Das Bild der französischen Schauspielerin vor Augen.

Wenn Sophia überrascht über den schnellen Sex war, gab sie es ihm nicht zu verstehen.

Sie ordnete ihre Kleidung und strahlte ihn an.

Für sie war damit alles besiegelt.

Drei Monate später heirateten sie.

Sie trug ein weißes Kleid aus schimmerndem Organza und hatte kleine Blumen in ihr Haar gesteckt.

Es gab nur eine standesamtliche Trauung und danach luden sie ihre Familie und einige, enge Freunde zu einem kleinen Mittagessen ein.

Von seiner Seite waren nur drei Kollegen anwesend.

Er hatte Sophia erzählt, dass aus seiner Familie niemand mehr am Leben war.

Und das stimmte ja auch.

Ein gutes Jahr danach kam Mia zur Welt.

Nach weiteren drei Jahren Luisa.

Er bemühte sich, mindestens zweimal im Monat mit seiner Frau zu schlafen.

Die Routine, die sie entwickelt hatten, half ihm dabei.
Immer samstags, wenn die Kinder im Bett waren und Sophia ihr Bad genommen hatte, kuschelte sie sich auf seinen Schoß.
Meistens konnte er Müdigkeit vortäuschen oder er trank, während sie in der Wanne lag, drei bis vier Whiskey.
Danach bekam er keinen mehr hoch. Das wusste sie.
Aber ab und zu musste er es geschehen lassen.
Dann sah er sich heimlich auf seinem Handy einen Film mit jungen Mädchen an.
Oder er las in einem seiner geheimen Bücher.
Er gab sich Mühe mit Sophia, wollte, dass sie auf ihre Kosten kam.
Er wusste, wenn er seine Familie nicht hätte, würde das Schwarze in ihm übermächtig werden.
Seiner Frau schien das Sexualleben, das sie führten, zu reichen.
Sie war immer gut gelaunt, ausgeglichen und dankbar für das Leben, das er ihr bot.
Er mochte sie, so wie man ein Haustier mochte, an das man sich gewöhnt hatte und dass man nicht mehr missen wollte.
Nur seine Töchter, die liebte er aufrichtig.
Für die beiden Mädchen würde er durchs Feuer gehen.
Trotzdem änderte diese Liebe nie etwas an dem Dunkel in seinem Herzen.
Dem Unaussprechlichen.
Dem Bösen.
Er hatte, als er Sophia heiratete und nachdem seine erste Tochter geboren wurde, fest dran geglaubt, dass damit der Bann gebrochen wäre.
Aber es kam wieder.
Unaufhaltsam und stärker als jemals zuvor.

»Ich gehe ins Bett.«
Die Stimme seiner Frau riss ihn aus seinen Gedanken.
Er hatte nicht gehört, dass sie die Terrassentür geöffnet hatte und nun zitternd neben ihm stand.
»Ist dir nicht kalt, Liebling? Soll ich dir deine Jacke bringen?«
Er schüttelte den Kopf.
»Lass nur, ich komme auch gleich rein. Sieh dir den Schnee an, Sophia. Ist das nicht Wahnsinn?«
»Hoffentlich beruhigt sich das Wetter bis morgen früh, sonst kommen die Mädchen nicht weg und du nicht zur Arbeit.« Sie dachte, wie immer, ganz praktisch.
»Bis morgen früh ist das alles Schnee von gestern«, witzelte er. »Geh rein, Liebes, du erkältest dich. Ich bringe noch den Müll raus und dann schließe ich alles ab.«
Sie nickte und stapfte vorsichtig zurück ins Haus.
Er wartete, bis er die Wohnzimmertür zuschlagen hörte, dann holte er den kleinen Zettel aus seiner Hosentasche.
Fast zärtlich strich er das Papier glatt.
Die Nummer konnte er mittlerweile auswendig.
Er fischte mit klammen Fingern sein Handy aus der anderen Tasche und lauschte seinem Herz, das mit wildem Trommeln seine Aufregung verriet.
Im letzten Moment fiel ihm ein, die Rufnummernunterdrückung zu aktivieren.
Er hatte sich viele Gedanken über dieses Telefonat gemacht.
Eines war ihm ganz klar: Er durfte seinen wirklichen Namen nicht benutzen.
Stefan wollte er für sein Gardemädchen heißen.
Stefan war ein guter Name.
Er klang ehrlich und fest.

Simon tippte die Nummer langsam und bedächtig in sein Handy.
Es klingelte.
Einmal, zweimal, dreimal, viermal, fünfmal.
Er wollte schon aufgeben, vielleicht war Anna längst im Bett.
Nach dem siebten Klingeln hörte er ihre Stimme.
»Anna? Hier ist Stefan. Wir haben uns an der S-Bahn-Haltestelle getroffen. Ich habe da etwas gefunden, das Sie sehr vermissen.«

Katja 1997

Gott achtet uns, wenn wir arbeiten. Aber Gott liebt uns, wenn wir tanzen.

(Arabisches Sprichwort)

Der Zug von Koblenz, der um 16.47 Uhr im Aachener Hauptbahnhof einlaufen sollte, hatte achtzehn Minuten Verspätung.

Es war Sonntag und fast alle Waggons waren voll.

In den Gängen drängten sich die Reisenden.

Manche hatten sich auf ihre Gepäckstücke gesetzt, weil sie keine Plätze mehr ergattern konnten.

Es war heiß.

Die letzten schönen Augusttage ließen Deutschland schwitzen.

Die Luft war abgestanden und trocken.

Katja lehnte sich müde an einen Fahrradständer im Durchgang vom vierten in den fünften Wagen.

Sie war auf dem Heimweg von ihren Eltern, die in Vallendar lebten, einem kleinen Ort in der Nähe von Koblenz.

Sie hatte das Wochenende zu Hause verbracht und es genossen.

Frühstücken auf der Terrasse mit Mama und Papa.

Klönen mit ihrer besten Freundin Melanie im Schwimmbad.

Abendessen bei Oma. Würstchen mit selbst gemachtem Kartoffelsalat, den niemand so gut zubereiten konnte wie Oma Frieda.

Jetzt stand sie in dem überfüllten Zug und wartete ungeduldig darauf, dass er in der Kaiserstadt einlief.

Sie studierte seit zwei Semestern in Aachen.

Germanistik und Geschichte auf Lehramt.

So ganz zu Hause fühlte sie sich hier immer noch nicht, obwohl sie viele neue Bekanntschaften geschlossen hatte.

Aber die Stadt war ihr immer noch fremd.

Und manchmal, wenn sie in ihrer winzig kleinen Wohnung unter dem Dach aufwachte, die Tauben vor dem Fenster gurren hörte, bekam sie Heimweh nach Vallendar und dem Duft von frisch gekochtem Milchkaffee, den ihre Mutter ihr fast jeden Morgen ans Bett brachte.

Sie strich sich den dunklen Pony aus der Stirn, griff nach ihrer Wasserflasche und trank in langen Zügen.

Endlich fuhr der Zug im Hauptbahnhof ein.

Quietschend kam er zum Stehen und Katja beeilte sich, ihre Wochenend-Tasche, die Plastiktüte mit den Lebensmitteln und den kleinen Korb mit ihrem Kostüm zusammenzusuchen.

Sie sprang auf den Bahnsteig und verlor kurz das Gleichgewicht.

Der Korb flog auf das Pflaster und ihr violettes Tanzkleid rutschte heraus.

»Mist«, fluchte sie.

Sie hatte es extra mit nach Hause genommen.

Ihre Mutter hatte es sorgfältig mit der Hand gewaschen und gebügelt.

Das Kostüm aus der zarten, violetten Kunstseide und den vielen Pailletten war nichts für die Waschmaschine.

Sie bückte sich und griff nach dem Stoff, der wie eine lila Wolke auf dem grauen Asphalt lag.

Eine fremde Hand kam ihr zuvor.

»Das ist aber ein schönes Kleid!«

Die Männerstimme war warm und freundlich.

Katja sah auf und blickte in grüne Augen.

Sie errötete.

Es war ihr peinlich, vor einem Mann, den sie nicht kannte, ihr Bauchtanz-Outfit auszubreiten.

»Danke.« Mehr brachte sie nicht heraus.

Der Mann lächelte.

Er war etwa Anfang dreißig, groß, schlank, dunkles Haar.

Das Eindrucksvollste an ihm waren seine Augen.

Grün wie ein tiefer Bergsee.

Er legte die Stoffbahnen sorgfältig zusammen und Katja dankte dem Himmel, dass der BH aus Samt nicht auch aus dem Korb gefallen war.

»Es ist ein Tanzkleid, nicht wahr?«

Sie nickte und nahm ihm das Kostüm aus der Hand.

»Sie sehen bestimmt wunderbar darin aus.«

Wieder wurde sie rot.

Seitdem sie in Aachen war, besuchte sie zweimal in der Woche einen Kurs in orientalischem Tanz.

Sie hatte sich das immer schon gewünscht, aber in dem verschlafenen Vallendar mit seinen 8.500 Einwohnern wurden keine Unterrichtsstunden dafür angeboten.

Sie liebte diese Art des Tanzens und mit ihren runden Hüften und vollen Brüsten war sie wie geschaffen dafür.

Immer dienstags und donnerstags um 19.00 Uhr trainierte sie in der Vaalserstraße.

Sie gab dem Mann keine Antwort.

Ihr fiel einfach nichts Passendes ein.

Sie war schüchtern und in Situationen wie dieser nicht schlagfertig genug.

Er lächelte immer noch.

Er sieht nett aus, vielleicht ein bisschen zu alt für mich, aber nett, dachte sie.

Sie war im Mai neunzehn geworden und eigentlich sehnte sie sich nach einem Freund.

Mit ihrem Ex, Fabian, hatte sie Schluss gemacht, als sie zum Studieren wegzog. Es machte für sie keinen Sinn mehr, außerdem war er ihr auf die Nerven gegangen mit seinen ständigen Anrufen und dem Wunsch, sie zu sehen.

Sie zwang sich zu einem Lächeln und ihre Stimme zitterte ein bisschen.

»Wohnen Sie auch in Aachen?«

»Nein, ich habe nur ein paar Tage frei und entdecke gerade Deutschland. Das wollte ich immer schon mal machen. Und jetzt bin ich hier. Gefällt Ihnen die Stadt?«

»Ich wohne seit knapp einem Jahr hier. Zum Studieren. Ich mag es.«

Sie war froh, ihre Stimme wieder gefunden zu haben.

»Und Sie tanzen?«

Katja nickte. »Orientalischen Tanz. Macht mir sehr viel Spaß.«

Während sie plauderten, gingen sie mit den anderen Reisenden in Richtung Ausgang.

Bald standen sie auf dem sonnenüberfluteten Bahnhofsvorplatz.

»Können Sie es schon gut? Oder ist es schwer zu lernen?«

Er schirmte seine Augen mit der Hand gegen die Sonne ab.

»Meine Lehrerin sagt, ich wäre ein Naturtalent.«

Katja hätte die letzten Worte am liebsten zurückgenommen.

Das Eigenlob war ihr furchtbar peinlich. Hastig schob sie hinterher: »Ich liebe die Musik dazu und die Kostüme und die weichen Bewegungen ...« Sie brach ab.

Er schien ihre Verlegenheit nicht zu bemerken.

»Das kann ich mir vorstellen. Es ist ja auch ein wunderbarer Tanz. Ein bisschen erotisch.«

Katja biss sich auf die Lippen.
Die Wendung, die das Gespräch gerade nahm, gefiel ihr nicht.
Es fiel ihm auf, dass sie sich unwohl fühlte, und er fügte hinzu: »Ich beschäftige mich mit ägyptischer Geschichte. Und es ist ja nichts Neues, dass diese Tänze etwas Erotisches haben. Aber mal ehrlich, welcher Tanz hat das nicht.«
»Wir lernen Elemente aus türkischem Tanz, aber ich denke, das ähnelt sich.«
Sie entspannte sich wieder.
»Und dafür gibt es hier Kurse?«
Der Mann schien erstaunt.
»Ja, sogar zweimal die Woche. Gut besucht. Aachen ist sehr multikulturell. Das mag ich an der Stadt.« Sie blieb stehen. »Ich muss jetzt links rum. Wenn Sie in die Innenstadt möchten, gehen Sie besser nach rechts. Dann sind Sie in wenigen Minuten am Theater.«
»Danke schön.« Er deutete eine leichte Verbeugung an.
Irgendwie gefiel ihr seine Art.
»Auf Wiedersehen und schönen Aufenthalt in Aachen. Und danke noch mal.«
»Gern geschehen. Passen Sie auf sich auf.«
Katja ging mit schnellen Schritten die stark befahrene Straße hoch. Ihr war heiß, sie war müde und sie würde noch eine Viertelstunde laufen müssen, bis sie in ihrer kleinen Wohnung angekommen war.
Die vielen Taschen in ihrer Hand fühlten sich immer schwerer an.
Als sie sich nach ein paar Metern noch einmal umdrehte, sah sie, dass der Mann immer noch an der Stelle stand, an der sie sich verabschiedet hatten.
Er winkte ihr zu.

Dann wandte er sich zum Gehen.

Die Sonne schien durch das kleine Dachfenster herein und ein Glasprisma, das sie am Griff des Fensters befestigt hatte, warf wunderbare, bunte Lichtreflexe an die Wand.
Katja liebte das und streckte sich genüsslich im Bett.
Es war Sonntag und an diesem Wochenende war sie nicht nach Hause gefahren.
Sie hatte lernen wollen und war gestern Abend mit Kommilitonen ausgegangen.
Es war schön gewesen.
Sie hatten draußen gesessen, obwohl es kühler war als an den Tagen zuvor.
Es hatte griechische Pizza und italienischen Wein gegeben und anschließend waren sie in einen Studentenclub gegangen und hatten bis 2.00 Uhr morgens getanzt.
Irgendetwas hatte sie aufgeweckt, denn sie erkannte an dem Licht, das in ihr Zimmer fiel, dass es noch früh am Morgen sein musste.
Stimmen drangen von der Straße zu ihr hoch.
Dann fiel ihr wieder ein, dass heute der letzte Tag dieses Dichterfestivals war.
Sie wohnte in einer kleinen Straße nahe der Innenstadt. Unten im Haus befand sich eine kleine Kneipe und gegenüber war eine alte Fabrik vor einigen Jahren zur Theaterwerkstatt umgebaut worden.
Katja störte das nicht, im Gegenteil.
Sie hatte das Gefühl, mitten im prallen Leben zu sein.
Manchmal wurde sie morgens mit Arien geweckt, an anderen Tagen hörte sie beim Lernen die Klänge von Violinen und Trompeten.

An diesem letzten Wochenende im August fand wieder das »Poetenfest« statt.
Ein Blick auf den kleinen Wecker auf ihrem Nachttisch sagte ihr, dass es erst 7.15 Uhr war.
Sie seufzte.
Unten auf der Straße war schon jede Menge los.
Autos kurvten, sie hörte Lachen und leise drangen Wortfetzen zu ihr herauf.
Sie war hellwach, wollte aber noch ein paar Augenblicke liegen bleiben.
Im warmen Morgenlicht sah die kleine Wohnung richtig gemütlich aus.
Sie lag im fünften Stock, ohne Aufzug, und Katja hatte sich angewöhnt, die Stufen zu zählen. Vierundsiebzig waren es.
Zwei winzige Zimmer wurden nur von einem alten Gasofen geheizt, der aber ordentlich bollern konnte, und selbst im tiefsten Winter war es nicht kalt.
Dafür wurde es im Sommer brüllend heiß.
Ihre Eltern hatten ihr geholfen, sich einzurichten.
Zwei Wochenenden lang hatten sie zusammen gestrichen, Teppich verlegt und Möbel geschleppt.
Ihr Vater hatte ihr Regale gezimmert und sie hatte von ihrer Oma einen gebrauchten Herd und einen Kühlschrank bekommen.
Sie war stolz auf ihre erste eigene Wohnung.
Einziger Nachteil war, dass sie keine Dusche hatte.
In das winzige Badezimmer passten mit Mühe und Not ein kleines Waschbecken und eine Toilette.
Aber Katja hatte sich mit der Studentin angefreundet, die unter ihr lebte, und durfte deren Dusche mitbenutzen.

Dafür kostete die Wohnung nur zweihundertfünfzehn Mark, warm.
So günstig wohnte niemand, den sie kannte.
Das war aber auch nötig.
Ihr Vater hatte einen guten Job in einer Autowerkstatt, aber ihre Mutter war immer zu Hause geblieben und sie mussten sparen.
Viel Geld war für Katjas Studium nicht drin.
Im nächsten Jahr wollte sie sich einen kleinen Nebenjob suchen, um sich auch mal etwas leisten zu können.
Selbst die Bauchtanzstunden musste sie sich zusammensparen.
Deshalb war sie auch so glücklich gewesen, als Oma Frieda erklärt hatte, dass sie den Kurs bis Weihnachten übernehmen wollte.
Eigentlich waren gerade Semesterferien, aber Katja hatte das Gefühl, dass sie noch mehr lernte als in den Monaten zuvor.
Sie hatte zwei Hausarbeiten abzugeben, jede sollte dreißig Seiten umfassen.
Bis Mitte Oktober musste sie damit fertig sein und sie steckte noch mittendrin.
Sie schwang die Beine aus dem Bett und beschloss, dass eine Katzenwäsche an diesem Morgen reichen musste.
Müde schlenderte sie in die Kochnische und stellte die Kaffeemaschine an.
Dann verschwand sie im Bad.
Sie hatte sich gerade die Zahnbürste in den Mund gesteckt, als das Telefon klingelte.
»Hallo?«, nuschelte sie.
»Hier ist Mama, Schätzchen. Hast du schon Nachrichten gehört?«
Katja nahm das Telefon mit ins Bad und spuckte die Zahnpasta aus.

»Nein, warum?«
»Kind, das ist so furchtbar. Lady Diana ist tot.«
»Was?«
»Ja, sie ist heute Nacht in Paris verunglückt. In einem Tunnel. Mit dem Auto, zusammen mit ihrem Freund.«
Katjas Mutter hatte zu weinen begonnen.
Sie war ein großer Fan der Prinzessin und selbst Katja musste schlucken.
»Das gibt es doch gar nicht. Wie kam das denn?«
»Sie sind anscheinend von der Presse gejagt worden. So genau weiß man das noch nicht. Aber es ist wirklich wahr: Diana ist tot. Weißt du noch, wie wir letztes Jahr in London vor dem Kensington Palast standen und uns vorstellten, wie es wäre, wenn sie jetzt plötzlich herauskäme. Jetzt geht sie nirgendwo mehr hin.«
Schluchzen kam aus dem Telefonhörer.
Katja erinnerte sich gut an dieses Wochenende in London zusammen mit ihrer Mutter. Sie hatten es zu Weihnachten von ihrem Vater geschenkt bekommen und die Tage in der Weltstadt genossen.
»Mama, bitte, du kanntest sie gar nicht.«
»Nein, aber das macht mich so traurig und ich musste mir vorstellen, wie das wäre, wenn dir etwas passieren würde, das würde ich nicht überleben.«
»Mir passiert aber nichts, Mama!«
Katja klang leicht genervt.
Seitdem sie weggezogen war, machte ihre Mutter sich ständig Sorgen.
Sie war es gewohnt gewesen, dass Katja viel Zeit mit ihr verbrachte und sich zu Hause immer an- und abmeldete.

Jetzt saß die Sechsundfünfzigjährige alleine in dem leeren Haus. Ihr Mann arbeitete von morgens 7.00 Uhr bis abends 18.00 Uhr. Katja studierte in Aachen und ihr großer Bruder war vor drei Jahren mit seiner Freundin zusammengezogen.

»Mama, komm, du musst dir ein schönes Hobby suchen. Oder geh mal wieder in Koblenz mit Anja shoppen und Kaffee trinken. Du vereinsamst da alleine zu Hause und deshalb hast du auch so schlimme Gedanken.«

»Du hast gut reden. Vereinsamen. Klar. Ich war all die Jahre nur für euch da und natürlich fehlt mir was.« Sie hatte wieder zu weinen begonnen. »Komm, Kind, lass uns aufhören. Ich gucke jetzt weiter diesen Nachrichtensender. Mir tut das so leid für Diana.«

»Gut, Mama, ich melde mich heute Abend noch mal.«

Ihre Mutter hatte schon aufgelegt und Katja goss sich nachdenklich ihren Kaffee ein. Man musste kein Psychologe sein, um zu verstehen, dass Sonja Wilmer sich einsam fühlte und in ein tiefes Loch gefallen war, nachdem ihre Kinder das Haus verlassen hatten.

Katja sah diese Entwicklung schon eine geraume Zeit, aber sie wusste nicht, was sie dagegen unternehmen sollte.

Mit ihrem Vater konnte sie nicht darüber sprechen, der hatte nur seine Autos im Kopf. Ihren Bruder interessierte das Seelenleben seiner Mutter auch nicht. Er war glücklich mit seiner Freundin und plante seine Hochzeit.

Sie wusste, dass sie sich die Stimmung ihrer Mutter nicht zu Herzen nehmen durfte. Trotzdem hatte sie ein schlechtes Gewissen und der Gedanke daran, wie unglücklich Sonja war, tat ihr weh.

Katja schaltete den Fernseher an und setzte sich in ihren gemütlichen Sessel.
Tatsächlich, auf allen Nachrichtenkanälen gab es kein anderes Thema als den Tod der Prinzessin von Wales.
Sie konnte sich nicht dagegen wehren und anstatt zu lernen, verbrachte sie die nächsten vier Stunden vor dem Fernseher.

Zwei Tage später wartete sie mit den anderen Mädchen und Frauen aus ihrer Bauchtanzgruppe vor einem Wohnhaus auf ihre Lehrerin.
Saliha Erdem hatte sich verspätet. Sie gab die Kurse in ihrer geräumigen Altbauwohnung.
Katja freute sich, als die Türkin endlich die Tür aufschloss.
Das Tanzen bedeutete ihr viel.
Es war Entspannung und Anspannung zugleich.
Sie bewegte Muskeln in ihrem Körper, von denen sie vor einem Jahr noch nicht gewusst hatte, dass sie sie überhaupt besaß.
Als sie nach den ersten Stunden Schmerzen im Unterleib gehabt hatte, hatte sie eine Blasenentzündung vermutet.
Ihre Lehrerin hatte gelacht und ihr erklärt, dass das ihr vernachlässigter Beckenboden wäre, der ihr so anzeigen würde, dass er gefordert wurde.
»Orientalischer Tanz, kleine Kücügüm, ist Training für die Liebe!«, hatte Saliha lächelnd gesagt.
Katja wusste noch, dass sie errötet war.
»Was heißt Kücügüm?«, hatte sie abgelenkt.
»Mein kleines Mädchen«, hatte die Türkin geantwortet. »Aber mach dir keine Sorgen, Katja, dieser Tanz wird dich zur Frau werden lassen.«
Komischerweise schien das wirklich so zu sein.

Sie lernte nicht nur, ihre inneren Muskeln zu bewegen, sie hatte auch das Gefühl, dass diese Art des Tanzens sie erregte.
Vielleicht lag es an der schmeichelnden Musik, vielleicht an der wunderschönen Kleidung oder auch an den sanften Bewegungen.
Sie verließ die Stunden immer mit geröteten Wangen und einem leichten, angenehmen Pulsieren im Bauch.
Immer mehr sehnte sie sich nach einer festen Beziehung.
Das, was sie mit ihrem ersten Freund gehabt hatte, schien nicht das zu sein, was eine Beziehung wirklich ausmachte.
Sie hatten eine schöne Zeit gehabt, waren oft draußen in den Wäldern herumgestreift, hatten sich mit Freunden zum Videoabend getroffen oder zusammen gekocht.
Und Sex hatten sie auch, weil das dazugehörte.
Für Katja fühlte es sich nur nie richtig an.
Es ging ihr zu schnell, zu hastig, und oft lag sie danach neben Fabian und fühlte sich leer.
Wirklich gekommen ist sie nie.
Sie sagte es ihm aber nicht, dachte, dass es an ihr läge und schämte sich.
Sie spielte ihm ihre Erregung vor – zumindest das, was sie für Erregung bei Frauen hielt.
Sie stöhnte, zuckte, atmete heftig – tat all das, was sie in einschlägigen Videos gesehen hatte.
Fabian schien nicht zu bemerken, dass sie sich verstellte.
Er war stolz, dass er seine Freundin zum Höhepunkt bringen konnte.
Manchmal wenn sie abends allein in ihrem schmalen Bett in ihrem Mädchenzimmer lag, berührte sie sich vorsichtig. Und das, was sie dann empfand, war um vieles stärker, als das, was geschah, wenn sie mit Fabian schlief.

Sie ahnte, dass es noch mehr gab zwischen Männern und Frauen, und sie fühlte sich bereit, es zu entdecken.
Es gab nur keinen Mann in ihrem Leben, der sie wirklich interessierte.
Ihre männlichen Kommilitonen waren nett und jung, aber das Prickeln fehlte ihr bei ihnen.
Das Tanzen gab ihr etwas von dem, was sie sich wünschte.
Insgeheim träumte sie von einem Mann mit arabischen Wurzeln.
Diese Typen empfand sie als sehr männlich.
Eine Mischung aus Leidenschaft und Coolness und genau das turnte sie an.
Je länger sie den Bauchtanz übte, desto stärker und ausgeprägter wurde ihr Körpergefühl.
Sie genoss es.
An diesem Abend hatte sie wieder das Gefühl zu schweben.
Sie nahm die anderen Frauen kaum wahr, hatte die Augen geschlossen und gab sich ganz der Musik und ihren Bewegungen hin.
Nur dumpf hörte sie die Stimme von Saliha.
»Langsam. Bewegt euch nicht zu schnell. Nur das Becken kreist. Kleine Kreise. Vorsichtig. Fast nur ein Zucken.«
Katja spannte ihren Beckenboden an und hörte die kleinen Schellen an ihrem Kostüm.
»Sehr gut, Katja. Und jetzt versuchen wir noch mal den Shimmy. Ihr wisst ja noch, was ich euch dazu erklärt habe. Abwechselnd die Knie durchdrücken, so dass euer Becken von einer Seite auf die andere kippt. Immer schneller werden und dabei die Drehung nicht vergessen. Wir fangen damit an, wenn das Tempo wechselt und das Trommelsolo beginnt. Und … jetzt!«

Katja spürte die immer schneller werdenden Trommeln tief in ihrem Bauch.
Ihr Becken kippte ganz von alleine von einer Seite zur anderen.
Ihr ganzer Unterleib vibrierte.
Sie öffnete kurz die Augen und sah ihr Kostüm im Takt wippen.
Sie hob die Arme in Schulterhöhe und bewegte sie wie zwei Schlangen.
Sie war stolz und fühlte sich so wohl.
Sie war eine Frau, warm, weiblich und begehrenswert.
Die Musik ging langsam wieder zurück zur Ausgangsmelodie.
Katja war fast enttäuscht, dass es vorbei war, und sank mit den letzten Klängen anmutig zu Boden.
Mit einem letzten Schwung breitete sie die violetten Stoffbahnen um sich herum aus und legte den Kopf auf ihre ausgestreckten Arme.
»Wunderbar, Mädchen. Das habt ihr sehr gut gemacht.« Saliha war begeistert. »Und am Samstag auf dem Studentenfest werden wir den Leuten mal zeigen, wie echter orientalischer Tanz geht. Wir treffen uns um 19.00 Uhr in der Pontstraße. Um 20.15 Uhr ist unser Auftritt. Ich helfe euch beim Schminken und Umziehen. Ihr werdet fantastisch aussehen und noch besser tanzen. Schluss für heute. Macht euch einen schönen Abend.« Ihre Stimme wurde leiser: »Und genießt das, was ihr gerade gespürt habt … vielleicht mit eurem Mann, vielleicht allein.«
Katja ärgerte sich.
Sie hatte den Auftritt am Samstag vergessen.
Jetzt würde sie eine stundenlange Diskussion mit ihrer Mutter führen müssen, warum sie schon wieder ein Wochenende in Aachen verbringen würde.

Natürlich konnte sie ihre Eltern zu dem Ereignis einladen und die beiden würden mit Sicherheit auch gerne kommen, aber das wollte sie nicht.

Sie hatte auch bei ihrem letzten Besuch zu Hause nicht vortanzen wollen, obwohl ihre Familie fast darum gebettelt hatte.

Der Tanz war nur für sie.

So empfand sie das.

Sie wollte alleine sein bei diesem Auftritt.

Alleine ihre Wirkung testen.

Sie zog sich um und packte ihr Kostüm vorsichtig in die Tasche.

Das Geplapper der anderen Frauen rauschte an ihr vorbei.

Sie war noch ganz versunken in den Tanz und als Saliha ihr die Hand auf die Schulter legte, zuckte sie zusammen.

»Kücügüm, du warst so gut heute. Es ist, als hätte dein Körper dein Leben lang darauf gewartet, diesen Tanz zu tanzen.«

»Danke«, flüsterte Katja. Sie wollte nicht, dass die anderen hörten, wie die Lehrerin sie lobte.

»Hast du einen Freund?«

»Nein.«

»Du solltest einen haben, Liebes, du würdest viel Gutes erleben, jetzt wo du erfährst, was Hingabe bedeutet.«

»Woher kommt der Tanz, Saliha?« Katja versuchte, vom Thema abzulenken.

»Das ist eine schwierige Frage, mein Herz. In vielen Regionen tanzt man so. Es gibt Funde, Schriften und Überbleibsel des Bauchtanzes im Orient, in Afrika, im Balkan und im Mittelmeerraum. Und es ist schwer zu definieren, was der Ursprung war. Die einen sagen, es geht um weibliche Gottheiten, andere sprechen von Fruchtbarkeitstänzen oder von der Huldigung des Weiblichen. Man hat Malereien aus dem Alten

Ägypten gefunden, die so aussehen wie wir, wenn wir tanzen – das ist schon unglaublich, oder?«

Katja nickte. Dass der Tanz so alt war, hatte sie nicht gewusst.

»Aber ist es nicht egal, woher der Tanz kommt? Hauptsache, er tut uns gut.« Saliha zeigte ihre wunderschönen Zähne und warf das lange Haar zurück. »Am Samstag werde ich dich schminken, Kücügüm, und dann wirst du aussehen wie eine Königin, das verspreche ich dir.«

»Wirklich?« Katja freute sich.

»Wirklich! Und jetzt komm gut nach Hause und pass auf dich auf.«

Die Türkin entfernte sich mit leichten, wiegenden Schritten und Katja wünschte sich in diesem Augenblick nichts mehr, als so zu sein wie sie.

Weiblich, erotisch, selbstbewusst.

Sie schlüpfte in ihre Turnschuhe und trat auf die Straße.

Es war immer noch warm und die Stadt um sie herum summte.

Tief in ihrem Inneren hörte sie immer noch die Klänge der Musik.

Fast wäre sie mit einem Mann zusammengestoßen, als sie um die erste Ecke bog.

»Entschuldigung.«

Katja stutzte. Die Stimme kam ihr bekannt vor.

Sie blieb stehen.

Er auch.

»Moment mal, wir kennen uns doch. Sie sind doch die Bauchtänzerin.«

Jetzt erinnerte sie sich.

Der Mann mit den grünen Augen, den sie am Bahnhof getroffen hatte.

»Ich dachte, Sie wollten eine Deutschland-Tour machen.«

Sie hatte nicht vergessen, was er ihr erzählt hatte.
Sie hatte den ganzen Typ nicht vergessen, irgendetwas in ihr fand ihn interessant und anziehend.
Er lachte.
»Das haben Sie sich ja gut gemerkt. Wollte ich auch, stimmt. Aber diese Stadt ist zu schön, um sie nur zur Durchreise zu benutzen, und so bin ich ein paar Tage hier hängengeblieben. Waren Sie tanzen?«
Katja nickte.
Sie freute sich, ihn wieder zu treffen, und musterte ihn heimlich.
Er sah gut aus in der Jeans und dem karierten Hemd.
Er kam ihr gar nicht so alt vor wie beim letzten Mal, dabei musste er mindestens zehn Jahre älter sein als sie.
Sie mochte sein Lächeln und die Art, wie er sie ansah.
Vielleicht lag es an der Tatsache, dass sie immer noch den Tanz in sich trug, aber sie war mutiger als beim letzten Mal.
Sie blickte ihm direkt in die grünen Augen und pustete das Haar aus ihrem Gesicht.
»Ich liebe diesen Tanz und ich freue mich so, am Samstag haben wir einen Auftritt beim Studentenfest.«
»Wie schön. Ist das Ihr erster Auftritt?«
»Nein, wir haben schon öfter vor Publikum getanzt, aber es ist das erste Mal, dass ich mein eigenes Kostüm anhabe und richtig orientalisch geschminkt werde. Sehr aufregend.«
Sie hatte den Eindruck, dass sein Blick sich veränderte.
Seine Gesichtszüge schienen härter zu werden.
Aber das konnte auch an den letzten Sonnenstrahlen liegen, die ihm direkt in die Augen fielen.
»Möchten Sie mit mir etwas trinken gehen?«
Die Frage kam überraschend.

Katja wusste nicht, was sie antworten sollte.
Sie wollte noch lernen an diesem Abend, andererseits war sie in so guter Stimmung, aufgekratzt vom Tanzen. Und sie würde nie einen neuen Freund haben, wenn sie sich in ihrer Bude verkroch.
»Gut, gehen wir in die kleine Kneipe bei mir auf der Ecke. Da kann man noch draußen sitzen und sie haben gute Margaritas.«
»Sehr schön. Gehen wir. Ich heiße übrigens Simon.«
»Katja. Katja Wilmer.«
An diesem Abend konnte sie nicht einschlafen.
Sie hatte vier Margaritas gehabt und die Welt drehte sich ein bisschen.
Außerdem hatte sie sich verliebt.
Simon war zwar nicht der Mann, den sie sich erträumt hatte, aber der Abend war wunderbar gewesen.
Er konnte charmant erzählen, ließ ihr aber noch genug Raum für ihre Geschichte.
Am meisten freute sie sich, dass er von ihrer Leidenschaft, dem orientalischen Tanz, so begeistert war.
Er fragte sie förmlich aus nach ihrem Hobby.
Und er wollte am Samstag kommen.
Er wohnte zwar in Frankfurt und musste auch morgen wieder abreisen, aber den Tanz am Wochenende wollte er auf keinen Fall versäumen.
Ihr Herz schlug schneller, wenn sie daran dachte, dass er sie in ihrem Kostüm sehen würde.
Sie freute sich auf den Moment, wenn sie am Anfang den Schleier fallen ließ und seine Augen im Publikum suchen würde.
Diese grünen Augen mit den braunen Sprenkeln darin.
Sie würde das erste Mal für einen Mann tanzen.
Ihr Unterleib zog sich zusammen bei diesem Gedanken.

Simon hatte sie die paar Schritte bis zu ihrer Haustür gebracht und dann zärtlich ihren Kopf zwischen seine Hände genommen.
Sie hatte darauf gewartet, dass er sie küsst, aber er hatte es nicht getan.
Er hatte ihre Wangen gestreichelt und sie fest an sich gedrückt.
»Bis Samstag, meine kleine Bauchtänzerin. Ich freue mich darauf, zu sehen, wie du dein Becken wiegst.«
Selbst jetzt noch, ein paar Stunden später, hallte dieser Satz in ihr nach und er erregte sie mehr als alles, was sie bisher erlebt hatte.
Vielleicht hatte Saliha ja recht und dieser Tanz weckte die Weiblichkeit.
Katja streckte sich in ihrem Bett aus und versuchte, sich vorzustellen, wie es wäre, mit Simon hier zu liegen.
Aber ihre kleine Studentenwohnung passte nicht zu ihren Fantasien.
Sie wollte etwas Besonderes mit ihm erleben.
Ein Hotelzimmer vielleicht mit einer tollen Einrichtung, einer Badewanne und seidener Bettwäsche.
Oder eine Nacht unter sternenklarem Himmel mit einem vollen Mond, der ihre Haut bleich und geheimnisvoll machen würde.
Er war so männlich und so erwachsen.
Selbstsicher hatte er sie durch diesen Abend geführt und sie hatte sich fallen lassen.
Sie war sogar mutig geworden und hatte einige verführerische Augenaufschläge versucht.
Sie kam sich kein bisschen dumm dabei vor.
Im Gegenteil.
Seine Blicke ermutigten sie.

Sie ließ ihren Zeigefinger langsam am Rand des Margarita-Glases entlang gleiten und leckte anschließend das Salz, vermischt mit dem Tequila, genüsslich ab.

»Das Getränk passt zu dir, kleine Tänzerin«, sagte er.

»Warum?«, fragte sie erstaunt.

»Angeblich bekam die Margarita ihren Namen von einem Showgirl aus Guadalajara, das ist die zweitgrößte Stadt in Mexiko. Sie soll so schön gewesen sein, diese Margarita de la Rosa, dass ein Barkeeper dieses Getränk für sie erfand.«

Katja war beeindruckt von dem, was er alles wusste.

Und sie war stolz, mit einer schönen Frau verglichen zu werden.

Er sah ihr zu, wie sie ihre Lippen ableckte, und bestellte noch einen Cocktail für sie.

Sie wehrte sich nicht.

Der Alkohol machte sie weich.

Simon trank nur Wasser und eine Weißweinschorle.

»Einer von uns muss ja die Kontrolle behalten«, sagte er.

»Ach was«, antwortete sie. »Lass es doch fließen.«

Aber er blieb standhaft.

Um 23.00 Uhr bat der Wirt sie, hereinzukommen. Er musste die Außenterrasse schließen.

Sie setzten sich an einen Tisch am Fenster und Katja bekam die vierte Margarita.

Die Stimmung war ausgelassen in der Kneipe.

Voll war es und die Fenster waren beschlagen von den Ausdünstungen der Gäste.

Die Musik war laut und Katja setzte sich direkt neben ihn, weil sie sonst schreien musste, damit er sie verstand.

Auf dem Weg zur Toilette hielt er an der Theke an und sie sah, dass er dem Kellner einen Schein reichte.

Ein paar Minuten später änderte sich die Musik.

Der dröhnende Rock ging in einen alten Barry Manilow Song über.

Her name was Lola. She was a showgirl. With yellow feathers in her hair and a dress cut down to there. She would merengue and do the cha-cha and while she tried to be a star ...

Er sang nicht.

Er sprach den Text mit.

Dann sah er ihr tief in die Augen.

»Tanz für mich. Bitte.«

»Hier? Jetzt? Zu diesem Song?«

»Es würde mir viel bedeuten und ... ganz ehrlich ... es würde mich unglaublich anmachen.«

Katja war in seinen Augen versunken und hatte auf seinen Zeigefinger gestarrt, der langsam eine Spur von ihrem Handgelenk bis zu ihrer Achselhöhle zog.

Es gab keine Tanzfläche und niemand schien sich für sie zu interessieren.

Sie nahm einen großen Schluck und erhob sich langsam.

Den Blick nicht von ihm abgewandt begann sie, die Hüften kreisen zu lassen.

Sie hatte gar nicht gewusst, dass man orientalischen Tanz auch zu einem Song aus den Siebzigern tanzen konnte.

Sie passte ihn einfach der Musik an.

At the Copa, Copacabana. The hottest spot north of Havana. At the Copa, Copacabana. Music and passion were always the fashion. At the Copa ... they fell in love.

Er hatte sie angestarrt.

Die ganzen fünf Minuten und einundvierzig Sekunden.

Seine Lippen waren geöffnet gewesen und seine Finger glitten unruhig über die Tischplatte.

Katja hatte sich noch niemals zuvor so verführerisch und sexy gefühlt.

Seine Augen verengten sich zu Schlitzen und sein Atem wurde heftiger.

Sie drehte sich um.

Der Shimmy ging auch zu Barry Manilow.

Sie fühlte seine Blicke auf ihrem Hintern.

Als der Song zu Ende war und sofort wieder Rock aus den Lautsprechern dröhnte, ließ sie sich auf seinen Schoß fallen.

Er zuckte zurück und stand auf.

Katja wäre fast auf den dreckigen Boden gefallen, hatte sich aber in letzter Sekunde abgefangen.

Sie hatte seine Erektion gespürt.

»Entschuldige«, hatte er geflüstert und ihre Hand gegriffen. »Du bist so wunderschön. Ich danke dir für diesen Tanz.«

Er hatte ihren Handrücken geküsst und den Kellner herangewunken.

Ein paar Minuten später hatten sie sich vor ihrer Haustür verabschiedet.

Samstag würde sie ihn wiedersehen und dann würde sie alles tun, um seine Reserviertheit zu durchbrechen.

Samstag würde sie mit ihm schlafen.

Endlich würde sie genau das erleben, wovon sie schon so lange träumte.

Sie drehte sich auf die rechte Seite und legte ihre Hand zwischen ihre Beine.

Ihr Unterleib pochte immer noch.

Lächelnd ließ sie sich in den Schlaf gleiten.

Simon 1997

Tanz ist die Kunst, die die Seele des Menschen am meisten bewegt.

(Platon, griechischer Philosoph, 428/427 v. Chr. - 348/347 v. Chr.)

Der Anruf erreichte ihn nachmittags.

Es war ein Donnerstag und er war gerade aus der Kantine gekommen.

Donnerstags aß er immer nur einen Salat von dem reichhaltigen Buffet, denn abends ging er mit ein paar Kollegen zum Kartenspielen in eine kleine Kneipe.

Dort gab es einfache, deftige Gerichte und er achtete auf sein Gewicht.

Er hatte kaum Freunde, aber er bemühte sich immer um Kontakte.

Das war ihm wichtig.

Er wollte kein Außenseiter sein, auch wenn er eigentlich viel lieber alleine war.

Die Sonne schien durch sein Fenster.

Er hatte ein eigenes kleines Büro.

Darauf war er stolz.

Er mochte es nicht, mit anderen in einem Raum zu arbeiten. In den letzten Jahren hatte er sich Respekt und Ansehen verschafft in dem renommierten Steuerbüro im Frankfurter Westend.

Sein Berufsweg war geradlinig und zügig verlaufen.

Abitur, bei der Bundeswehr wurde er ausgemustert, dann BWL-Studium in Frankfurt, nach fünf Jahren die Ausbildung zum Steuerberater.

Seitdem arbeitete er jetzt schon in derselben Kanzlei.

Er wollte sich an diesem Nachmittag einem wichtigen, aber komplizierten Kunden widmen, dessen Steuererklärung schon seit Tagen auf seinem Tisch lag.

Der Anruf störte ihn.

Als er die tiefe Stimme am anderen Ende der Leitung hörte, erstarrte er.

Sofort war er wieder vier Jahre alt oder neun oder zwölf.

»Was willst du?«, blaffte er in den Hörer.

»Simon. Ich freue mich auch, dich zu hören. Ich hoffe, es geht dir gut.«

Die Ironie tropfte förmlich aus dem Telefon und sein Magen zog sich zusammen.

»Hör zu, ich mache es kurz. Deine Mutter ist gestorben. Du müsstest herkommen und einiges organisieren. Die Gruppe möchte sich nicht darum kümmern, weil Dassana sich in den letzten zwei Jahren nur noch mit harten Drogen vollgepumpt hat. Es war eine große Belastung für uns. Sie ist an multiplem Organversagen gestorben. Ihr Körper hat es zum Schluss nicht mehr geschafft. Sie liegt jetzt in einem Bestattungsunternehmen. Komm her. Regle das mit der Beisetzung und hole ihre restlichen Sachen vom Hof ab. Allerdings wird es da zugehen wie im Taubenschlag. Die Gruppe verlässt den Hof. Wir haben etwas anderes gefunden. Bist du noch dran, Simon?«

»Ja. Ich habe alles gehört, Klaus.«

»Ich heiße seit vierzig Jahren nicht mehr Klaus. Das weißt du auch. Nenn mich bitte Chanda. So viel Respekt könntest du wohl haben.«

»Chanda.« Simon spuckte den Namen fast aus. »Ich komme morgen früh zum Hof. Dann kannst du mir alles Weitere erklären.«

»Gut, wir sehen uns morgen.«
Es klickte in der Leitung.
Simon stand auf und ging zur Toilette.
Dort erbrach er den Salat.
Er zitterte so heftig, dass er es kaum schaffte, sich den Mund auszuspülen und die Hände zu waschen.
Für den Rest des Tages meldete er sich krank.

Auf der Fahrt an die holländische Grenze versuchte er, sich schöne Erinnerungen mit seiner Mutter ins Gedächtnis zu rufen.
Alle Bilder, die vor seinem Inneren auftauchten, hinterließen ein Gemisch aus Wut, Verzweiflung und Einsamkeit.
Er sah sie tanzen.
Ihr hennarotes Haar wehte wie eine Fahne.
Sie drehte sich – immer schneller um sich selbst.
Sie lachte und warf den Männern eindeutige Blicke zu.
Irgendwann kam dann immer der Zeitpunkt, an dem sie sich ihre Kleider vom Leib riss.
Die orangen Tücher fielen von ihr ab und jeder konnte ihre dunklen Brustwarzen und das dicke Büschel schwarzer Schamhaare sehen.
Schweiß lief an ihrem Körper herunter und am Höhepunkt der Musik warf sie sich auf den Boden.
Die Arme und Beine weit ausgebreitet.
Irgendeiner der anderen Tänzer stieg schließlich auf sie und ihr Körper drückte sich ihm entgegen.
Manchmal sah sie dabei in die Augen ihres Sohnes.
Der kleine Junge am Rande der Tanzfläche starrte zurück.
Keine gute Erinnerung.

Er suchte nach einem anderen Erlebnis, das ihn mit seiner Mutter verband.

Diesmal liefen sie durch den Wald, der den alten Bauernhof umgab, auf dem sie lebten.

Pilze suchen.

Er hatte sich auf diesen Nachmittag gefreut.

Nur er und Dassana, die eigentlich Margret Berger hieß.

Sie hatte ihm versprochen, dass sie die Pilze anschließend zusammen braten würden.

Nach einer Stunde war ihr Korb fast voll, als seine Mutter einen riesigen, roten Fliegenpilz entdeckte.

»Sieh nur, Simon«, hatte sie gesagt, »wenn man den isst, kann man fliegen!«

Sie hatte von dem rohen Pilz abgebissen und ihm kleine Stückchen davon in den Mund geschoben.

Es schmeckte bitter, trotzdem hatte er tapfer geschluckt.

Nach ein paar Minuten musste er sich übergeben.

Seine Mutter schleppte sich und ihn zurück zum Hof.

Drei Tage lagen sie im Bett.

Von Krämpfen, Durchfall und Erbrechen geschüttelt.

Wieder keine gute Erinnerung.

Er gab es auf.

Nach zwei Stunden erreichte er den alten Hof.

Dort herrschte reges Treiben.

Autos wurden beladen, ein alter VW-Bus stand mitten in der Einfahrt.

Kinder spielten zwischen den Umzugskisten.

Er hatte kaum sein Auto geparkt, als er schon die kleine, gedrungene Gestalt von Chanda aus dem großen Eingangstor kommen sah.

Er führte ihn zu dem Zimmer, in dem seine Mutter bis zum Schluss gelebt hatte.
»Willst du was von ihren Sachen? Sonst teilen wir sie untereinander auf. Ihre Kleider habe ich schon an die Frauen verteilt, die wirst du ja wohl nicht wollen.«
Simon war unfähig zu antworten.
Der Anblick des Raumes und der Geruch einer bestimmten Sorte Räucherstäbchen versetzte ihn sofort wieder in seine Kindheit zurück.
Das große Bett, aus alten Paletten gebaut, stand immer noch auf seinem Platz.
Wie viele Nächte hatte er darin gelegen und auf seine Mutter gewartet, die sich mit einem der Männer vergnügte.
Manchmal auch mit mehreren.
Er sah Chanda stumm an.
»Na komm, so schlimm wird es schon nicht sein. Du hast sie ja schließlich nicht mehr gesehen, seitdem du hier ausgezogen bist. Und das war, wenn ich mich richtig erinnere, an deinem achtzehnten Geburtstag. Ich lasse dich allein. Such dir zusammen, was du haben willst. Alles, was in einer Stunde noch hier drin ist, verschenke ich oder ich verbrenne es. Wir haben keine Zeit mehr, in zwei Tagen sind wir hier raus.«
»Warum zieht ihr weg?« Simon hatte seine Sprache wiedergefunden. »Ihr habt doch ewig hier gewohnt.«
»Der Hof gehört Ananta. Er hat ihn damals von seinem Vater geerbt. Er hat sich verändert und wir verstehen uns nicht mehr mit ihm. Deshalb will die Gruppe weg. Schlechte Schwingungen.«
»Und was passiert jetzt damit?«
»Nichts. Er wird vergammeln. Ananta lebt inzwischen in den Staaten. Das Gemäuer hier interessiert ihn nicht mehr. Und uns

auch nicht. Keine Ahnung, wahrscheinlich wird er irgendwann zusammenfallen.«

Chanda ließ die alte Tür ins Schloss knallen und Simon war alleine in dem Raum, in dem seine Mutter so viele Jahre gewohnt hatte.

Überall Kerzen.

Ein buntes Tuch an der Decke über dem Bett.

Regale voller Bücher.

Der Kleiderschrank stand offen, leer geräumt bis auf ein graues Umschlagtuch.

Er erinnerte sich daran.

Im Winter, wenn es kalt war, hatte sie es sich um die Schultern gehängt.

Vorsichtig setzte er sich aufs Bett.

Sofort umgab ihn ihr Geruch.

Nach Sandelholz und Vanille.

Er schloss die Augen.

Spürte ihre Finger auf seiner Stirn.

»Es wird schon alles wieder gut, mein Kleiner. Sorge dich nicht. Lebe. Und tanze. Für mich.«

Simon erwachte von einem leichten Schritt und dem Knarren des alten Holzbodens.

»Hey.«

Die Stimme kam ihm vertraut vor.

Gasha, die beste Freundin seiner Mutter, stand neben dem Bett.

»Du bist eingeschlafen. Geht es dir gut?«

Er hatte Gasha immer gemocht.

Sie war ganz anders als seine Mutter.

Sanfter, vorsichtiger.

»Ja. Danke. Es geht mir gut.«

»Bist du traurig, weil sie gestorben ist? Musst du nicht. Ihr geht es jetzt besser. Sie ist im Licht. Und sie muss sich nicht mehr anstrengen, um dahin zu kommen. Sie hat es geschafft.«
Gasha war alt geworden. Ihr langes Haar war grau. Sie schien es nicht mehr zu färben. Fältchen hatten sich um ihre Lider und Mundwinkel gegraben, aber ihre Augen strahlten noch in demselben Blau wie früher.
»Komm, lass den Raum hier los. Kein guter Spirit. Ich bringe dich zu deinem Lieblingsplatz. Weißt du noch, wo das ist?«
Sie lächelte.
»Der Bunker!«
Die Erinnerung war sofort da.
In dem kalten Keller hatte er sich immer versteckt.
Dann, wenn ihm alles zu viel wurde
Dann, wenn er Angst hatte.
Müde war.
Sich einsam fühlte.
Zusammen mit Gasha ging er in der großen Wohnküche auf die kleine Tür neben der Speisekammer zu.
Die anderen Sannyasins beachtete er nicht. Die meisten von ihnen kannte er gar nicht.
Sie stiegen die steile Treppe herunter.
Nichts hatte sich verändert in dem großen Raum, dessen Wände aus bloßem Stein bestanden.
Sogar die Bravo-Poster von Sophie Marceau hingen noch an rostigen Nägeln.
Die Luft war klamm und feucht.
Ein paar Decken lagen auf dem Steinboden.
Er fühlte sich sofort zu Hause.
Gasha schauderte.

»Das ist so kalt hier unten. Ich verstehe nicht, wie du das ausgehalten hast als Kind. Wie alt warst du, als du anfangs hier runterkamst?«

»Fünf«, flüsterte er.

»Unglaublich. Hattest du keine Angst?«

»Ich hatte Angst vor dem, was oben passiert ist.«

»Das verstehe ich. Heute machen wir das anders. Die Kinder kriegen nicht mehr so viel mit. Wir versuchen, sie abzugrenzen. Damals haben wir gedacht, dass Kinder alte Seelen haben und sowieso alles schon kennen, was wir erleben. Heute versuchen wir, sie mehr zu schützen. Müssen wir auch. Du kannst dir nicht vorstellen, wie viel Ärger wir mit den Schulen und dem Jugendamt haben.«

Simon konnte es sich vorstellen und plötzlich stieg die Wut wieder in ihm auf.

Wie oft hatte er hier gesessen und sich gefürchtet.

Wie oft hatte er hier seine Hausaufgaben erledigt, weil er oben keine Ruhe dazu hatte.

»Ihr habt euch an uns versündigt!«, stieß er hervor.

»Komm, jetzt übertreibst du aber.« Gasha klang genervt. »Ihr hattet ein tolles Leben. Welches Kind hat schon so viele Freiheiten? Ihr durftet aufbleiben, bis euch die Augen zufielen, ihr durftet essen, was ihr wolltet, ihr habt draußen gespielt bis tief in die Nacht …«

»Und wir haben zugesehen, wie ihr gefickt habt!«, fuhr er sie an.

»Wir haben gefroren, weil ihr uns nichts Warmes zum Anziehen gegeben habt. Wir hatten Hunger, weil niemand Lust zum Kochen hatte. Wir hatten Läuse und Flöhe, weil es niemanden interessiert hat, ob wir gewaschen und gekämmt waren. Wir hatten keine Freunde in der Schule, weil die anderen Kinder nicht

mit uns spielen durften. Tolle Freiheit, Gasha! Wirklich! Eigentlich müsstet ihr alle in den Knast gehen!«
Seine Stimme wurde leiser und gefährlicher: »Und von dem, was ihr mit uns gemacht habt, wenn ihr ein paar Drogen zu viel genommen hattet, wollen wir gar nicht erst reden, oder? Weißt du noch, dass du mich angefasst hast? Weil Chanda es dir befohlen hatte? Da war ich zwölf und ich wusste noch nichts über Sex. Wenn du es nicht gemacht hättest, hätte meine Mutter den Job übernommen. Ihr wart dem Irren ja hörig!«
»Simon, es tut mir leid.« Gasha hatte Tränen in den Augen. »Ich habe ja gesagt, dass das alles nicht richtig war. Lass es los. Es tut dir nicht gut!«
»Loslassen? Das ist schnell spirituell daher gesagt! Loslassen! Dass ich nicht lache! Es begleitet mich jeden Tag!«
»Das darf es aber nicht. Es gehört zu dir, aber es darf dich nicht beherrschen.« Gasha legte eine Hand auf ihr Herz. »Du musst deinen eigenen Weg fühlen. Dein Herz leitet dich!«
Simon schnaubte verächtlich, schob die Frau beiseite und rannte die Stufen nach oben.
Chanda empfing ihn dort mit einem breiten Grinsen.
»Na, Kleiner? In der Vergangenheit geschwelgt?«
»Ich will nichts von ihren Sachen, Klaus.« Simon benutzte absichtlich nicht den Sannyas-Namen. »Tut damit, was ihr wollt.«
»In Ordnung.« Der Mann ließ sich nicht aus der Ruhe bringen.
Er drückte Simon einen Zettel in die Hand.
»Das ist das Beerdigungsinstitut, wo die Leiche deiner Mutter ist. Sie wollte verbrannt werden. Vielleicht tust du ihr diesen letzten Gefallen. Und noch was, Simon: Hör auf, dir selber leidzutun. Was willst du denn? Dir geht es doch gut. Du hast einen tollen Job, wirst wohl viel verdienen in deiner Steuerkanzlei. Davon

leben wir hier wahrscheinlich drei Monate mit zwanzig Leuten. So viel können wir ja nicht falsch gemacht haben, was?«

Simon schrie ihn an: »Das habe ich mir alles selbst erarbeitet. Weißt du, wie viele Nächte ich in dem Bunker lag und gelernt habe? Weißt du, was es mich gekostet hat, das Studium alleine zu finanzieren? Ich habe im Schlachthof gejobbt dafür! Weißt du, was es für ein Gefühl ist, wenn die eigene Mutter einen verrät? Wenn man nichts hat, auf dem man sein Leben aufbauen kann, außer ein paar Verrückten, die in orangen Klamotten rumlaufen und ›Namaste‹ rufen? Du hast doch keine Ahnung, Klaus!«

»Wut ist immer ein guter Katalysator.« Der Sannyasin lächelte. »Nutze sie! Aber richtig!«

Simon hörte ihm nicht mehr zu.

Er drehte sich um und stürmte auf seinen Wagen zu.

Dann ließ er den Motor aufheulen und ein paar Hühner stoben auseinander.

Die Reifen drehten fast durch, als er vom Hof schoss.

Im Rückspiegel sah er das alte Gebäude immer kleiner werden.

Sein Atem beruhigte sich erst, als er den Wald hinter sich gelassen hatte und die Landstraße erreichte.

Er meinte immer noch, den Duft seiner Mutter wahrzunehmen.

Der ganze Wagen schien erfüllt davon.

Erschöpft hielt er an und griff nach einer Wasserflasche, die er auf den Rücksitz gelegt hatte.

Zwischen seinen Fingern spürte er etwas Weiches, Wolliges.

Das graue Cape.

Gasha musste es ihm ins Auto gelegt haben.

Darin hat sie nie getanzt, dachte er.

Darin war sie wie eine richtige Mutter.

Das Tanzen erschien ihm wie der Ausdruck der schlechten Energie, die seine Mutter umgeben hatte.
Immer wieder hatte sie sich dem hingegeben.
Sie wurde nie müde, sich in einem ewigen Trommelrhythmus zu drehen.
Er zog den Umhang zu sich heran und legte ihn vorsichtig über seine Brust.
Jetzt endlich konnte er weinen.

Die Formalitäten waren schnell erledigt.
Simon hatte darauf verzichtet, die Leiche seiner Mutter noch einmal zu sehen.
Er entschied sich bewusst für eine Grabstätte am Rand eines alten Friedhofs.
Der Platz kostete ein kleines Vermögen, aber er überwies sofort die Summe, um ihn für zwanzig Jahre zu bezahlen.
Der Sarg war aus heller Eiche und der Bestatter hatte ihm versprochen, dass seine Mutter ungeschminkt und mit dem grauen Cape bedeckt sein würde.
Es gab eine Messe in der kleinen Kirche.
Außer ihm nahmen nur ein paar alte Frauen daran teil.
Sie kannten seine Mutter nicht, sie waren einfach nur zur Morgenandacht gekommen.
Danach ging er alleine hinter dem Sarg her bis zum Friedhof.
Er ekelte sich, als er vor ihrem Grab stand.
Ein echtes Grab mit einem Leichnam darin.
Keine Einäscherung, wie sie sich das gewünscht hatte.
Er wollte, dass sie langsam verfaulte.
Stellte sich vor, wie sich Würmer durch ihr Gehirn fressen würden.

Konnte den Gestank der Verwesung förmlich riechen, den ihr Körper ausdünsten würde.
Kein Sandelholz und keine Vanille.
Keine Meditation und keine indischen Sitars, zu denen sie tanzen konnte.
Ein einfaches Grab mit einem ewigen Licht darauf und einem Kranz, auf dessen Bändern stand: »Von Deinem Sohn Simon. Ich habe Dich immer vermisst.«
Er hatte sich vier Wochen frei genommen.
Der erste lange Urlaub, seitdem er seine Prüfungen zum Steuerberater abgelegt hatte.
Die Kanzlei hatte Verständnis gezeigt, dass er nach dem Tod seiner Mutter ihre Angelegenheiten regeln musste.
Aber es gab nichts zu regeln.
Nach der Beerdigung reiste er ziellos durch die Gegend.
Das Auto hatte er nach Frankfurt zurückgebracht.
Er wollte mit Zügen unterwegs sein.
Züge gaben ihm immer das Gefühl von Geborgenheit.
Menschen stiegen ein und aus.
Reisten eine kleine Strecke zusammen und trennten sich dann wieder.
Wie im Leben, dachte Simon, als er im ICE von Frankfurt nach Kassel saß.
Seine erste Station.
Es sollte wunderschöne Wälder um Kassel herum geben.
Danach sah er sich Marburg an, dann zog es ihn in den Osten.
Der Erfurter Dom beeindruckte ihn.
Leipzig gefiel ihm nicht.
In Dresden mochte er die Gärten um den Zwinger.

Über Magdeburg fuhr er nach Hannover und von dort aus nach Münster.
Er schlief in kleinen Pensionen und aß in billigen Gaststätten.
Die Beerdigung und das Grab hatten seine Ersparnisse aufgebraucht.
Oft nahm er die Nachtzüge und dachte sich Geschichten aus zu den Menschen, die er in den Zugwaggons beobachtete.
Er schlief schlecht und er verlor an Gewicht.
In Düsseldorf entschied er, dass es langsam an der Zeit war, wieder nach Hause zu fahren. Die vier Wochen waren fast um.
Er stieg in Koblenz aus und wartete auf eine Verbindung nach Frankfurt.
Dann sah er das Mädchen.
Sie hatte lange, dunkle Haare und volle Lippen.
Sie verabschiedete sich direkt neben ihm von ihren Eltern.
»Pass gut auf dich auf, mein Schatz«, hörte er ihre Mutter sagen. »Und sei vorsichtig mit dem Bauchtanzkostüm. Ich habe es stundenlang gebügelt.«
Ihr Vater drückte ihr Geld in die Hand.
»Damit du nicht verhungerst!«
»Geht schon, ihr müsst nicht mit zum Gleis kommen.« Das Mädchen schien genervt. »Das schaffe ich schon alleine.«
»Gleis sieben«, rief ihre Mutter.
Er warf einen Blick auf die Tafel mit den Abfahrtszeiten.
Gleis sieben. Der Zug nach Aachen.
Langsam ging er die Stufen zum Bahnsteig hinauf.
Aachen war sicher auch schön.
Er hatte noch drei Tage.
Donnerstag wollte er wieder im Büro sein, das hatte er versprochen.

Die Bilanz für »Spenger & Spenger« war fällig.
Er sah ihr nach, wie sie die Stufen hochlief.
Immer zwei auf einmal.
Aus dem kleinen Korb in ihrer Hand blitzte ein violetter Schleier.
Bauchtanz.
Er wurde wütend.
Wie konnte man einem so jungen Mädchen erlauben, diesen Tanz zu tanzen.
Seine Mutter hatte Bauchtanz geliebt.
Vor seinem inneren Auge sah er, wie sie voller Hingabe die Hüften rollen ließ.
Tanzen war für ihn der Inbegriff der Wollust und des Kontrollverlusts.
Der Zug war inzwischen eingelaufen und die Menschen drängten sich durch die Türen.
Es war Sonntagnachmittag.
Die Waggons waren voll, kaum ein Sitzplatz blieb frei.
Ohne nachzudenken, stieg er ein und platzierte sich so, dass er das Mädchen beobachten konnte.
Sie lehnte an einem Fahrradständer und hatte die Augen geschlossen.
Ungestört ließ er seinen Blick über ihren Körper gleiten.
Die vollen Brüste unter dem engen weißen T-Shirt.
Ausladende Hüften in hellen Jeansshorts.
Ihre Beine waren schlank und gerade und ihre Fesseln schmal.
Er stellte sich vor, wie sie tanzte.
Wie sie dabei flirtete.
Kokett das Becken kreisen ließ.
Erregung gemischt mit Wut durchflutete ihn.
Als der Zug in Aachen einlief, stellte er sich dicht hinter sie.

Sie sprang aus der Bahn und unbemerkt gab er ihrem Korb einen kleinen Tritt.
Sie verlor die Balance und das Gepäck flog auf den Bahnsteig.
Eine violette Wolke breitete sich auf dem grauen Pflaster aus.
Das Bauchtanzkostüm.
Er griff danach, bevor sie es tun konnte.
»Das ist aber ein schönes Kleid«, sagte er und lächelte sie an.

Es war leicht gewesen herauszufinden, wo in Aachen Bauchtanzkurse gegeben wurden.
Ein paar Telefonate und schon hatte er alle Informationen, die er brauchte.
Er mietete sich in einer kleinen Pension in der Nähe des Bahnhofs ein und schon ein paar Tage später beobachtete er sie vor einem Altbau in der Vaalserstraße.
Saliha Erdem, eine Türkin, gab dort Kurse in orientalischem Tanz.
Angeekelt sah er sie mit den anderen Frauen in den Hauseingang strömen.
Nach anderthalb Stunden kam sie wieder heraus und in ihrem Blick fand er dieselbe Verzücktheit, die er auch schon bei seiner Mutter gesehen hatte.
Er folgte ihr unauffällig bis zu einem grauen Mehrparteien-Haus.
Die Straße gefiel ihm nicht.
Es war laut und unruhig.
Zwei Kneipen. Eine Theaterwerkstatt. Bäcker. Ein Supermarkt. Viele Studenten.
Als die Tür hinter ihr ins Schloss fiel, warf er einen Blick auf die Klingelschilder.
Nur Nachnamen.
Das störte ihn nicht.

Er hatte Zeit.

Jetzt konnte er allerdings nicht länger in der Stadt bleiben, weil er sonst seinen Job riskiert hätte, aber er beschloss, bei der nächsten Gelegenheit wiederzukommen.

Eine Woche später sprach er sie an.

In der Firma hatte er von dringenden Erbangelegenheiten gesprochen und sich noch mal eine Woche frei genommen.

Als ob seine Mutter irgendetwas zu vererben gehabt hätte.

Man schluckte die Tatsache, dass Simon fehlen würde, ungern, aber sie ließen ihn gehen.

Er hatte keinen Plan, als er das Bauchtanz-Mädchen in ein Gespräch verwickelte.

Es war einfacher, als er dachte.

Sie war zutraulich, offen und sie flirtete mit ihm.

Das bemerkte er schon in den ersten Minuten.

Katja.

Neunzehn Jahre.

Blutjung und schon verdorben.

Sie machte ihn förmlich an.

Spielte mit ihren Lippen, ihren Händen, ihrer Zunge, um ihn aufzugeilen.

Er versuchte, gelassen zu bleiben, aber von Minute zu Minute wurde das schwieriger.

Sie trank viel und wurde dadurch noch hemmungsloser.

Schließlich tanzte sie für ihn.

Zu einem alten Barry Manilow Song, den seine Mutter geliebt hatte.

Da brach etwas in ihm auf.

Er starrte sie an und konnte nicht mehr unterscheiden, ob es seine Mutter war, die vor ihm lasziv den Unterleib bewegte, oder diese junge Studentin.

Plötzlich war alles wieder da.

Die heimliche Erregung.

Das Wissen, etwas Verbotenes zu tun.

Der Wunsch, sich gehen zu lassen.

Und dann war da diese unbändige Wut auf sie, denn ihr Verhalten löste all das in ihm aus.

Er musste sie haben.

Er musste sie bestrafen.

Und es war ganz leicht.

Katja war arglos und in ihn verliebt.

Als der Kneipenwirt um 1.00 Uhr dicht machen wollte, stand er mit ihr auf der Straße und sie lehnte sich an ihn, wandte ihm ihr Gesicht zu und wartete auf einen Kuss.

Er küsste sie nicht, sondern streifte nur ihre Wange.

Wenn er etwas über Frauen wusste, dann dass man sie zappeln lassen musste.

An diesem Abend würde sie das letzte Mal alleine in ihr Bett gehen.

Simon dachte die ganze Nacht nach und legte sich seinen Plan zurecht.

Zusammen mit ihr wollte er noch mal zu dem Hof fahren.

Ihr seinen Bunker zeigen.

Es war erst kurz nach 8.00 Uhr, als er sie anrief.

Sie klang verschlafen und war schlecht gelaunt.

Kein Wunder nach der letzten Nacht und all den Margaritas.

»Ich muss lernen, Simon, ich schaffe es heute nicht.«

»Was musst du lernen?«

»Für eine Hausarbeit in Geschichte.«
»Ich bin gut in Geschichte. Ich helfe dir.«
Sie lachte.
»Ich habe eine Überraschung für dich.« Er ließ nicht locker. »Etwas, das ich dir unbedingt zeigen möchte.«
Er ließ seine Stimme dunkel und begehrenswert klingen, fast ein wenig heiser.
»Und, Katja, bring dein Bauchtanzkostüm mit!«
»Was? Wozu das denn?«
»Frag nicht, tu es einfach für mich. Du wirst es nicht bereuen.«
Seine Stimme und der leicht befehlende Ton darin verfehlten ihre Wirkung nicht.
Eine Stunde später parkte er seinen Wagen vor ihrer Haustür.
Es regnete und die Scheibenwischer quietschten.

Katja 1997

Wo immer die Tanzende mit dem Fuß auftritt, da entspringt dem Staub ein Quell des Lebens.

(Rumi, 1207 - 1273, persischer Dichter)

Der Wagen schnurrte wie eine Katze, als sie über die Autobahn fuhren.

Es regnete schon den ganzen Morgen und der Verkehr war dicht.

Katja lehnte sich im Sitz zurück.

Sie fror und sie war müde.

Aber der Mann neben ihr übte eine solche Anziehungskraft auf sie aus, dass sie nicht schlafen konnte.

Sie war neugierig, wohin er sie bringen würde.

Als er vor einer halben Stunde an ihrer Tür auf sie gewartet hatte, blieb ihr kaum Zeit, sich anzuziehen und zu schminken.

Sie hatte einfach eine Jeans übergestreift und schnell noch etwas Wimperntusche und Lippenstift aufgetragen.

Knallroten Lippenstift – der passte zwar nicht zu der frühen Uhrzeit, aber wunderbar zu ihren dunklen Haaren.

Simon hatte mit laufendem Motor in der kleinen Straße gewartet.

Er hatte sich extra ein Mietauto genommen, um diese Tour mit ihr zu machen.

Das erfüllte sie mit Stolz.

So etwas hatte noch niemand für sie getan.

Sie sah auf die Autobahnschilder und konnte sich keinen Reim auf das Ziel ihrer Fahrt machen.

»Willst du nach Holland an die See fahren?«, fragte sie.

Keine Antwort … Simon grinste nur verschwörerisch.

Nach einer halben Stunde verließen sie die Autobahn und fuhren auf kleinen Landstraßen in ein Waldgebiet.
Jetzt wurde es holprig und Katja wurde hin und her geschüttelt auf dem unebenen Weg.
Ein großer, alter Hof tauchte vor ihnen auf.
Er wirkte verlassen.
Simon stellte den Motor ab und sah sie erwartungsvoll an.
»Was ist das?« Ihr war leicht übel von der Fahrt und ihr Magen hob sich ein bisschen.
»Das ist ein Objekt, das ich mir kaufen möchte. Ich wollte es dir zeigen, weil ich glaube, dass du einen guten Geschmack hast und genug Vorstellungskraft, um zu sehen, was man daraus machen kann.«
Sie war geschmeichelt.
Er traute ihr zu, diese Entscheidung mit ihm zusammen zu treffen, dabei hatte sie keine Ahnung von Immobilien.
Der Regen wurde stärker und sie beobachtete die Bäume, die sich im Wind bogen.
»Es sieht ziemlich runtergekommen aus.«
Sie hatte keine Lust, aus dem trockenen Auto zu steigen.
»Das stimmt, aber warte, bis du es von innen siehst. Es ist gigantisch.« Er riss die Tür auf und sofort drang kühle Luft in den Wagen. »Komm schon, guck es dir an. Es wird dir gefallen.«
Zögernd stieg sie aus und lief mit ihm zusammen auf das große Hoftor zu.
Simon zog es auf und der Geruch nach altem Gemäuer und süßlichen Räucherstäbchen drang ihr entgegen.
»Wieso ist es offen?«, wunderte sie sich.

»Der Makler hat nicht abgeschlossen, damit wir ohne Probleme reinkommen. Er hatte so früh noch keine Zeit. Und zu klauen gibt es hier nichts.«

Simon führte sie in eine große Diele.

»Das ist die Deel. So nennt man den Bereich eines alten Hofs, der die Stallungen und den Wohntrakt verbindet.«

Er schloss die Tür.

Katja zuckte zusammen.

Sie fühlte sich nicht wohl und wünschte, sie wäre jetzt in ihrer kleinen, gemütlichen Wohnung.

Er zeigte ihr verlassene Räume, die so aussahen, als wären sie noch vor Kurzem bewohnt gewesen.

Vereinzelt lagen Kleidungsstücke herum, vergessene Bücher, Kinderspielzeug.

Auf dem gusseisernen Herd stand ein Becher mit schwarzem Tee, auf dem sich bereits ein öliger Film gebildet hatte.

Kalt und abgestanden.

Wie alles auf diesem Hof.

»Wer hat hier zuletzt gewohnt?«, fragte sie.

»Keine Ahnung. Irgend so eine Kommune. Komische Leute und sauber waren sie wohl auch nicht. Sieht hier ja aus wie in einem Schweinestall.«

Er warf einen missbilligenden Blick auf die Müllreste auf dem Boden.

»Mir ist kalt hier drin Simon.«

»Du wirst doch jetzt nicht jammern, wie ein kleines Mädchen? Ich habe gedacht, du bist eine Frau, die weiß, was sie will.«

Der Blick, den er ihr zuwarf, traf sie tief in den Bauch.

Da war es wieder, dieses Gefühl, das er in ihr auslöste.

Ihr Unterleib begann, zu kribbeln.

»Komm mit, wir suchen uns einen schönen Platz.« Seine Stimme klang heiser vor Erregung.
Er öffnete eine Tür im hinteren Teil des Hauses.
Der Raum war fast leer.
Ein Bett aus Paletten stand an der Wand.
Darüber ein buntes Tuch, das die hässliche Wand verbarg.
Es roch nach Sandelholz und Vanille.
Er breitete seine Jacke über dem Bett aus und drehte sich auffordernd zu ihr um.
Sie sank in seine Arme.
Endlich küsste er sie.
Diese Art von Küssen kannte sie nicht.
Fordernd, wild, er biss in ihre Lippen.
Sie zuckte nicht zurück.
Er schob sie auf das Bett, zerrte an ihrer Windjacke und öffnete sie geschickt.
Sekunden später lag sie nackt vor ihm.
Sie hörte ihren eigenen Atem.
»Was hast du denn da im Gesicht, meine Tänzerin?«
Unwirsch zog er mit dem Finger ihre Lippen nach.
»Lippenstift«, flüsterte sie.
»Das brauchst du nicht, das brauchen nur Huren. Bist du eine Hure?«
Sie wunderte sich.
»Nein, natürlich nicht.«
»Dann wisch es ab!«
Er klang streng.
Sie gehorchte und fuhr mit dem Handrücken über ihren Mund.
»So ist gut.« Seine Stimme klang wieder weich und warm. »Ich habe uns etwas mitgebracht.«

Er zog ein winziges, gefaltetes Stück Alufolie aus seiner Hosentasche, aus dem er vorsichtig etwas auspackte.
»Mach den Mund auf.«
»Nein, ich will so was nicht nehmen. Was ist das?«
Sie versuchte, sich auf die Ellenbogen zu stützen.
Er drückte sie wieder zurück.
»Das hilft dir, zu entspannen. Los mach schon.«
Sie wehrte sich.
Plötzlich legte er sich mit seinem gesamten Gewicht auf ihren Oberkörper.
Sie bekam keine Luft mehr und öffnete den Mund.
Sie schrie.
Irgendetwas lief hier falsch.
Panik kroch in ihr hoch und sie kämpfte verzweifelt unter ihm.
Aber er war zu schwer und schob das kleine Stück Papier in ihren Mund.
Er drückte ihre Lippen zusammen und grinste.
»LSD, kleine Bauchtänzerin. Das macht schön locker. Ich möchte doch, dass du gleich noch für mich tanzt!«

Simon 1997

Tanz ist gelebte Musik!

(Helga Schäferling, deutsche Sozialpädagogin)

Es war nicht so schwer, wie er gedacht hatte, die Grube auszuheben.

Durch den heftigen Regen der letzten vierundzwanzig Stunden war der Waldboden weich und locker.

Er grub tief.

Niemand sollte sie finden.

Und auch die Tiere sollten nicht angelockt werden.

Das Waldgebiet um den alten Hof war groß und einsam.

Es hatte einmal derselben Bauernfamilie gehört, die ihn bewirtschaftet hatte.

Jetzt verirrten sich nur ab und zu Spaziergänger in die Gegend und ein Landwirtschaftsbetrieb sorgte dafür, dass umgefallene Bäume keine Wege blockierten.

Der Jagdpächter kümmerte sich um die Wildschweine, Rehe und Hasen.

Von Weitem konnte Simon die Autobahn hören.

Es war stockdunkel, aber dank seiner Stirnlampe konnte er gut sehen, was er tat.

Er war immer noch erfüllt von dem, was passiert war.

Die Euphorie legte sich nur ganz langsam.

Nachdem er Katja das LSD gegeben hatte, war es ganz einfach gewesen.

Er hatte sich auf ihr ausgetobt und sie hatte willenlos und betäubt unter ihm gelegen.

Nachdem seine erste Erregung befriedigt war, fesselte er sie und brachte sie runter in den Bunker.
Aus dem Wagen holte er ihre Tasche mit dem Kostüm.
Als er die weichen Stoffbahnen unter seinen Fingern fühlte, stieg wieder diese bittersüße Erregung in ihm auf.
Genauso eins hatte seine Mutter besessen.
Nachdem die erste Wirkung der Droge nachgelassen hatte, befahl er Katja, das Kleid anzuziehen.
Sie weinte und flehte ihn an, sie nach Hause zu bringen.
Er wurde wütend und schlug ihr ein paar Mal heftig ins Gesicht.
Dann tat sie, was er verlangte.
Er zündete Kerzen an und legte die CD mit der arabischen Musik ein.
Er war stolz, weil er sogar an einen Player gedacht hatte.
Das Mädchen stand mitten in dem kalten Raum und zitterte.
»Los. Mach schon. Tanz!«, forderte er sie auf und sie begann, langsam zu tanzen.
Es war wie ein Flashback in seine Kindheit.
Das Klirren der kleinen Schellen an dem Kostüm.
Die Haare, die bei jeder Drehung flogen.
Die Hüften, die sich im Takt der Trommeln und Flöten wiegten.
Seine Mutter hatte diese Art der Musik sehr gemocht.
Sie hatte ihm sogar erklärt, welche Instrumente benutzt wurden.
Darbukas waren die großen Blechtrommeln, die mit einer Fellschicht überzogen waren und den Rhythmus bestimmten.
Ouds, die kleinen Saiteninstrumente, gaben der Musik ihren verträumten und exotischen Klang und die Nay, eine Art Langflöte, die bis zu einem Meter lang sein konnte, sorgte für die Höhen.

All das ging ihm jetzt durch den Kopf, als er Katja beim Tanzen zusah.
Das und noch viel mehr.
Er blendete ihr Schluchzen aus.
Das Zittern, das ihren Körper zusätzlich schüttelte.
Irgendetwas stimmte noch nicht.
Als er das Blut von seinen Schlägen in ihrem Gesicht sah, wusste er, was noch fehlte.
Er stand auf und zog das kleine Schweizer Messer aus seiner Hosentasche.
Vor Jahren hatte er es in Luzern gekauft und seitdem sorgte er dafür, dass es immer scharf war.
Jeden Morgen steckte er es ein, zusammen mit seinen Schlüsseln und seiner Brieftasche.
Das Mädchen stand mit dem Rücken zu ihm.
Er stellte sich ganz nah hinter sie, als würde er mit ihr tanzen wollen.
Langsam griff er ihren Arm und mit einer blitzschnellen Bewegung ließ er das Messer über ihr Handgelenk gleiten.
Senkrecht.
Er traf ihre Pulsader ganz genau.
Sie schrie, aber er hielt sie fest und packte ihren anderen Arm.
Wieder schnitt er tief in ihr Fleisch.
Sie sank zu Boden.
Die Drogen waren noch immer in ihrem Körper und machten sie hilflos.
Er sah ihr eine Weile zu, wie sie weinend auf dem kalten Steinboden kniete.
Dann befahl er ihr, wieder aufzustehen.
Schwankend gehorchte sie und begann erneut.

»Langsamer! Das ist kein Bauchtanz! Bewege deine Hüften mehr!«
Sie tat, was er verlangte.
Und in dem Moment sah er das Bild, das sich tief in sein Gedächtnis gegraben hatte.
Seine Mutter, tanzend, mit hoch erhobenen Armen.
Sie blutete aus den Handgelenken.
Im Drogenwahn hatte sie sich die Pulsadern aufgeschnitten.
Später hatte sie ihm erklärt, sie hätte sehen wollen, wie viel Blut in ihr sei.
Er war damals acht Jahre alt gewesen und hatte verzweifelt um Hilfe gerufen.
Die Angst, seine Mutter zu verlieren, war übermächtig gewesen.
Später verdrängte er diesen Tag aus seinem Kopf.
Es war, als hätte es ihn nie gegeben.
Doch jetzt, als er das Mädchen tanzen sah, mit erhobenen Armen, aus deren Handgelenken das Blut in einem stetigen Strom floss, war alles wieder da.
Er wünschte sich, seine Mutter wäre damals gestorben.
Ihm wäre viel erspart geblieben.
»Shimmy!«, rief er Katja zu.
Die Studentin bewegte die Hüften.
Ihr Gesicht war leichenblass geworden und Simon sah, dass die Pfütze aus tiefrotem Blut auf dem Boden immer größer wurde.
Das violette Kostüm bekam rostrote Flecke.
Unaufhaltsam schoss das Leben aus dem Mädchen heraus.
Nach einigen Minuten sank sie auf den Stein und bewegte sich nicht mehr.
Die Musik spielte weiter.
Simon sah ihr beim Sterben zu.

Er blieb den ganzen Tag bei ihr sitzen.

Erst als die Dämmerung einsetzte, ging er in die alte Scheune und fand, was er suchte.

Einen Spaten, eine Hacke und eine Schaufel.

Aus dem Werkzeugkoffer in seinem Wagen holte er die Stirnlampe, die er dort immer aufbewahrte für den Fall, dass er nachts eine Panne hatte.

Er hatte das Mädchen mitten im Raum aufgebahrt.

Die Kerzen, die er um sie herum angezündet hatte, ließen die Pailletten auf ihrem Kleid in allen Regenbogenfarben schimmern.

Sie sah wunderschön aus, wie sie so da lag.

Das viele Blut wischte er auf und langsam zog er ihr das Kostüm aus.

Als sie nackt vor ihm lag, erregte sie ihn so sehr, dass er sich an ihren kalten Körper schmiegte und sich noch einmal an ihr befriedigte.

Dann schleppte er sie die Treppe hinauf.

Krachend knallte die Leiche gegen die Steinstufen, als er sie hochzog.

Er hatte geschwitzt und kaum Luft bekommen.

Als er sie endlich in den Kofferraum gepackt hatte, war es schon nach Mitternacht gewesen.

Tief im Wald ließ er die Leiche nun fast sanft in das Grab, das er ausgehoben hatte, hineingleiten und schaufelte die Erde zurück.

Sorgfältig bedeckte er die Stelle mit Ästen und Laub.

Es sah genauso aus wie vorher.

Niemand würde erkennen können, dass hier ein Mädchen vergraben war.

Simon verbrachte noch zwei Tage auf dem Hof.

Er säuberte den Bunker, versuchte, jede nur mögliche Spur zu verwischen.
Allmählich beruhigte er sich und das Adrenalin, das in den letzten achtundvierzig Stunden durch seinen Körper getobt war, verebbte.
Ihm war absolut bewusst, dass er einen Mord begangen hatte, aber er fühlte sich nicht schuldig.
Er verspürte eine unglaubliche Erleichterung.
Als hätte die feuchte Erde alle Qualen seiner Kindheit zugedeckt.
Er dachte an seine Mutter und fühlte, dass sich ein Kreis schloss.
Asche zu Asche.
Staub zu Staub.
Beide Frauen waren aus seinem Leben verschwunden und alles erschien ihm plötzlich so einfach und übersichtlich.
Der alte Hof tat ihm gut und er beschloss, den Besitzer ausfindig zu machen.
Vielleicht konnte er das Gebäude kaufen.
Er mochte diesen Gedanken, denn dann könnte ihm die Erinnerung niemand mehr nehmen.
Trotzdem wusste er, dass es nie wieder passieren durfte.
Nie wieder würde er sich so gehen lassen.
Dieses Versprechen gab er sich selbst und diesmal, das schwor er sich, würde er es auch halten.

Anna 2019

Niemand kann mir nehmen, was ich getanzt habe.

(Spanisches Sprichwort)

Sie hörte dem Wind zu, wie er um das einfache Mehrfamilienhaus tobte.

Der Schneefall hatte immer noch nicht nachgelassen und es hatte lange gedauert, bis sie von der Halle endlich zu Hause war.

Charly, der Fahrer des Busses, der die Garde immer von einem Auftritt zum anderen brachte, hatte geflucht und geschimpft, es dann aber doch noch geschafft.

Ein Mädchen nach dem anderen hatte er abgesetzt.

Seine Route war ausgeklügelt und im Normalfall brauchten sie dafür nur knapp eine Stunde.

Heute waren sie mehr als drei Stunden unterwegs gewesen.

Dicke Schneeverwehungen hatten es Charly schwer gemacht.

Anna hatte in dem warmen Bus ein bisschen geschlafen und als sie jetzt in ihrem Bett lag, war sie hellwach.

Dreizehn Minuten nach vier.

Sie drehte sich auf die andere Seite und schloss die Augen.

Ihr Körper fühlte sich müde und schwer an, aber ihr Verstand war klar.

Immer wieder kreisten ihre Gedanken um den spektakulären Auftritt und um den Anruf, den sie bekommen hatte.

Sie hatte sich so sehr darüber gefreut, dass dieser Mann sie angerufen hatte, um ihr zu sagen, dass er ihr Armband wiedergefunden hatte.

Damit hatte sie nicht mehr gerechnet.

Er hatte nett am Telefon geklungen, warm, freundlich.
Sie hatte sofort Vertrauen zu ihm gefasst und sie hatten ein wenig geplaudert.
Sie hatte von ihrem Auftritt erzählt und, obwohl sie ihn kaum kannte, schien er sich gefreut zu haben, dass alles so gut gelaufen war.
Manchmal vermisste Anna so etwas wie Familie.
Sie war ihr ganzes Leben lang alleine mit ihrer Mutter gewesen.
Die beiden hatten es sich schön gemacht, viel gelacht, ihre eigenen Rituale gefunden, aber eine richtig große Familie hatte Anna immer gefehlt.
Geschwister und ein Vater, der abends von der Arbeit nach Hause kam.
Großeltern, die man besuchen konnte.
Cousins und Cousinen, mit denen man Kindheitserlebnisse teilte.
All das gab es in ihrem Leben nicht.
Die Eltern von Jutta Feldhoff waren früh gestorben.
Zu früh, als dass Anna sich an sie erinnern konnte.
Und von ihrem Vater wusste sie kaum etwas.
Ihre Mutter hatte ihr von ihm erzählt, aber die Verletzung, dass er sie einfach mit einem Kleinkind im Stich gelassen hatte, war zu groß gewesen.
Sie weigerte sich, Anna seinen Namen zu verraten oder auch nur mehr von ihm zu beschreiben als kurze Fakten.
Bis vor Kurzem war Anna darüber unglaublich wütend gewesen.
»Ich habe ein Recht darauf zu wissen, wer mein Vater ist!«, hatte sie geschrien.
Aber ihre Mutter blieb hart.
So begann Anna, sich heimlich im Verein umzuhören.

Sie erfuhr nur Bruchstücke, denn zu der Zeit der ersten Verliebtheit hatte sich ihre Mutter fast ganz aus dem Vereinsleben zurückgezogen.

Niemand konnte ihr einen Namen nennen, aber groß und schlank soll ihr Vater gewesen sein. Mit hellbraunen Haaren und blauen Augen.

Kein Kölner, das erzählte man ihr auch noch.

Er kam aus dem Norden – Hamburg oder Hannover, das wusste keiner mehr so genau – und hatte einen Job in Köln gehabt.

Das Mädchen erfuhr auch, dass ihre Mutter vor Liebeskummer fast zusammengebrochen war.

Sie hatte den Verlust kaum ertragen können.

Hätte es die kleine Anna nicht gegeben, wäre Jutta heute nicht mehr am Leben, mutmaßten einige.

Ihr Vater war wohl wieder in seine Heimat zurückgegangen nach der Trennung.

Ihm war es zu viel gewesen.

Das Baby. Die Stadt. Annas Mutter.

Jutta hatte sich nie wieder verliebt.

Es gab keine Männer mehr in ihrem Leben.

Dabei hätte sie Gelegenheit genug gehabt.

Sie war eine schöne, lebenslustige Frau mit vielen Kontakten gewesen und jung genug, um noch mal von vorne anzufangen.

Aber ihr Herz blieb bei diesem einen Mann hängen.

Sie wollte nicht mehr.

Hatte Angst, erneut verletzt zu werden, und sorgte sich um ihr Kind, das dann auch einen großen Verlust erleiden würde.

Sie konzentrierte sich ganz auf das kleine Mädchen.

Arbeitete nur so viel, wie sie zu einem einfachen Leben brauchte, und verbrachte so viel Zeit wie möglich mit ihrer Tochter.

Ihr reichte das.
Sie ging ganz in diesem Leben auf.
Anna aber fehlte etwas.
Was genau, konnte sie noch nicht einmal sagen, aber wenn sie bei ihren Freundinnen zum Abendbrot eingeladen war und die ganze Familie um einen Tisch versammelt war, fühlte sie sich einsam.
Sie hatte niemanden außer ihrer Mutter.
Die Bindung war sehr eng, trotzdem war sie enttäuscht und wütend, dass Jutta nicht über den Mann sprechen wollte, mit dem sie Anna gezeugt hatte.
Die Streits deswegen eskalierten immer mehr.
Dann kam der Krebs.
Eines Morgens war Jutta in das Zimmer ihrer Tochter gekommen. Sie hatte sich nicht wie sonst zu ihr ins Bett gekuschelt, um vor dem Frühstück noch ein bisschen zu reden, sondern sie war am Bettrand sitzen geblieben.
Anna war sofort hellwach gewesen und hatte die verweinten Augen ihrer Mutter bemerkt.
Langsam und mit brüchiger Stimme hatte Jutta erklärt, dass sie Brustkrebs habe.
Eine Biopsie war schon gemacht worden und der Tag der Operation stand auch schon fest.
»Mach dir keine Sorgen, mein Mäuschen. Das ist nicht so schlimm, wie es sich jetzt anhört. Die schneiden das Ding raus und dann ist es gut.«
Anna hatte geweint. Sie war regelrecht panisch geworden bei dem Gedanken, ihre Mutter zu verlieren.
»Du verlierst mich nicht!« Juttas Stimme hatte beschwichtigend geklungen, so wie früher, wenn Anna Angst vor Schularbeiten hatte. »Ich schaffe das. Du weißt doch, ich werde hundert Jahre

alt! Die Medizin ist heute so weit und es ist auch kein großer Tumor. Ich brauche bestimmt noch nicht mal eine Chemotherapie!«

Sie brauchte drei davon, bis jetzt.

Die Zellen entarteten immer wieder.

Man nahm ihr die rechte Brust ab.

Ein halbes Jahr später wurde ein neuer Tumor in der linken Brust entdeckt.

Sie entschloss sich, auch diese Brust entfernen zu lassen.

Man fand Tumorzellen in den Lymphbahnen.

Später in der Leber.

Wieder Chemotherapie.

Dann Bestrahlung.

Für Anna war diese Zeit unerträglich.

Sie wusste nicht mehr, wie sie mit all dem umgehen sollte.

Im Brustkrebszentrum bot man ihr eine Gesprächstherapie für Angehörige an, aber sie lehnte ab.

Je mehr sie sich mit dem Thema beschäftigte, desto hysterischer wurde sie.

Nie zeigte sie das ihrer Mutter, aber es gab Nächte, da schlug ihr das Herz bis zum Hals und sie fragte sich, wie sie ganz alleine überleben sollte.

Ihre Mutter war die einzige Familie, die sie hatte, und der Krebs war auf dem besten Weg, sie ihr zu nehmen.

Sie versteckte sich hinter Aktivismus.

Las im Internet, sprach mit jedem Arzt, der ihre Mutter behandelte, suchte nach alternativen Heilmethoden, sparte Geld für eine Klinik in der Schweiz, bei der eine Methadon-Therapie angeboten wurde.

Sie redete kaum über die Krankheit ihrer Mutter.

Sie funktionierte und machte sich stark für das, was kommen würde.
Die Ärzte hatten ihr gesagt, dass Jutta nur eine geringe Überlebenschance hätte.
Vielleicht noch ein, zwei Jahre, wenn die Chemos richtig greifen würden, und auch nur dann. Ohne Medikamentierung würden es nur Monate sein.
Jutta stimmte jeder Behandlung zu.
Sie wollte leben.
Mit und für ihre Tochter.
Aufgeben war keine Option.
Und Anna unterstützte sie, wo sie nur konnte.
Sie versorgte die Kranke alleine.
Bis jetzt.
Dieser Spagat zwischen Schule, Tanz und der Betreuung ihrer Mutter brachte sie bis an ihre Grenze, aber sie nahm keine Hilfe an.
Sie wusste, dass der Tag kommen würde, an dem sie einen Pflegedienst bestellen musste, aber sie schob diesen Gedanken immer wieder von sich weg.
Sie respektierte den Wunsch ihrer Mutter.
Jutta wollte keine fremden Menschen um sich herum.
Sie schämte sich.
Wegen ihres Aussehens, wegen ihrer Hilfsbedürftigkeit und ihrer labilen psychischen Verfassung.
Und Anna gab sich alle Mühe, sich ihre Erschöpfung nicht anmerken zu lassen.
Was war ihr Zustand schon gegen den ihrer Mutter?
Der Tod war ganz nah an die Frauen herangerückt und sie versuchten, jede Stunde miteinander zu genießen.

Manchmal, an schönen Tagen, hatte Anna ihre Mutter mit dem Rollstuhl in den kleinen Park gefahren.
Dort hatten sie im Frühling die ersten Krokusse gesehen, im Sommer den spielenden Kindern zugeschaut und im Herbst das leuchtende Laub bestaunt.
Jetzt hatte Jutta schon seit Wochen die Wohnung nicht mehr verlassen.
Es war zu kalt und außer den Fahrten mit einem Taxi ins Brustkrebszentrum war es ihr nicht mehr möglich, das Haus zu verlassen.
Anna kümmerte sich.
Sie kochte, kaufte die Lieblings-Schokolade ihrer Mutter, sorgte für kuschelige Decken und eine saubere Wohnung.
Nur in den Nächten ließ sie ihrer Verzweiflung freien Lauf.
Dann weinte sie oft stundenlang in ihrem Bett und sie wusste, dass ihre Mutter auch nicht schlafen konnte.

Seufzend schaltete sie das Licht an und stand auf.
Wenn sie sowieso nicht schlafen konnte, dann konnte sie genauso gut für den Deutschtest lernen.
Sie setzte sich an ihren Schreibtisch.
Wieder kehrten ihre Gedanken zu dem Mann zurück, der sie heute angerufen hatte.
Stefan.
Sie verstand sich selbst nicht, sie kannte diesen Menschen nicht und trotzdem beschäftigte er sie.
Vielleicht lag es daran, dass er sich so für sie interessierte.
Nicht als Frau, eher als Tochter.
Tochter sein. Sich fallen lassen. Ein Stück getragen werden. Das war etwas, was ihr so sehr fehlte.

Warum sie dabei aber ausgerechnet an den Mann der S-Bahn-Haltestelle denken musste, war ihr schleierhaft.
Sie schüttelte den Kopf, um die Gedanken zur Seite zu schieben.
Was soll das?, schalt sie sich selbst.
Komm runter, Anna Feldhoff, deine Vater-Fantasien gehen gerade wieder mit dir durch!
Sie begann, ihre Bücher aufzuschlagen und ihre Gedanken zu ordnen, aber insgeheim freute sie sich, Stefan wiederzusehen.
Ein Treffen hatten sie auf die nächste Woche geschoben, denn am Wochenende gab es insgesamt elf Auftritte. Da blieb ihr kaum Zeit.
Lächelnd begann sie, zu lernen.
Sie arbeitete die ganze Nacht durch und als sie sich um 5.30 Uhr einen Kaffee machte, fühlte sie sich trotzdem frisch und ausgeruht.

Simon 2019

Nichts ist dem Menschen so unentbehrlich wie der Tanz.

(Molière, 1622 - 1673, französischer Komödiendichter)

Ganz vorsichtig schob er seine Bettdecke zur Seite.

Es war kühl im Schlafzimmer.

Er hasste es, wenn die Heizung hier nachts lief, und selbst bei Minusgraden war das Fenster immer gekippt.

Seine Frau fror in diesen Nächten und trug einen dicken Pyjama und Socken.

Es war ihm recht. So wurde ein Hautkontakt vermieden, der ihm zuwider war.

Langsam erhob er sich und versuchte, kein Geräusch zu machen, um sie nicht zu wecken.

Sie schnarchte leise.

Er verzog die Mundwinkel.

Am liebsten hätte er auf getrennte Schlafzimmer bestanden, aber Sophia weigerte sich beharrlich.

Er beeilte sich im Bad und zog den dunklen Anzug an, den er sich am Abend zuvor schon rausgelegt hatte.

In der Küche trank er schwarzen Kaffee und rauchte seine erste Zigarette.

Die Stille im Haus tat ihm gut.

Kein Kindergeplapper, keine stundenlangen Monologe seiner Frau.

Manchmal dachte er, dass sie all die nicht gesprochenen Worte des Tages extra für ihn aufhob.

Er seufzte und öffnete den Kühlschrank.

Ordentlich und übersichtlich waren die Lebensmittel aufgereiht.
Bio-Milch, Hofgut-Joghurt, Bauern-Butter.
Seit zwei Jahren hatte Sophia die Ernährung der Familie umgestellt.
Es gab kaum noch Zucker, dafür teure Produkte aus biologischem Anbau.
Jeden Tag saisonales Obst und Gemüse, sie buk das Brot selbst und hatte sogar eine Körnermühle angeschafft.
Simon war genervt von dieser Veränderung.
Er hasste den modrigen Geruch der Bioläden, in denen sie jetzt samstags einkaufen gingen. Ihm schmeckte das Essen zu Hause nicht mehr und außerdem ging der Spaß richtig ins Geld.
Er sehnte sich nach einem Glas eiskalter Cola, nach fettigen Wurstscheiben und pappigem Weißbrot.
In seiner Mittagspause ging er nun häufiger in Fast-Food-Läden und vermied es, daheim zu essen.
Im Kühlschrank stand noch der Grünkohl-Dinkel-Auflauf von gestern Abend.
Er schlug die Tür wieder zu und beschloss, sich auf dem Weg zur Arbeit ein belegtes Brötchen zu holen.
Ihm taten die Mädchen leid.
Schokolade und Süßigkeiten gab es so gut wie gar nicht mehr und in ihren Pausendosen befanden sich Gemüse-Sticks mit selbst gemachtem Kräuterquark.
Er grinste, als er an seine Töchter dachte.
Das Wochenende mit ihnen hatte er sehr genossen.
Sie waren mit dem Schlitten raus aufs Land gefahren und hatten Stunden in der Natur verbracht.
Dort draußen, außerhalb der Stadt, war der Schnee liegengeblieben.

Die Kinder waren mit dem Schlitten Hügel heruntergesaust und hatten mit ihren kleinen Körpern Schnee-Engel geformt.
Am späten Nachmittag waren sie in ein uriges Wirtshaus eingekehrt und hatten sich alle den Bauch mit Schweineschnitzel, Pommes frites und Eis vollgeschlagen.
Selbst Sophia hatte mitgemacht und den Mädchen diese Ausnahme gegönnt.
Den Sonntag hatten sie mit Spielen und Disney-Filmen verbracht.
Gegen 16.30 Uhr war er aufgebrochen.
Er hatte Sophia erzählt, dass er noch ein paar Stunden in der Kanzlei verbringen müsste, weil eine Abgabefrist ablief.
Sie hatte ihm geglaubt.
Wie immer.
Nie wurden seine Entscheidungen und Beschlüsse in Frage gestellt.
Sie hatte ihn auch nie kontrolliert oder ihm nachspioniert.
In dieser Hinsicht konnte er sich auf sie verlassen.
Früh am Sonntagvormittag war er in den Keller gegangen und hatte in der Kiste mit den Karnevals-Klamotten gewühlt.
Zwischen Prinzessinnen-Kleidern und Plüsch-Einhörnern fand er, was er suchte.
Sie waren vor einigen Jahren von Sophias Freunden zu einer Motto-Party eingeladen worden.
Es war ein vierzigster Geburtstag und jeder sollte sich in eine Filmfigur verwandeln.
Simon hatte Sophia angebettelt, ohne ihn zu gehen, aber sie war hart geblieben.
Sie versprach ihm, sofort zu gehen, wenn er sich unwohl fühlte, und zeigte ihm das Kostüm, das sie für ihn im Internet bestellt hatte.

Zorro.
Mit Umhang und Maske.
Er hatte sich den ganzen Abend dahinter versteckt und nach drei Stunden, als alle zu tanzen begonnen hatten, hatte seine Frau ein Einsehen und sie verließen die Party.
An diesem Abend schlief er mit ihr.
Heute war das alte Zorro-Kostüm genau das, was er brauchte.
Er steckte es in eine Plastiktüte und brachte es ins Auto.
Ein paar Stunden später kam er vor der Halle in Gürzenich an.
Als er die verkleideten Menschen sah, wurde er nervös.
Aber hinter seiner Kostümierung fühlte er sich sicher.
Er schob sich an den Massen vorbei und zahlte sein Ticket an der Abendkasse.
Zwei Stunden wartete er auf ihren Auftritt.
Dann war es soweit.
Sie marschierten über den Haupteingang ein und er hätte sie berühren können, wenn er gewollt hätte.
Sofort war da wieder dieses Verlangen nach dem Mädchen.
Nicht irgendeine.
Anna wollte er haben.
Er sah ihr zu, wie sie ihre langen Beine in die Luft warf.
Bestaunte ihre perfekten Drehungen.
Ihr blondes, langes Haar, das im Takt der Musik wippte.
Die weißen Rüschen an ihrem Ausschnitt unter dem sich ihre feste Brust verbarg.
Das Strahlen in ihren Augen.
Als sie im Spagat auf der Bühne landete, bekam er eine Erektion.
Viel zu schnell war der Auftritt vorbei.
Er starrte sie an, bis sie von der Bühne verschwunden war.

Eine Leere breitete sich in ihm aus und er musste sich beherrschen, ihr nicht hinterherzulaufen.

Plötzlich spürte er eine Hand auf seinem Hintern und als er sich zur Seite drehte, sah er eine brünette Mittvierzigerin in einem Piratenbraut-Kostüm.

Sie schob sich an ihn heran und bevor er es verhindern konnte, küsste sie ihn.

Wütend stieß er sie zurück.

Sie knallte gegen einen der Biertische und ging wie eine Furie auf ihn los.

Innerhalb von Sekunden entstand ein wildes Gerangel.

Simon floh panisch aus der Halle und blieb schwer atmend auf dem Parkplatz neben seinem Auto stehen.

Er riss sich die Maske ab und wischte sich angeekelt über die Lippen.

Auf seinem Handrücken sah er Spuren von rotem Lippenstift.

Mit zitternden Händen zündete er sich eine Zigarette an.

Es war dunkel geworden und auf dem Parkplatz war es still.

Von Weitem hörte er die dumpfen Bässe der Musik und das Gejohle der Jecken.

Die Kälte fraß sich in seinem verschwitzten Gesicht fest und sein Körper bebte.

Das war knapp gewesen.

Als er sich umsah, entdeckte er einen Kleinbus mit dem Logo der Blauen Funken.

Annas Bus.

Er setzte sich in seinen Wagen und beschloss, zu warten.

Einmal noch wollte er sie sehen an diesem Abend.

Die Stimmen der Mädchen drangen durch die geschlossenen Autotüren zu ihm durch.

Sie lachten, sangen etwas und dann sah er sie.
Sie hatte einen dicken Wintermantel um ihre Schultern gelegt, aber ihre Haare und ihre langen Beine ließen keinen Zweifel zu.
Sie wirkte in sich gekehrt und still zwischen den anderen.
Ihre Schultern hingen herab und in ihrem Gesicht spiegelte sich die Erschöpfung der vergangenen Stunden.
Er sah auf die Uhr.
19.30 Uhr.
Die Tour konnte noch nicht zu Ende sein.
Sie hatte ihm am Telefon erzählt, dass sie Sonntag bis nach Mitternacht Auftritte hätte.
Er sah ihr zu, wie sie in den Bus stieg, und durch die beleuchteten Fenster konnte er einen letzten Blick in ihr Gesicht werfen.
Anna, dachte er, *mein Gardemädchen.*
Nicht mehr lange, dann gehörst du mir.

Simon lächelte bei der Erinnerung an den vergangenen Abend.
Der Montagmorgen kam ihm plötzlich nicht mehr so trist und kalt vor.
Er begann, sich auszumalen, wie es sein würde, wenn sie erst bei ihm auf dem Hof wäre.
Er musste sehr vorsichtig sein und der Gedanke an seinen Schwur machte ihn nervös.
Er wusste, dass es gefährlich werden würde, aber der Drang in ihm sie zu besitzen, war so viel stärker als seine Vernunft.
Es war zu spät.
Er würde sie sich holen müssen.
Aber er durfte nicht unüberlegt und hektisch handeln.
Alles musste gut durchdacht werden.

Im Hof musste noch alles vorbereitet werden für sein Gardemädchen.

Das alte Gehöft war im Laufe der Jahre zu seinem wahren Zuhause geworden und wann immer er konnte, schützte er mehrtägige Dienstreisen vor, um einige Zeit dort sein zu können.

Manchmal blieb er über Nacht und erzählte Sophia, dass er einen Klienten besuchte, der zu weit weg wohne, um die Strecke zwei Mal an einem Tag zu fahren.

Sie glaubte ihm immer.

Er genoss die Zeit, die er in seinem geschützten Territorium verbringen konnte.

Und jeden Tag erinnerte er sich an die Dinge, die er da für sich möglich gemacht hatte.

Es war immer gut gegangen.

Und trotzdem wusste er, dass er ein gefährliches Spiel spielte.

Bis jetzt hatte er keine Spuren hinterlassen und das musste auch so bleiben.

Sorgfältig musste er sein, aufmerksam, und trotz aller Begierde musste er sich zwingen, keine Fehler zu machen.

Er schüttete den Rest Kaffee in den Ausguss der Spüle und sah zu, wie die braune Flüssigkeit in den Tiefen der Kanalisation verschwand.

Weg.

Einfach weg.

Ohne eine Spur zu hinterlassen.

So wie seine Mädchen.

So wie sein Discomädchen.

Kim 2000

Dance or Die!

(Inoffizielles Motto einer DJ-Kompilation auf der Loveparade 2010 in Duisburg, die als Party begann und in einer Katastrophe endete.)

Sie schlug die Augen auf und wunderte sich, dass sie nur Umrisse sehen konnte.

Unglaubliche Kopfschmerzen dröhnten unter ihrer Schädeldecke und sie hatte furchtbaren Durst.

Als sie sich zur Seite drehte, wurde ihr übel.

Panisch beugte sie sich über den Bettrand und begann, zu würgen.

Sie kotzte auf ihre Pumps und den billigen Laminatboden des kleinen Schlafzimmers.

Ihre Kehle brannte und sie schmeckte immer noch die Gin Tonics, die sie am Abend vorher getrunken hatte.

Keuchend ließ sie sich aufs Bett zurücksinken.

Was war bloß los?

Sie vertrug eigentlich mehr Alkohol als die meisten Jungs, die sie kannte.

Irgendetwas war anders als sonst.

Langsam kam die Erinnerung zurück.

Es waren nicht nur Gin Tonics gewesen gestern Abend.

Sie dachte an die kleine, pinkfarbene Pille mit dem eingestanzten Kleeblatt drauf.

Sie hätte mehr Wasser trinken sollen und den Alkohol weglassen.

Das hatte Steven noch gesagt, als er ihr das Mini-Teil während eines langen Kusses in den Mund drückte.

Aber es war so geil gewesen.
Sie liebte die Wirkung der Droge beim Tanzen.
Erst wurde ihr unglaublich warm.
Sie hatte dann immer das Gefühl, eine Art Fieber zu haben.
Und dann kam dieser Wunsch sich zu bewegen.
Die Beats bekamen eine ganz andere Schwingung.
Sie meinte, sie tief in ihrem Bauch zu fühlen.
Ihr Herz klopfte im Takt der Bässe.
Und sie begann, zu fliegen.
Das war der Moment, in dem sie durch nichts auf der Welt dazu zu bewegen war, die Tanzfläche zu verlassen.
Je nachdem welcher DJ auflegte, vergaß sie völlig Zeit und Raum.
Sie bewegte sich mit den anderen, es war wie eine riesige Welle, der Schweiß floss in Strömen an ihr herunter.
Nass und heiß.
Es war nicht das erste Mal gewesen, dass sie einen von den Drops genommen hatte, und eigentlich war sie daran gewöhnt.
Aber letzte Nacht war es wohl keine gute Mischung.
Sie versuchte, sich zu erinnern, wie sie nach Hause gekommen war.
Es fiel ihr schwer, sich darauf zu konzentrieren, und ihr Gehirn lieferte ihr nur Bruchstücke.
Vanessas Hände in ihrem Nacken, die ihr die Haare nach hinten gehalten hatten, als sie sich am Taxistand übergeben musste. Der genervte Fahrer, der immer wieder davon gefaselt hatte, dass sie noch viel zu jung wären, um sich so zu besaufen. Der Schlüssel, der einfach nicht in das Schloss der Haustür passen wollte.
Die Stimme ihrer Mutter, die auf sie einredete, während sie ihr aus den Klamotten half.

Sie warf einen Blick auf die gefakte Gucci Uhr an ihrem Handgelenk.

11.23 Uhr.

Gott sei Dank, die Wohnung würde leer sein.

Ihre Mutter war bei der Putzstelle, der Stiefvater auf der Baustelle und ihre kleine Schwester in der Schule.

Sie schleppte sich ins Bad und stand eine geschlagene halbe Stunde unter der Dusche.

Danach fühlte sie sich besser.

Hingebungsvoll föhnte sie sich die langen, blonden Haare.

Sie waren ihr ganzer Stolz und reichten ihr fast bis zum Hintern.

Im Moment waren sie blond, aber sie hatte auch schon schwarze, braune und rote Haare gehabt.

Sie liebte es, sie zu frisieren, und eigentlich hatte sie eine Ausbildung zur Friseurin machen wollen.

Das war jedenfalls der Plan gewesen, als sie vor drei Jahren ihren Hauptschulabschluss machte.

Sie hatte sogar eine Lehrstelle bekommen.

In einem dieser kleinen Läden, die in Frankfurt gerade wie Pilze aus dem Boden schossen.

»Waschsalon« hieß der Salon, aber Salon war eigentlich eine gnadenlose Übertreibung.

Knapp 30 Quadratmeter groß, drei Waschbecken, ein winziger Personalraum, in dem auch noch die stinkenden Farben angemischt wurden, und außer ihr nur zwei andere Mitarbeiter.

Die Kunden waren meistens Männer, denn der Haarschnitt für Herren kostete nur vierzehn Mark.

Ein Schnäppchen.

In einem der großen Salons war es mehr als das Doppelte.

Sie schnitten Haare im Akkord.

Kim machte den ganzen Tag nichts anderes, als ungepflegten Männern die Haare zu waschen und Strähnen vom Boden wegzufegen.

In der Berufsschule wurde von exklusiven Farbmischungen, hippen Cuts für Damen und Brautfrisuren gesprochen – ihr Tag bestand aus schmieriger Pomade und billigem Haarspray.

Sie hatte es genau drei Monate durchgehalten, dann schmiss sie den Job.

Ihre Mutter flippte aus und ihr Stiefvater drohte ihr an, sie rauszuschmeißen.

Das war nicht der Plan gewesen.

So gerne sie sich auch mit ihren eigenen Haaren beschäftigte oder mal einer Freundin eine coole, neue Farbe auftrug – an die stinkenden Köpfe von wildfremden Männern wollte sie nie wieder ran.

Sie gammelte eine Zeitlang rum, dann ließ sie sich auf dem Arbeitsamt beraten.

Viel Auswahl gab es nicht und so nahm sie eine neue Ausbildungsstelle in einer Zahnarztpraxis an.

Das Team war nett.

Der Doktor auch.

Schon nach zwei Wochen begann er, sie anzumachen.

Er streichelte ihr im Vorbeigehen über den Arm, lächelte sie auffordernd an, verwickelte sie in Gespräche.

Sie war so von dem Gedanken fasziniert, dass ein vierzigjähriger Mediziner eine kleine Azubine von knapp siebzehn toll fand, dass sie nicht bemerkte, dass ihre Kolleginnen immer schnippischer und genervter auf sie reagierten.

Sogar der Job machte ihr Spaß.

Sie liebte es, Abdrücke zu nehmen, ihrem Chef beim Speichelabsaugen über den Patienten hinweg heiße Blicke zuzuwerfen und auf seine schöne Stimme zu hören, wenn er ihr Zahnbefunde diktierte.
Nach vier Wochen bat er sie, abends länger zu bleiben.
Die Kolleginnen warfen sich wissende Blicke zu und grinsten sie beim Verabschieden süffisant an.
Als die Praxis leer war, bat er sie in sein Büro und öffnete eine Flasche Sekt.
»Auf Ihren Neustart bei uns, Fräulein Radkovic!«, sagte er.
Sie wurde ein bisschen rot und stieß mit ihm an.
Sie tranken die ganze Flasche leer und zum Abschied küsste er sie.
Kim schwebte wie auf Wolken nach Hause.
Sie sah ihre Zukunft in rosigen Farben.
Klar, sie war etwas jung für ihn, aber das konnte sie wegschminken.
Sie wusste ganz genau, wie man es machen musste, um älter zu wirken. So kam sie schließlich seit Jahren auch in jeden Club.
Noch nie hatte jemand nach ihrem Ausweis gefragt.
Sie würden viel ausgehen und feiern, sie würden in netten Restaurants essen, seine Freunde treffen, zusammen shoppen und in Länder reisen, in denen sie noch nie gewesen war.
Die Kleinigkeit, dass er seit acht Jahren verheiratet war und drei Kinder hatte, verdrängte sie.
Er würde sich für sie scheiden lassen und dann würde ihr eigentliches Leben beginnen.
Sie würde nie wieder arbeiten müssen, weil die Praxis sehr gut lief und er sie locker mit ernähren konnte.

In den ersten Wochen sah es auch so aus, als würde dieser Plan aufgehen.
Ihr Chef gab sich wirklich Mühe, lud sie zum Essen ein, gestand ihr zu, dass sie später anfing, wenn sie sich erschöpft fühlte, und aus dem Küssen wurde mehr.
Aber nicht viel mehr.
Kim ahnte instinktiv, dass ihr größter Trumpf der Sex war.
Sie wollte nicht zu früh nachgeben.
Aber eines Abends konnte sie ihm nicht mehr ausweichen.
Es war ein Freitag und sie wusste, dass er am nächsten Morgen zu einer Weiterbildung nach Würzburg fahren würde.
Sie waren in die kleine Pizzeria um die Ecke gegangen und vor dem üblichen Tiramisu, das sie sich immer bestellte, reichte er ihr eine kleine Schachtel über den Tisch.
Ihre Augen begannen, zu leuchten.
Mit zitternden Fingern öffnete sie die Box und sah einen winzig kleinen, durchsichtigen Stein, der in dem schummrigen Licht glitzerte.
Sie flippte fast aus vor Freude, als sie verstand, was er ihr da geschenkt hatte.
Ein Zahnpiercing.
Er strahlte sie an.
»Ich setze es dir ganz bald ein. Ich verstehe zwar nicht, was ihr daran so toll findet, aber deine wunderschönen Zähne kann nichts entstellen. Ich glaube sogar, dass es gut aussehen wird. Ich dachte an den rechten Eckzahn. Ich habe mich erkundigt, wie man es befestigt, damit es lange hält, und Baby … der Stein ist echt!«
Kim war sprachlos.
Sie hatte sich schon seit ewigen Zeiten so ein Piercing gewünscht.

Fast so was wie ein »Grill« aus der Rapper-Szene.
Aber anders als ihr dezenter Stein, wurde ein »Grill« komplett über den Zähnen getragen und war aus Gold oder Silber.
Das war ihr dann doch zu viel.
So ein glitzernder Stein war ihr lieber.
»Danke«, flüsterte sie. »Ich freue mich riesig!«
»Ich habe aber noch eine Überraschung für dich.« Er sah aus wie ein kleiner Junge, als er das sagte. Voller Vorfreude. »Ich fahre morgen nicht alleine nach Würzburg. Du begleitest mich. Ich habe schon mit deinen Eltern gesprochen. Die denken, du machst da eine Schulung für Auszubildende mit. Wir haben ein wunderschönes Hotel. Fünf Sterne. Und bleiben zwei Nächte. Bis Montag. Die Weiterbildung dauert nur ein paar Stunden morgen. Danach bin ich nur für dich da.« Er grinste anzüglich.
Kim wusste sofort, dass jetzt der Moment gekommen war, an dem er mit ihr schlafen wollte.
Sie freute sich, hatte aber auch Angst, danach für ihn uninteressant zu werden.
Sie wunderte sich auch über seine Zielstrebigkeit und, dass er ihre Eltern vor ihr informiert hatte, gab ihr ein komisches Gefühl.
Aber sie schluckte den leichten Ärger herunter, beugte sich über den Tisch und küsste ihn.
Ohne Rücksicht auf die anderen Gäste schob sie ihre Zunge tief in seinen Mund und ließ sie an seinem Gaumen entlang gleiten.
Er stöhnte leise.
»Baby, mach mich nicht verrückt, sonst vögel ich dich gleich oben in der Praxis ...«
»Nein«, flüsterte sie. »Du vögelst mich morgen im Fünf-Sterne-Hotel!«
Genauso kam es.

Als er Samstagmittag aus seiner Fortbildung kam, wartete sie schon auf dem großen Bett auf ihn.

Sie trug ihre schönste pinkfarbene Spitzenwäsche, aber er riss sie ihr sofort herunter.

Seine Klamotten landeten in einem wirren Haufen auf dem Fußboden und ehe sie noch etwas sagen konnte, zog er sie vom Bett hoch und schob ihren Kopf hinunter in seinen Schoß.

Sie tat, was er von ihr verlangte, und sie tat es gerne.

Das Machtgefühl, das sie in diesem Augenblick spürte, war erregender als die Aussicht auf wilden Sex.

Sie genoss es, ihn in ihrem Mund zu haben und zu steuern.

»Oh Gott!«, stöhnte er immer wieder. »Ich wusste, dass du das kannst!«

Sie konnte es und sie machte es.

Er nahm sie immer wieder und erst, als sie sich wund fühlte, bestellte er ein leichtes Essen aufs Zimmer.

Sie wäre lieber ausgegangen, aber sie verstand, dass das der Preis war, den sie dafür zahlte, dass sie ihn so lange hatte zappeln lassen.

Sie schliefen erst um vier Uhr nachts und er weckte sie am nächsten Morgen mit seiner Zunge.

Auch den Sonntag verbrachten sie im Bett, aber wenigstens konnte sie ihn zu einem kleinen Abendessen im Hotelrestaurant überreden.

Am Montagmorgen saßen sie erschöpft und übernächtigt in seinem Mercedes und sprachen kaum miteinander.

Kim hatte ein schales Gefühl und warf ihm immer wieder heimliche Blicke zu.

Er tat so, als würde er das nicht bemerken.

Er setzte sie zu Hause ab.

»Du brauchst heute nicht mehr zu kommen. Schlaf dich aus. Ich sehe dich morgen früh. Und denk dran, Kim – kein Wort. Zu niemandem. Wir stehen in einem Abhängigkeitsverhältnis. Ich bin dein Arbeitgeber. Das ist nichts, womit wir hausieren gehen sollten.«

»Okay.« Sie nickte und sie verstand auch irgendwie, was er meinte.

Trotzdem hätte sie sich ein bisschen mehr Aufmerksamkeit und Zärtlichkeit gewünscht.

Sie blieb noch vier Monate in der Praxis.

Drei Mal fuhren sie noch zusammen weg.

Jeden Abend fiel er nach Praxisschluss über sie her.

Er wurde immer ruppiger und zwang sie, seine Fantasien auszuleben.

Die Haustür schlug zu und sie war fast froh, aus ihren Gedanken gerissen zu werden. Die ganze Geschichte um die Zahnarztpraxis herum, nervte sie mittlerweile. Sie hatte genug Ärger damit gehabt und schließlich war das alles schon zwei Jahre her. Seitdem hing sie zu Hause rum. Kein Job mehr in Sicht und wenn sie ehrlich war, bemühte sie sich auch nicht darum.

»Hey Kimmi.« Ihre zehnjährige Schwester Michelle stand hinter ihr im Bad.

»Hey du – ist die Schule schon aus?«

»Wir hatten heute früher Schluss. Ein Lehrer ist ausgefallen. Machst du mir was zu essen?«

Kim lächelte die Kleine an.

Michelle war die einzige Person in der Familie, die sie wirklich liebte.

Sie waren Halbgeschwister und hingen aneinander wie die Kletten.

Für Michelle würde sie alles tun.

»Sicher, komm mit in die Küche und wir gucken, was wir finden.«

Kurz darauf saßen sie zusammen an dem alten Esstisch.

Kim sah zu, wie Michelle einen großen Teller Nudeln mit Ketchup verschlang.

Schon vom Zusehen wurde ihr wieder leicht übel.

»Gehst du heute Abend wieder tanzen? Nimm mich doch mal mit!«

Michelle sah sie erwartungsvoll an.

»Vergiss es, Maus. Dazu bist du viel zu klein.«

»Was macht ihr denn da immer. Tanzt ihr die ganze Zeit?«

»Meistens. Wir lachen. Tanzen. Springen und hören geile Musik!«

»Geil sagt man aber nicht.« Michelle guckte vorwurfsvoll.

»Na ja, manchmal sagt man es eben doch, aber nur wenn es wirklich toll ist. Sollen wir auch mal tanzen?«

»Klasse, los, komm wir tanzen.«

Michelle schob den leeren Teller von sich weg und lief voraus in das Zimmer ihrer Schwester.

»Puh, hier stinkt es.«

Kim wunderte das nicht.

Unauffällig ließ sie die Bettdecke auf das Erbrochene am Boden gleiten.

Das würde sie später wegwischen.

Jetzt war erst mal Spaß mit Michi angesagt.

Sie schob eine CD in den Player und kurz darauf dröhnten die Beats durch die kleine Wohnung.

Sie begann, sich zu bewegen, und spürte, dass ihr das gut tat.

Die Kopfschmerzen ließen langsam nach.

Lächelnd beobachtete sie, wie ihre Schwester jeden ihrer Schritte imitierte.

Sie legte den Kopf in den Nacken, hob die Arme weit über die Schultern und ließ ihr Becken vor und zurück zucken.

Michelle tat es ihr nach.

Sie vergaßen Zeit und Raum.

»Sagt mal – habt ihr sie noch alle?«

Karin Radkovic hatte unbemerkt die Wohnung betreten und schrie jetzt gegen den Lärm an.

»Kim, mach sofort die Musik leiser. Das hört man bis unten auf die Straße! Wie sieht es hier überhaupt aus? Du bist wirklich die größte Schlampe, die ich kenne. Und jetzt steckst du auch noch deine kleine Schwester an. Dass du dich nicht schämst!«

Sie lief in drei Schritten durch den Raum und riss die Fenster auf.

»Du gehst sofort in dein Zimmer und machst deine Hausaufgaben, Michelle!«

Ihre Stimme überschlug sich fast.

Michelle rannte weinend an ihr vorbei.

Kim funkelte ihre Mutter an.

»Du bist echt das Hinterletzte! Du erträgst es nicht, wenn jemand Spaß hat, oder?«

»Jetzt hör mir mal zu, Kim: Uns reicht das hier wirklich. Du hängst den ganzen Tag zu Hause rum, während wir uns hier abrackern, um über die Runden zu kommen. Du hast nichts anderes im Kopf als schrille Klamotten, Schminke und die Disco. Ich weiß langsam nicht mehr, wie ich das André erklären soll. Der will, dass du endlich ausziehst, und weißt du was? Ich auch! Mir hängt das hier zum Hals raus!«

Kim fuhr herum. Ihr ging die Schreierei ihrer Mutter schon lange auf die Nerven und außerdem kamen ihre Kopfschmerzen zurück.

»André, André, André«, äffte sie Karin nach. »Du hast nichts anderes als diesen fetten Knilch im Kopf. Der ist dir wichtiger als Michelle und ich. Bumst der dich so gut oder warum stehst du so auf den?«

In diesem Moment setzte etwas in Karins Kopf aus.

Sie war verzweifelt, weil sich die Situation zu Hause immer mehr zuspitzte und sie zwischen ihrer Tochter und ihrem Mann stand.

Er hasste dieses Mädchen, das nicht von ihm, sondern von ihrem ersten Mann war, und sie war mit ihrem Latein auch am Ende.

Sie holte aus und schlug ihrer Tochter mit der flachen Hand mitten ins Gesicht.

Kims Kopf flog nach hinten, sie stolperte und knallte gegen den Flügel des offenstehenden Fensters.

Halb ohnmächtig sank sie auf den Boden.

Karin war sofort bei ihr.

»Schatz, das tut mir leid, das wollte ich nicht. Kannst du mich hören, Kim? Hast du dir wehgetan?«

Sie rannte in die Küche und holte einen Beutel mit gefrorenen Erbsen aus dem Tiefkühler.

Kim kam langsam wieder zu sich und wich den Händen ihrer Mutter aus.

»Warum hasst du mich so?«

»Ich hasse dich doch nicht, Kind, aber ich weiß nicht mehr, was ich tun soll. Du verschwendest dein Leben. Du bist jetzt schon neunzehn und hast immer noch keine Lehrstelle. Du kannst nicht dein ganzes Leben mit Tanzen verbringen.«

»Und warum nicht?« Kim rappelte sich auf.

»Weil das nicht geht. Du musst dein eigenes Geld verdienen, eine Ausbildung machen.«

»Du hast ja auch keine Ausbildung!«

»Genau und deshalb muss ich putzen gehen. Meinst du, es macht Spaß, jeden Tag den Dreck von anderen Leuten wegzumachen?«

»Meinst du, es macht Spaß, jeden Tag Haare aufzukehren oder anderen im Mund rumzuwühlen?«

»Kim, du findest schon noch was, was dir gefällt. Du solltest nur endlich anfangen, zu suchen.«

Kim verdrehte die Augen und tastete vorsichtig ihren Kopf ab.

Die Stelle, mit der sie gegen das Fenster gedonnert war, schwoll immer weiter an.

»Es tut mir leid, Kind. Das wollte ich nicht.«

»Ist gut Mama, vergiss es.«

Sie schob ihre Mutter von sich weg und begann, ihre Sachen vom Boden aufzuheben.

»Soll ich dir helfen?« Karin bückte sich nach der Bettdecke am Boden.

»Nein, lass! Du putzt ja schon genug für fremde Leute. Ich kann meinen Dreck alleine wegmachen.«

Sie schmiss ein paar Klamotten in eine Reisetasche.

»Wo willst du denn jetzt hin?«

Die Stimme ihrer Mutter klang besorgt.

»Ich schlafe bei Vanessa. Das wollt ihr doch. Ihr seid doch froh, wenn ich weg bin. Dann könnt ihr ein bisschen heile Familie spielen!«

»Kim … das ist doch Quatsch … wir …«

»Lass gut sein, Mama. Ich hau für ein paar Tage ab.«

Achselzuckend wandte sich Karin Radkovic ab.

Kim sah ihr zu, wie sie den Raum verließ.

Sie war sich sicher, dass ihre Mutter erleichtert war, wenn sie aus dem Haus war. Und auch für Michelle würde es besser sein.
Als sie an ihre kleine Schwester dachte, schossen ihr die Tränen in die Augen.
Sie war der einzige Mensch, den sie vermissen würde.
Nie war sie eifersüchtig auf die Kleine gewesen, im Gegenteil, sie freute sich über alles Gute, was dem Kind widerfuhr.
Und je weniger Streit und Unruhe es gab, desto leichter würde es für Michi sein.
Sogar André war wie weiches Wachs, wenn seine kleine Tochter ihn anstrahlte.
Und ihre Mutter würde ein bisschen zur Ruhe kommen.
Außerdem war es nicht das Schlechteste, ein paar Tage bei Vanessa unterzukriechen. Die hatte eine eigene Wohnung.
Winzig klein zwar, aber es nervte keiner.
So richtig verstand Kim nicht, wie sie das finanzieren konnte, aber Vanessa war klug und hübsch und hatte es faustdick hinter den Ohren.
Okay, sie nahm manchmal ein paar Drops zu viel, aber wer tat das nicht?
Sie überlegte, ob sie noch das Zimmer durchwischen sollte, ließ es dann aber sein.
So hatte ihre Mutter ein nettes Andenken.
Schade nur, dass sie ihre silbernen Pumps vollgekotzt hatte.
Sie suchte aus ihrem Schrank ihre Lieblings-Outfits zusammen und packte noch die pinkfarbene Unterwäsche ein. Man konnte nie wissen.
Ohne sich zu verabschieden, zog sie die Tür ins Schloss und lief die ausgetretenen Stufen hinunter.

Das »Dorian Gray« lag direkt im Frankfurter Flughafen.

Auf der Tiefebene der Halle C im Terminal 1.

Seit 1978 gab es den Club inzwischen.

Die Betreiber hatten sich damals am legendären »Studio 54« in New York orientiert, dem wohl berühmtesten Nachtclub der Welt.

Der stand in den späten siebziger Jahren für Partys, Drogenexzesse, wilden Sex und große Stars wie Liza Minnelli, Andy Warhol, Diana Ross oder auch John Travolta.

Ganz so wild ging es im »Dorian Gray« nicht zu, obwohl man sich alle Mühe gab.

Sperrstunde gab es keine, weil die Großraumdisco ja auf dem Flughafengelände lag.

Das »Gray« bestand aus mehreren Tanzflächen, Bars und Restaurants.

Die Musikanlage war bombastisch.

Eine schillernde, eigene Welt mitten im Flughafen.

Reisende tanzten die Nacht durch und flogen dann ganz früh am Morgen weiter.

Szenekenner aus ganz Deutschland verbrachten Tage und Nächte in der Disco.

Sonntagmorgens gab es die legendäre Nachfeier, damit wurde die Clubnacht bis zum Mittag verlängert.

Die besten DJs der Technoszene legten hier auf.

Elektronische Beats in einer Stadt, deren Jugendliche begeistert darauf reagierten.

Allerdings waren die Tage des »Gray« gezählt.

Der Club sollte in zwei Wochen schließen.

Nach zweiundzwanzig Jahren, weil die Brandschutzauflagen nicht erfüllt werden konnten.

Die Räume waren einfach zu groß und zu alt und seitdem vor drei Jahren der Düsseldorfer Flughafen gebrannt hatte, waren die Auflagen auch am Frankfurter Airport härter geworden.
Es gab nicht genug Fluchtwege und die Anlage des Rauchabzuges war veraltet.
Die Betreiber hätten für ein dreiviertel Jahr dicht machen müssen und das Ganze hätte Millionen gekostet.
Pünktlich zum Jahreswechsel, am 31.12.2000, sollte es vorbei sein mit der Diskothek.
Kim und Vanessa gingen hoch erhobenen Hauptes an der langen Schlange entlang, die sich am Eingang gebildet hatte.
Sie hatten sich mächtig in Schale geworfen.
Kim trug ein goldenes, kurzes Pailletten-Kleid, das hervorragend zu ihren hellen Haaren passte, und schwarze, hohe Lackstiefel.
Vanessa hatte eine schwarze, hautenge Hose an, hohe Pumps und ein knallenges, rotes Shirt.
Sie hatten Stunden gebraucht, um sich herzurichten, und dabei zwei Flaschen Sekt gepichelt.
Vorglühen, nannten sie das.
Mittlerweile war es 23.30 Uhr.
Genau die richtige Zeit fürs »Gray«.
Kim warf den beiden Türstehern einen verheißungsvollen Blick zu und sofort öffnete einer von beiden das lange Seil, um sie reinzulassen.
»Mädels, ihr seht superscharf aus. Schade, dass ich nicht mit rein kann!«
Er legte einen Arm um Kim und ließ seine Hand wie unabsichtlich an ihrer Hüfte entlang gleiten.
»Sehr schade, Roland, sehr, sehr schade …«
Sie wand sich geschickt aus seinem Arm.

Zu Türstehern musste man nett sein, sie waren die Eintrittskarte in jeden Club.

Sie kannte die Spielregeln und schaffte die Gratwanderung zwischen Nettigkeit und Abstand.

Pennen wollte sie nicht mit einem von ihnen und wenn man nicht aufpasste, dann wurde man die Jungs nicht mehr los.

Als die Mädchen das Innere des Clubs betraten, waren sie erst einmal geblendet von den Blitzen der Lichtanlage und konnten durch die dicken Schwaden des künstlichen Nebels kaum etwas sehen.

Die Bässe dröhnten und die Tanzfläche war voll.

Zuckende Körper wiegten sich zum Takt der Musik und Kim bewegte sich automatisch mit.

Sie atmete auf.

Hier fühlte sie sich zu Hause.

Gerade lief »Set you free« von N-Trance.

Es war ohrenbetäubend laut und sie sah, dass Vanessa die Augen verdrehte.

»Was ist?«, schrie sie ihr zu.

»Was für ein Scheiß-DJ heute Abend. Der Song ist uralt. Kinder-Lala!«

»Ach, komm, das wird bestimmt noch besser, lass uns was trinken.«

Kim begann, sich durch die Menge zu schieben.

Sie bestellten zwei Wodka und sahen sich um.

Viele ihrer Freunde waren noch nicht da.

Komisches Publikum heute, dachte sie. *Viele Fremde. Wahrscheinlich Geschäftsleute, die sich die Zeit bis zu ihrem Flug vertreiben wollten.*

Sie sah Vanessa zu, die sich plötzlich auf die Tanzfläche zubewegte.

Die Musik hatte unmerklich gewechselt und sie wusste, dass der Song, der jetzt lief, zu den Lieblingsbeats ihrer Freundin gehörte.
So schlecht war der DJ gar nicht.
Vanessa war eine erstklassige Tänzerin.
Sie passte sich perfekt dem Rhythmus an und manchmal, wenn sie richtig gut drauf war, bildeten die anderen einen Kreis um sie.
Eine echte Techno-Queen.
»Na, Sweety? Auch schon wieder im Home-Turf?«
Sie drehte sich um und sah direkt in Stevens grinsendes Gesicht.
»Ja, wo auch sonst.« Sie lächelte ihn an.
Sie mochte den Typ, obwohl er ein bisschen zu viel mit Drogen experimentierte, aber er war wenigstens kein Langweiler.
»Hast du Bock auf ein bisschen Spaß?«, fragte er und hielt ihr die geschlossene Faust vor die Nase.
»Also, ganz ehrlich? Ich war ziemlich schräg drauf nach deinen letzten Drops. Ich habe die halbe Nacht gekotzt!«
»Dann hast du nicht genug getrunken. Wasser, meine ich. Ich hatte es dir extra noch gesagt!«
»Ich weiß, aber ich kam irgendwie nicht dazu.«
Sie musste lachen, als sie sein Gesicht sah.
»Heute habe ich was ganz Feines. Ziemlich neu und nicht so aggro. Man kommt ganz sanft drauf und auch soft wieder runter von dem Trip. Willst du eine?«
Er hatte seine Hand geöffnet und darin lag eine winzige, hellgrüne Pille.
In ihre Oberfläche war eine kleine Schildkröte gestanzt.
Kim schüttelte den Kopf.
»Ich habe keine Kohle heute, Steven. Ich wohne im Moment bei Nessa und habe keinen Bock, nach Hause zu fahren, um mein Arbeitslosengeld von meinem Stiefvater zu kassieren.«

Er sah sie lange an.
»Ich hätte eine Idee, Baby. 250 Tacken für fünf Minuten.«
»Wie soll das denn gehen?«
Kim sah ihn ungläubig an.
»Siehst du den Typ da hinten an der Säule?«
»Den, mit dem Dreitagebart und dem gestreiften Hemd?«
Steven nickte.
»Er ist auf der Durchreise nach Washington. Ami. Und er hat Bock auf eine klitzekleine Nummer. Du könntest mit ihm in mein Auto gehen. Das steht im Parkdeck auf der dritten Ebene. Hier ist der Schlüssel.«
»Spinnst du?« Kim schrie gegen die Musik an. »Ich ficke doch nicht für Geld. Ich bin keine Nutte, kapiert?«
»Du sollst ja auch nicht mit ihm vögeln. Er will einen geblasen haben. That's all. Stell dich nicht so an, damit bist du in zwei Minuten durch und du hast erst mal wieder genug Kohle, um dir eine nette Zeit zu machen. Ich will fünfzig für die Vermittlung. Den Rest kannst du behalten.«
Alles in ihr wehrte sich gegen den Gedanken. Andererseits hatte sie noch genau zwanzig Mark und ein paar Groschen. Damit kam sie nicht weit und sie hatte auch Vanessa etwas Geld versprochen für Lebensmittel und Alkohol.
Sie warf dem Mann an der Säule einen kurzen Blick zu.
Er sah nicht schlecht aus.
Normal, unauffällig.
»Komm schon«, drängte Steven. »Du hast das doch schon mal gemacht.«
»Das ist ein Jahre her, du Spacko. Und ich war betrunken.«
»Ich geb dir noch einen aus.« Er rief nach dem Kellner.
Kim trank den zweiten Wodka in einem Zug leer.

Ihr Kopf fühlte sich an, wie in Watte gepackt.
Was war schon dabei.
Sie musste mit dem Mann ja nicht schlafen.
In ein paar Minuten würde sie wieder hier unten sein und sie hatte dann endlich wieder Kohle.
Sie nickte Steven zu und zog ihren kurzen Rock zurecht.
Er drückte ihr seinen Autoschlüssel in die Hand und drängte sich zu dem Amerikaner durch.
Kim konnte sehen, dass er ein paar Worte mit ihm wechselte und in ihre Richtung deutete.
Auf dem Gesicht des Mannes erschien ein breites Grinsen.
Sie ekelte sich ein bisschen und zündete sich eine Zigarette an.
Sie musste nur ein paar Minuten warten, bis der Typ vor ihr stand.

Eine halbe Stunde später lehnte sie im Parkhaus an Stevens Auto und spuckte immer wieder auf den Boden.
Ihr Mund war so trocken, dass sie befürchtete, sich übergeben zu müssen.
Der Mann war wieder in den Club gegangen.
Überhaupt hatte sie kaum mit ihm geredet.
Sie hatte das getan, was er von ihr wollte, und anschließend die Scheine in ihre winzige, goldene Handtasche geschoben.
Sie fingerte eine Zigarette aus der Schachtel und steckte sie an.
Sie fühlte sich schlecht und benutzt, aber andererseits freute sie sich auch über das Geld.
Es war leicht verdient gewesen.
Und wenn sie einen Boyfriend hätte, würde sie auch Oralsex machen.
Das taten alle.

Und ob sie den Typ nun kannte oder nicht, was spielte das für eine Rolle.

Sie trat die Kippe aus und zog sich die Lippen nach.

Sie freute sich auf einen Drink und auf die kleine, grüne Pille mit der Schildkröte drauf.

Heute Nacht würde sie es so richtig krachen lassen.

Sie würde tanzen, bis ihr die Beine wehtaten, sie würde trinken, bis sie keine Lust mehr hatte, und sie würde Vanessa morgen auch endlich etwas Geld geben können.

Sie hatte beschlossen, ihrer Freundin nichts von der letzten halben Stunde zu erzählen.

Sie kannte Nessa zwar gut, aber sie konnte nicht einschätzen, wie sie auf diese Art Geld zu verdienen reagieren würde.

Es war besser, nichts zu sagen.

Das musste sie unbedingt auch noch Steven einbläuen.

Vielleicht würde sie es sogar noch öfter machen.

Sie hatte gehört, dass einige Mädchen im Club sich so etwas dazu verdienten.

Warum auch nicht.

Es gab genug Geschäftsmänner im »Dorian Gray«, die sich nach einem kleinen Abenteuer sehnten. Selbst wenn der Club schließen würde, würden sich andere Möglichkeiten auftun, solche Typen zu treffen.

Und wiedersehen musste sie die auch nicht, wenn sie sich die Richtigen aussuchte.

Sie schüttelte die langen, blonden Haare und beschloss, einfach zu vergessen, was sie getan hatte.

Eine Woche vor Weihnachten stand Kim vor dem Haus, in dem ihre Familie wohnte.

Es war kalt in Frankfurt und nass.

Sie hatte zwar einen Schirm bei sich und trotzdem war ihre Jacke durchtränkt von dem ständigen Nieselregen.
Sie spürte, dass auch ihre Füße feucht waren.
Sie hatte keine Lust, in die Wohnung zu gehen, aber sie brauchte unbedingt ihre Klamotten.
In den letzten Wochen hatte sie sich an Vanessas Kleiderschrank bedient, aber sie wollte für die Feiertage und vor allem für Silvester ihre eigenen Outfits holen.
Sie hatte ein paarmal mit ihrer Mutter telefoniert, auch mit Michelle, und sie hatte Sehnsucht nach ihrer kleinen Schwester.
Ansonsten vermisste sie nichts.
Nicht die ständigen Streitigkeiten mit ihrer Mutter und auch nicht das Genöle und Geschrei ihres Stiefvaters.
Zwei Mal noch hatte Steven ihr Männer zugeführt.
Jedes Mal hatte sie gutes Geld dafür bekommen.
Sie musste nicht mit ihnen schlafen.
Ein Blowjob, ein bisschen Rumgeknutsche und masturbieren reichte.
Sie war zufrieden damit, auch wenn sie sich immer noch nicht gut fühlte bei dem Gedanken daran.
Noch nicht einmal Vanessa hatte etwas mitbekommen.
Und auch die restlichen Leute aus der Szene nicht.
Das hatte Steven sehr diskret erledigt.
Es war auch immer nur eine Sache von einer knappen halben Stunde gewesen.
Den anderen hatte sie erzählt, dass sie zur Toilette ging, und ein richtiges Zeitgefühl hatte sowieso niemand im »Gray«.
Sie lief die ausgetretenen Stufen des Treppenhauses bis zu ihrer Wohnung hinauf.
Leise steckte sie den Schlüssel ins Schloss.

Stille.
Nur der einsame Wellensittich zwitscherte in der Küche.
Sie schlich sich in ihr Zimmer.
Leise begann sie, zwei Taschen zu packen.
»Ach nein, die verlorene Tochter ist wieder da!«
Kim fuhr herum und sah direkt in das teigige Gesicht von André.
»Lass mich in Ruhe«, zischte sie. »Ich will nur ein paar Sachen holen.«
»Kannst du mir mal verraten, wo du dich rumtreibst?«
Sie konnte seine Bierfahne riechen, so nah war er an sie herangekommen.
»Ich bin bei Vanessa.«
»Bei Vanessa!«, höhnte er. »Da haben sich ja die richtigen beiden Nutten gefunden!«
»Lass mich in Ruhe, André. Ich habe keinen Bock, mit dir zu reden, und ich habe auch keinen Bock, mich von dir beleidigen zu lassen!«
Sie warf hektisch zwei Jeans und einen Lurexpullover in die Tasche.
Sie musste hier raus.
Er packte ihren Arm und riss sie zu sich herum.
»So schnell geht das nicht, mein Fräulein! Erst erklärst du mir mal, warum du so einfach hier verschwindest! Weißt du eigentlich, was du deiner Mutter damit antust?«
»Als ob dich das interessieren würde!«
Kim riss sich los.
Er schubste sie heftig und sie landete unsanft auf ihrem Bett.
Sie bekam plötzlich Angst.
Er hatte sich bedrohlich vor ihr aufgebaut und grinste anzüglich.

Sie wusste, dass er getrunken hatte, und sie wusste auch, dass ihre Mutter auf einer ihrer Putzstellen war.
Michelle war in der Schule.
Sie war ganz alleine mit ihm.
Plötzlich warf er sich mit seinem ganzen Gewicht auf sie.
Das schmale Bett unter ihr ächzte und sie fühlte seinen Bier-Atem in ihrem Gesicht.
Er hielt mit einer Hand ihre Handgelenke umklammert und mit der anderen schob er unsanft ihren Pullover zur Seite.
Kim schrie.
Sie konnte nicht fassen, was hier passierte.
»Schrei ruhig, kleine Nutte. Es ist keiner da, der dich hören kann. Nur ich bin hier. Fühlst du das?«
Sie fühlte tatsächlich etwas.
Seine Erektion direkt an ihrem Oberschenkel.
Wütend wand sie sich unter ihm, aber er hielt sie eisern fest.
»André«, keuchte sie. »Lass das. Du bist betrunken.«
»Na und? Und du bist ein frühreifes Biest. Du machst mir doch schon lange schöne Augen!«
Die Gedanken rasten durch ihren Kopf.
Er würde sie vergewaltigen, da war sie sich sicher.
Sie gab plötzlich nach.
Wurde ganz weich in seiner Umklammerung.
Sein verdutzter Gesichtsausdruck verriet ihr, dass er damit nicht gerechnet hatte.
»Na gut«, säuselte sie. »Dann mach aber schnell, bevor noch jemand kommt.«
Er grunzte, als er sich an seinem Gürtel zu schaffen machte.
Darauf hatte sie gewartet.

Sie hob leicht ihr Becken, als wollte sie es ihm einfacher machen, und zog dann blitzschnell ihr Knie an.

Mit voller Wucht stieß sie es in seine Hoden.

André jaulte und fiel krachend auf den Boden.

Sie sprang auf und brüllte ihn an: »Das machst du nie wieder, du Arschloch! Ich zeige dich an, ich erzähle es jedem, den du kennst, und ich sorge dafür, dass Mama und Michelle für immer aus deinem Leben verschwinden!«

Sie trat noch einmal kräftig mit ihrem spitzen Schuh in seine Nierengegend und hörte befriedigt, dass er erneut jammerte.

Mit einem Griff packte sie ihre beiden Taschen und rannte aus der Wohnung.

Im Treppenhaus lief sie hastig die Stufen hinunter und ihrer Mutter, die gerade zur Haustür hereinkam, direkt in die Arme.

»Kim? Was machst du denn hier?«

»Ich habe nur ein paar Sachen geholt.«

»Und warum machst du das, wenn wir nicht da sind?«

»Ach, Mama, ich habe keine Lust darüber zu reden. Ist doch besser so. Ich wohne bei Vanessa und ihr habt eure Ruhe.«

Sie spürte den besorgten Blick ihrer Mutter.

»Kind, komm doch wieder nach Hause, wenigstens zu Weihnachten.«

»Vergiss es. Ich komme nicht mehr zurück!«

»Aber Michelle vermisst dich so und gerade an Heiligabend wird es schwer für sie werden.«

Kim spürte, dass sich ihr Herz zusammenzog.

»Nur diesen einen Abend«, bettelte ihre Mutter weiter.

»Ich überlege es mir. Lass mich jetzt gehen, Mama.«

Karin Radkovic ließ ihre Einkaufstüten fallen und zog ihre Tochter an sich.

»Ich vermisse dich auch, meine Große«, flüsterte sie an Kims Ohr. »Ich vermisse dich sogar sehr.«
Kim befreite sich aus der Umarmung ihrer Mutter.
»Ich überlege mir das mit Heiligabend. Ich rufe dich an.«
Sie drehte sich um und ließ die Tür hinter sich ins Schloss fallen.

Karin hatte die Lichterkette an dem kleinen Plastikbäumchen angeknipst.
Im Radio lief »Last Christmas« und aus der Küche kam der Duft von Vanillekipferln und dem Rollbraten, den sie in den Ofen geschoben hatte.
Sie sah sich in dem engen Wohnzimmer um.
Ein paar Kerzen, die roten Platzsets mit den kleinen Nikoläusen darauf, Servietten, der weiße Porzellan-Engel, den sie noch von ihrer Mutter hatte.
Es sah einfach aus und trotzdem gemütlich.
Sie freute sich auf den Abend.
Endlich würden sie wieder einmal alle zusammen an einem Tisch sitzen.
Die ganze Familie.
André war mit Michelle in die Nachmittagsvorstellung im Kino gegangen, damit Karin in Ruhe alles vorbereiten konnte.
Es schellte und sie lief fast zur Tür, weil sie Kim erwartete.
Ihre große Tochter stand vor ihr mit einem leichten Mäntelchen, viel zu kalt für die Jahreszeit.
»Hallo Mama.« Kim umarmte sie kurz.
»Kimmi, wie schön, dass du da bist!«
»Wo ist Michelle?«
»Sie ist mit André im Kino. Irgend so ein alter Disney-Streifen. Du weißt ja, wie verrückt sie nach Prinzessinnen und Märchen ist.«

Kim zog ihren Mantel aus und ließ sich im Wohnzimmer aufs Sofa fallen.
»Gemütlich hier, wird wohl nicht so bleiben, wenn André wieder da ist.«
»Kim, bitte, kannst du für heute Abend den Stress sein lassen? Ich möchte einfach nur in Ruhe mit euch feiern und ich möchte, dass Michelle ein richtig schönes Fest erleben kann.«
Kim runzelte die Stirn und steckte sich eine Zigarette an.
»Komm, mach die Kippe aus und hilf mir in der Küche. Ich wollte noch Herrencreme zum Nachtisch machen, die esst ihr doch alle so gerne.«
»Keinen Bock. Ich warte hier.«
Das Mädchen griff nach der Fernbedienung und schaltete den Apparat ein.
»Die letzten Tage im ›Big Brother Haus‹ – muss ich noch gucken, am 30. ist es vorbei.«
»Guckst du wirklich diesen Mist?« Ihre Mutter schüttelte den Kopf.
»Klar. Das ist voll gut. Wie die sich alle an die Gurgel gehen, wenn sie da eingesperrt sind. Ich glaube ja, dass Alida das Ding gewinnt. Die ist tough genug. Da würde ich auch sofort mitmachen. 250.000 Mark für ein paar Wochen im Fernsehen ist doch ein guter Schnitt.«
Karin ging in die Küche und begann, die Sahne für die Creme zu schlagen.
Sie verstand ihre Tochter schon lange nicht mehr und sie hatte aufgegeben, dahinter kommen zu wollen, was in den letzten Jahren schiefgelaufen war.
Eine gute Stunde später saßen alle vier zusammen am Tisch.
Michelle plapperte ununterbrochen.

Sie war aufgeregt und freute sich auf die Geschenke.
Kim war sehr schweigsam und André schaufelte das Essen in sich hinein, als würde er an einem Wettbewerb teilnehmen.
Er hatte schon jetzt zu viel getrunken und Karin goss ihm immer nur wenig von dem guten Wein ein.
Sie hatte Angst, dass die Situation eskalieren würde.
»Können wir jetzt endlich die Geschenke auspacken?« Kim schob den leeren Teller von sich weg. »Ich wollte nachher noch ins ›Gray‹.«
»Du gehst heute Abend noch tanzen?«, fragte Karin.
»Klar, Heiligabend ist der beste Abend und außerdem muss ich jede Minute da auskosten. Der Laden schließt doch Silvester.«
»Warum das denn? Ist doch eine Goldgrube.« André griff wieder nach der Weinflasche und warf seiner Frau einen herausfordernden Blick zu.
»Die haben Stress wegen dem Brandschutz. Echt schade, so etwas gibt es in ganz Frankfurt nicht mehr.«
Kim sah enttäuscht aus.
Karin räumte das Geschirr ab und schickte Michelle in ihr Zimmer.
»Du wartest, bis das Christkind klingelt.«
»Aber Mama, es gibt doch kein Christkind. Für wie blöd hältst du mich eigentlich?«
»Du gehst und damit Schluss!«
Murrend zog die Zehnjährige ab.
Liebevoll verteilte Karin die Geschenke unter dem Baum.
Einen dicken Steppmantel für Kim und eine silberne Halskette mit dem Namenszug ihrer Tochter.
Strümpfe, warme Unterwäsche für die Baustelle und eine Flasche besten Weinbrand für ihren Mann.

Eine neue Barbie, ein Federmäppchen, Stiefel mit Echtfellbesatz und ein paar Musik-CDs für Michelle.

Nachdem das Glöckchen geläutet hatte und Michelle zurück ins Zimmer gestürmt war, wurde ein Geschenk nach dem anderen aufgerissen.

Es war ein riesiges Chaos aus Schleifen, Verpackungen und Papier.

André überreichte ihr mit großer Geste ein Päckchen eingeschlagen in Zeitungspapier.

»Das ist doch sowieso Verschwendung. Das ganze Geschenkzeug wandert doch direkt in den Müll.«

Sie brachte ein Lächeln zustande.

Vorsichtig öffnete sie das Paket und schloss es direkt wieder.

»Was ist denn drin?«, wollte Michelle wissen.

»Ach … nichts …«, stotterte Karin.

Ihr Mann begann, zu lachen.

»Nichts, was du wissen müsstest, Mäuschen. Es ist etwas, womit deine Mama und ich uns amüsieren können.«

Er lachte dröhnend.

Karin sah, dass Kim die Augen verdrehte, und spürte, dass sie rot wurde.

»Jetzt hör schon auf«, schalt sie ihren Mann. »Und, danke. Wäre nicht nötig gewesen.«

Sie war enttäuscht.

André hatte es noch nie geschafft, ihr etwas wirklich Schönes zu schenken.

Sie hatte schon Haarbürsten, lieblos gekaufte Pralinen, einen hässlichen blauen Schal, der so gar nicht zu ihrem Teint passte, und einen Schlüsselanhänger mit einer Ente dran zu Weihnachten bekommen.

Sie erwartete nichts Großes von ihm, aber einen Vibrator musste er ihr auch nicht schenken.
»Ich geh dann jetzt.« Kim war schon auf dem Weg in den Flur, um ihren Mantel zu holen.
»Jetzt schon?« Michelle weinte fast.
Karin sah zu, wie sich die Schwestern umarmten.
Kim drückte Michelles Kopf liebevoll gegen ihre Schulter und flüsterte leise.
Dann richtete sie sich auf und streichelte den Arm ihrer Mutter.
»Tschüss, Mama. Danke fürs Essen und … hast du den Bon von dem Steppmantel noch? Er ist toll, aber nicht so ganz mein Geschmack.«
Karin musste trotz ihrer Enttäuschung lachen.
»Ich suche ihn raus und gebe ihn dir die Tage. Komm, ich bringe dich zur Tür.«
»Machs gut, André!«, rief Kim in den Raum.
Der Mann antwortete nicht, er saß auf dem Sofa und öffnete eine neue Flasche Wein.
Karin umarmte ihre Tochter.
»Danke, dass du hier warst.«
»Fast hätte ich es vergessen. Ich habe noch was für dich.«
Kim zog ein winzig kleines Päckchen aus ihrer Handtasche.
»Frohe Weihnachten, Mama!«
Karin starrte auf das Geschenk.
»Das sollst du doch nicht. Du hast doch gar kein Geld.«
»Ich habe eine Putzstelle angenommen.« Kim sah ihr nicht in die Augen.
»Immerhin besser als gar nichts zu tun, Schatz. Putzen ist nichts Schlechtes.«

»Ich weiß, Mama. Mach das Päckchen aber erst auf, wenn ich weg bin.«

Sie drehte sich um und lief die Stufen hinunter.

Karin hörte unten die Haustür ins Schloss fallen.

Sie seufzte.

Sie machte sich solche Sorgen um ihre große Tochter.

Sie war so hübsch und so jung.

Sie lehnte sich an die Wohnungstür und öffnete das Paket.

Die schwarze Schachtel darin kam von einem der besseren Juweliere der Stadt.

Als der Verschluss aufschnappte, sah Karin einen schmalen goldenen Ring mit einem winzigen Saphir.

Ihr schossen die Tränen in die Augen.

Ihre Tochter ging putzen, um ihrer Mutter einen Ring zu Weihnachten zu schenken.

Stolz ließ sie ihn über ihren Ringfinger gleiten.

Er passte perfekt.

Es war 2.30 Uhr an Heiligabend und das »Dorian Gray« war gesteckt voll.

Auf der Tanzfläche der großen Ebene konnte man kaum noch einen Fuß vor den anderen setzen.

Die Restaurants und Bars waren überfüllt und es gab im gesamten Club keinen Sitzplatz mehr.

Kim machte das nichts aus.

Sie tanzte.

Die Augen geschlossen, die Arme halb erhoben und mit einem verzückten Lächeln auf dem Gesicht.

In ihrem Kopf schossen die Bilder des Abends umher.

André, wie er dick und feist auf dem Sofa einen neuen Wein öffnete.

Ihre Mutter mit hochrotem Gesicht in der Küche beim Übergießen des Bratens.
Michelle und ihr eigenes Lachen, als sie die Geschenke öffnete.
Kim war froh, nicht mehr zu Hause sein zu müssen.
Das »Gray« war jetzt ihr Zuhause und wenn es dann die Tore dicht machte, würde sie sich mit ihrer neuen Familie eine andere Diskothek suchen.
Ihre neue Familie.
Das waren die anderen.
Vanessa, Steven, Carlo, Tanja, Sunny, Tatze und viele mehr.
Mit ihnen konnte sie richtig Spaß haben.
Tanzen, trinken, Drops einwerfen.
Das war das pure Leben und sie genoss jede Sekunde.
Der Rhythmus zog an, die Blitze der teuren Lichtanlage zuckten und aus den Augenwinkeln sah sie Steven, der am Rand der Tanzfläche stand und zu ihr herüberwinkte.
Sie quetschte sich durch die Menge zu ihm hin.
»Ich habe einen Job für dich!«
»Ich habe keine Lust heute Abend, Steven. Es ist Weihnachten.«
Er lachte.
»Na und? Du kriegst auch einen Weihnachtsbonus. 350 Tacken. Das Übliche. Es sei denn, du willst doch was mehr machen, dann kann ich noch mal in Verhandlungen gehen.«
»Ich mache nicht mehr und das weißt du auch. 350?«
»Jo. 350 auf die Kralle. 50 Mark sind wie immer für mich. Willst du vorher noch was einwerfen?«
»Nein, lass. Ich nehme lieber nachher was.«
»Kann ich mir vorstellen. Wie immer an meinem Auto. Das steht heute im vierten Untergeschoss. War nix mehr frei oben. Hier ist

der Schlüssel. Es ist der Typ mit dem karierten Hemd, dem schon der Sabber aus dem Mund läuft.«

Kim drehte den Kopf und sah den Mann.

Er wirkte wie alle Geschäftsreisenden. Vielleicht ein bisschen einsamer. Aber das konnte auch am Heiligen Abend liegen.

Sie hatte Steven nie gefragt, woher er all die Typen kannte.

Wenn sie gewollt hätte, hätte sie bis zu drei, vier Blowjobs am Abend annehmen können, aber sie beließ es meistens bei einem oder zwei.

Sie wollte nicht, dass Vanessa etwas mitbekam.

Sie warf einen Blick zu ihrer Freundin auf der Tanzfläche.

Jetzt würde sie nichts bemerken.

Sie war völlig zugedröhnt und zuckte im Takt der Beats.

Kim fuhr mit dem Aufzug in die unteren Parkdecks.

Der Mann, der sie gebucht hatte, stand schon an Stevens Auto.

Sie schloss die Fahrertür auf und setzte sich hinein.

»Weißt du Bescheid?«

Sie nahm ihren Kaugummi aus dem Mund.

Er legte den Arm um sie.

»Ja.«

»Erst das Geld.« Sie zupfte den Ausschnitt ihrer Bluse etwas nach unten.

Er zog hörbar die Luft ein und reichte ihr die Scheine.

Sie schob sie in ihren Stiefel und lächelte ihn an.

»Also gut.« Sie öffnete den Schlitz seiner Hose.

Er war sehr erregt und fasste sie immer wieder an, während sie ihn befriedigte.

Sie mochte das nicht.

Sie hatte Angst, dass einer der Typen mal die Beherrschung verlieren würde.

Langsam ließ sie ihre Lippen an ihm hoch und runter gleiten. Dabei hob sie etwas den Kopf und starrte plötzlich in ein fremdes Männergesicht hinter der Autoscheibe.
Sie schrie auf.
Der Typ, dessen Schwanz sie gerade noch im Mund gehabt hatte, fluchte.
»Spinnst du, du hast mich fast gebissen!«
»Da war jemand am Fenster«, stammelte sie.
»Quatsch. Da ist keiner.«
Er sah aus dem Fenster in das spärlich beleuchtete Parkhaus.
Die Autos standen dicht an dicht.
Aber außer den Wagen konnten sie nichts erkennen.
»Kannst du nicht aussteigen und nachsehen?« Sie bettelte fast.
Das Gesicht, das sie hinter der Scheibe gesehen hatte, war ihr unheimlich gewesen.
»Baby, ich habe keinen Bock auf den Scheiß. Mach weiter. Ich zahle keine 350 Mark fürs Quatschen.«
Unsicher sah sie noch mal aus dem Autofenster.
Da war nichts.
Sie beugte sich wieder herunter.
Der Mann stöhnte.
»Ja, gut so. Mach weiter.« Er stieß ihren Kopf in seinen Schoss.
Sie beeilte sich.
Sie wollte weg aus dem Parkhaus und weg von diesem unheimlichen Gesicht am Fenster.

»Na komm, so schlimm wird es schon nicht gewesen sein.« Steven reichte ihr einen Drink. »Das war eben irgend so ein Spanner. Kommt vor. Vergiss es wieder.«
»Aber es war komisch und er sah gruselig aus. Diese Augen. Die hatten so einen stechenden Blick.«

Sie kippte den Wodka in einem Zug.
Der Alkohol machte es warm in ihrem Bauch und sie begann, entspannter zu atmen.
»Ich würde auch einen stechenden Blick bekommen, wenn ich sehen würde, dass so eine Schönheit wie du es in einem Auto treibt.«
Steven zeigte ihr seinen Handteller.
Darauf lag eine kleine, gelbe Pille mit einem Smiley.
Er nahm sie zwischen Daumen und Zeigefinger und schob sie ihr in den Mund.
»Bestes Zeug«, sagte er. »Da kommst du lustig drauf. Ich glaube, das brauchst du jetzt. Und das Coolste ist – das ist mein Weihnachtsgeschenk an dich. Bist eingeladen. Auf gute Zusammenarbeit nächstes Jahr.«
Sie schluckte die Tablette und trank einen großen Schluck aus der Wasserflasche, die er ihr hinhielt.
»Wo kriegst du eigentlich immer die Kerle her?«
»Du, das hat sich rumgesprochen mittlerweile. Und du bist ja auch nicht die Einzige. Nur die Schönste. Mein Schulmädchen. So verkaufe ich dich immer. Oder was meinst du, warum du immer nur Blowjobs machen darfst, während die anderen richtig hart ranmüssen?«
»Die anderen?« Kim wunderte sich.
»Ja, die anderen. Tanja, Dizzy und Vanessa.«
»Vanessa?«
Kim fragte sich, ob das Dröhnen, das in ihrem Kopf eingesetzt hatte, von dem Drop kam, den Steven ihr gegeben hatte, oder von der Tatsache, dass ihre beste Freundin auch den ein oder anderen Mann im »Gray« bediente.

»Klar, Vanessa. Die hat es richtig gut drauf. Manchmal schafft sie vier pro Nacht und sie macht das sehr geil. Die Typen sind begeistert. Sie verdient allerdings einiges mehr als du.«

»Sie hat mir nichts gesagt.« Kim wandte sich ab. Sie konnte ihre Enttäuschung nicht verbergen.

»Du hast ihr ja auch nichts gesagt. So seid ihr Mädels eben. Immer ein Geheimnis. So, Babe, ich düse mal rüber in die rote Bar. Da wartet noch jemand auf mich. Viel Spaß noch heute Nacht. Und denk ans Wasser trinken.«

Kim nickte.

Ihr Blick streifte über die Tanzfläche.

Sie konnte Vanessa nirgendwo sehen.

Nach ein paar Minuten entdeckte sie ihre beste Freundin.

Sie kam durch den Seitenausgang herein, der zu den Aufzügen der Parkdecks führte.

Sie zog ihren kurzen Rock glatt und strich sich über die Haare.

Sie winkte ihr zu.

Kim lief ihr entgegen.

»Hey Nessa! Guten Trip gehabt? Wie war der Typ?«

Als sie Vanessas entsetztes Gesicht sah, begann sie zu lachen.

Sie lachte drei Stunden, dann schlief sie auf einer Bank an der Theke ein.

Es war die letzte Nacht des Jahres 2000 und es war die letzte Nacht des »Dorian Gray« in Frankfurt.

Die Diskothek war voll und vor der Tür hatte sich eine zweihundert Meter lange Schlange gebildet.

Jeder wollte bei diesem legendären Abschied dabei sein.

Die Betreiber hatten nicht nur 2.500 Menschen in den Laden gelassen, sondern fast 2.800.

An diesem Abend galten keine Regeln.

Die bombastische Musikanlage, für die 1978 das Bauholz extra aus Amerika eingeflogen worden war, dröhnte seit Stunden.
Die Kellner kamen mit den Bestellungen nicht nach, aber das störte niemanden.
Kim und Vanessa standen dicht nebeneinander an der großen Tanzfläche.
Sie sprachen seit einer Woche kaum miteinander.
Seitdem Kim erfahren hatte, dass auch ihre Freundin für Steven »jobbte«, herrschte Eiszeit zwischen den Mädchen.
Kim übernachtete zwar noch in der winzigen Wohnung, aber sie gingen sich so gut sie konnten aus dem Weg. Und es stand fest, dass Kim sich zum neuen Jahr ein eigenes Zimmer nehmen sollte.
Wie sie das machen wollte, war ihr zwar überhaupt nicht klar, aber sie wusste, dass es so nicht weitergehen konnte.
Das Geld, das sie von Steven bekam, würde wahrscheinlich nicht reichen.
Sie schob den Gedanken beiseite und ging auf die Tanzfläche.
Heute Nacht wollte sie nicht darüber nachdenken.
Es würde sich schon alles finden.
Mitternacht war längst vorüber.
Das Jahr 2001 war angebrochen und irgendwie hatte sie ein komisches Gefühl im Bauch.
Selten hatte sie sich so unsicher gefühlt, was ihre Zukunft betraf.
Vor ein paar Stunden hatte sie eine von Stevens Pillen eingeworfen, aber sie merkte, dass die Wirkung schon nachließ.
Das Zeug hielt auch nicht mehr, was es versprach.
Sie tanzte, als hinge ihr Leben davon ab.
Der Schweiß lief ihr in Strömen am Körper herab und trotzdem hatte sie das Gefühl, zu frieren.
Sie war müde und deprimiert.

Was würde werden, wenn das »Gray« morgen geschlossen hatte?
Wo würden sie sich treffen?
Wo würden sie tanzen?
Sie warf einen Blick auf Nessa, die bewegungslos auf die Tanzfläche starrte.
Auch ihrer Freundin schien es nicht gut zu gehen in dieser letzten Nacht.
Ihre Blicke trafen sich und Vanessa schickte ihr ein kleines Lächeln.
Sie deutete mit den Augen auf den Ausgang und hob ihre Hand an den Mund, als würde sie etwas trinken.
Kim verstand, was sie meinte, und tanzte in ihre Richtung.
»Komm, wir gehen in die rote Bar und trinken schnell noch was. In einer halben Stunde ist hier Schluss. Im kleinen Club wollten sie die letzte Platte auflegen.«
Kim nickte und folgte ihr durch die Menge.
In der roten Bar war es voll.
Wie überall.
Trotzdem bekamen sie relativ zügig ihre Drinks.
Vanessa hob ihr Glas und prostete ihr zu.
»Auf 2001! Auf uns!«
Kim lächelte gequält.
»Kannst du mir mal verraten, warum du so sauer auf mich bist?«
Nessa konnte es nicht lassen.
»Komm, vergiss es. Du weißt warum.«
»Weil ich dir nicht gesagt habe, dass ich auch für Steven jobbe? Das ist doch Quatsch … du hast mir ja auch nichts gesagt.«
»Aber du vögelst mit den Typen!«
»Na und? Was geht dich das an? Und wer bist du, dass du mir das vorwerfen kannst?«

»Vanessa, ich habe keine Lust schon wieder darüber zu labern. Das bringt doch nichts. Wir haben das schon tausendmal durchgekaut. Ich bin einfach enttäuscht. Wahrscheinlich von uns beiden ...«

»Ah, da liegt der Hase im Pfeffer!« Vanessa knallte ihr Glas auf die Theke. »Du bist gar nicht enttäuscht von mir, sondern auch von dir selbst! Kim, da ist doch nichts dabei. Wir verdienen gutes Geld damit.«

»Wir sind Nutten, Nessa! Nutten!«

»Blödsinn. Wir müssen das nicht tun und wir suchen uns die Typen aus. Wir gehen auf keinen Strich und wir mieten auch kein Apartment an. Wir machen das ab und zu ... wir ...«

»Ab und zu!«, unterbrach Kim ihre Freundin. »Jeden Abend, wenn wir hier sind! Lass uns doch damit aufhören. Zusammen. Wir suchen uns einen Job und vergessen das alles. Das ›Gray‹ ist jetzt sowieso zu. Lass uns einen neuen Anfang machen.«

Vanessa schüttelte den Kopf.

»Von den 420 Mark im Monat leben, die du mit putzen verdienen kannst? Oder von einer Ausbildungsstelle, wo du noch weniger bekommst? Träum weiter, Kim, da habe ich keinen Bock drauf. Ich möchte mir Klamotten kaufen können, meine Miete bezahlen, feiern gehen und mir meine Drops leisten können. Das geht dann alles nicht mehr! Willst du so leben wie deine Mutter?«

Der Satz ging tief in Kims Magengrube.

»Lass meine Mutter aus dem Spiel. Die arbeitet viel und hat sich noch nie was zuschulden kommen lassen!«

»Bestimmt nicht.« Vanessas Stimme wurde scharf. »Dafür haust sie in einer winzigen Dreizimmerwohnung, hat zwei Töchter von zwei verschiedenen Männern und muss den dicken André ertragen, der ihr im Suff auch schon mal eine ballert. Danach schläft sie wieder mit ihm, um ihn bei Laune zu halten. Ist das etwas anderes, als einem Fremden einen zu blasen? Nein! Ist es nicht! Es ist sogar schlechter als das, denn der Fremde bezahlt dafür!«

Kim wurde blass.

Sie griff nach ihrem Glas und schüttete den Inhalt in Vanessas Gesicht.

Mit einem plätschernden Geräusch verteilte sich das Gemisch aus Wodka und Orangensaft auf dem weißen Pullover des Mädchens.

»Du dämliche Kuh«, brüllte Kim. »Niemand bezeichnet meine Mutter als Nutte, auch du nicht!«

Vanessa schnappte nach Luft und wischte sich den brennenden Alkohol aus den Augen, dann griff sie nach Kims Hals und schüttelte sie.

»Stopp, Mädels, das reicht jetzt!«

Die tiefe Stimme des Barkeepers übertönte die Musik im Raum.

Männerhände griffen nach den Freundinnen und zogen sie auseinander.

Kim hatte zu weinen begonnen, aber Vanessa giftete weiter.

Schluchzend hörte sie sich die Beleidigungen ihrer besten Freundin an.

»Du kannst gucken, wo du heute Nacht schläfst! Bei mir kommst du jedenfalls nicht mehr rein. Fick dich, Kim. Das war es. Für mich bist du gestorben! Ich will dich nie wieder sehen!«

Sie ließ sich von einem der Security-Männer aus dem Raum führen.

Fast sanft legte er ihr den Arm um die Schultern.

»Komm, Süße, schon gut, morgen ist das alles wieder vergessen«, flüsterte er ihr zu.

Aber Kim wusste, dass ihre Freundschaft zu Vanessa beendet war.

Das, was gesagt worden war, konnte niemand mehr zurücknehmen.

Sie ging am kleinen Club vorbei und hörte die Ansage von Resident-DJ Ufuk:

»So, Leute, das war es – fast – die letzte Platte im ›Dorian Gray‹. Hier ist für euch zum Abschied Minnie Riperton mit ›Lovin you‹. Machts gut und danke für die tolle Zeit.«

Als das Zwitschern der Vögel, mit dem der Soulsong beginnt, einsetzte und die ersten, sanften Töne der Musik erklangen, musste Kim wieder weinen.

Sie riss sich von dem Sicherheitsmann los und rannte durch den Eingangsbereich.

Vor der Tür standen immer noch Leute.

Sie drängte sich an ihnen vorbei und stand auf dem kalten Flughafengelände.

Energisch wischte sie sich die Tränen vom Gesicht.

Es musste irgendwie weitergehen.

Auch ohne Vanessa und ohne das »Gray«.

Auf ihren hohen Stiefeln stöckelte sie in Richtung Taxistand.

Neben ihr fuhr ein Auto im Schritttempo.

Sie hatte es gar nicht kommen gehört, so war sie in ihre Gedanken versunken.

Das Beifahrerfenster surrte herunter.

»Soll ich Sie mitnehmen? Taxis sind keine mehr da.«

Kim starrte in den Wagen.

Der Mann hinter dem Steuer lächelte warm.

Sie fror und sie war so müde.

Und eigentlich war ja auch alles egal, Hauptsache sie konnte nach Hause.

Sie wollte zu ihrer Mutter und zu Michelle.

André würde sie irgendwie ertragen.

Aus dem Innern des Wagens roch es nach einem würzigen Herrenparfüm und ganz leicht nach Tabak.

So hatte ihr Vater immer gerochen.

Es war das gleiche Aftershave.

Ob aus Müdigkeit oder Enttäuschung, sie begann, wieder zu weinen, als sie an ihren Vater dachte.

Er hatte sich nie um sie gekümmert und trotzdem vermisste sie ihn.

Das Auto war neben ihr zum Stehen gekommen.

»Steigen Sie schon ein, es ist furchtbar kalt und Sie haben ja kaum was an. Ich drehe die Heizung noch ein Stück höher, dann wird Ihnen ganz schnell warm und ich bringe Sie nach Hause.«

Sie griff nach dem Papiertaschentuch, das er ihr durch das Fenster reichte.

Er öffnete von innen die Tür.

Warme Luft schlug ihr entgegen und ganz automatisch ließ sie sich auf den Sitz fallen.

Der Mann zog die Tür wieder zu und es war still in dem Auto.

Sie atmete hörbar aus.

Er fragte nichts.

Sah sie nicht an.

Setzte den Blinker und fuhr auf die Straße aus dem Flughafengelände heraus.

Sie musterte ihn von der Seite.

Gutaussehend war er.

Dunkle, volle Haare.

Die Nase vielleicht ein bisschen zu groß geraten.

Er trug eine dunkle Jeans und einen schwarzen Rollkragenpullover.

Als er den Kopf zu ihr wandte, sah sie seine Augen.

Sie waren grün.

Tief in ihr blitzte eine Erinnerung auf.

Irgendwo hatte sie diese Augen schon mal gesehen.

Aber sie wusste nicht wo.

Je mehr sie versuchte, sich zu erinnern, desto unbestimmter wurde das Gefühl.

Sie streckte ihre Füße der Heizung entgegen, die unter dem Armaturenbrett warme Luft auspustete.

Sie fühlte sich wohl.

Simon 2001

Der Tanz ist eines der versecktesten und raffiniertesten Vorspiele.
(Professor Michael Marie Jung, deutscher Führungskräfte-Trainer und Coach)

Er hatte sie lange beobachtet.
Fast ein halbes Jahr.
So oft er konnte, war er ins »Dorian Gray« gefahren, und fast immer war sie auch da gewesen.
Sie war ihm sofort aufgefallen durch ihre Art zu tanzen.
Versunken, meist die Hände erhoben, wiegte sie sich zu den harten Beats.
Anfangs hatte er sie nur angesehen, manchmal stundenlang.
Er war vorsichtig und hatte nie zu nah bei ihr gestanden.
Ab und zu hatte er sich aber auch auf die Tanzfläche geschoben und dicht neben ihr getanzt.
Dann konnte er sie riechen.
Oft hatte sie ein schweres Parfüm benutzt, aber darunter nahm er ihren ganz eigenen Geruch wahr.
Nach Blättern und Moos und ein bisschen nach frisch gestärkter Wäsche.
Er liebte diesen Duft.
Würzig und unverbraucht.
Am stärksten rochen ihre langen Haare.
Sie färbte sie immer wieder neu ein.
Er mochte die Tönung, die sie jetzt hatten.
Mittelblond waren sie und so lang, dass sie ihr bis zum unteren Rücken reichten.

Er mochte auch ihre Augenfarbe – braun, ein helles, fast grünes Braun.

Sie war sehr hübsch mit den ebenmäßigen Gesichtszügen und der schlanken Figur.

Allerdings störte ihn die Make-up-Schicht, die sie wie eine Kriegsbemalung in der Disco zur Schau stellte.

Wenn sie lachte, blitzte ein kleiner Diamant auf einem ihrer Eckzähne, und sie lachte oft, vor allem wenn sie tanzte.

Dann schien sie alles um sich herum zu vergessen.

Ihr Körper war reine Bewegung und er konnte ihr ansehen, dass sie nicht mehr dachte, nur noch fühlte.

Genau das war es, was ihn einerseits faszinierte und andererseits unglaublich wütend machte.

Diese Hingabe, der Kontrollverlust.

Er wusste, dass sie Drogen nahm.

Er hatte es gesehen.

Sie war schlecht, auch wenn sie so unschuldig schien wie ein Kind.

Aber er ließ sich davon nicht täuschen.

Er wusste, dass sie verkommen war.

Er kannte all ihre Freunde, er wusste, wo ihre Eltern wohnten, und er wusste auch, dass sie keinen Job hatte.

Sie ließ sich treiben, auch das machte ihn aggressiv.

Und dann wusste er noch etwas und das kam für ihn einem Todesurteil gleich.

Sie war eine Nutte.

Gut, sie schlief nicht mit den Männern, die ihr ein Freund vermittelte, aber sie ließ sich von ihnen anfassen und befriedigte sie.

Auf verschiedene Arten.

Er hatte es mehrmals gesehen.
Heimlich war er ihr auf das Parkdeck gefolgt.
Einmal hatte er so dicht am Autofenster gestanden, dass er jedes Detail dieser dreckigen Arbeit verfolgen konnte.
Und sie hatte ihn gesehen.
Einen winzigen Moment nur, aber sie hatte dabei in seine Augen geblickt.
Er hatte einen Ständer bekommen, aber er war auch außer sich gewesen.
Fast wäre er aufgefallen und das durfte auf keinen Fall passieren.
Mehr als drei Jahre waren jetzt seit seinem ersten großen Tanz vergangen.
Jahre, in denen er immer in der Angst lebte, doch noch entdeckt zu werden.
Aber es war nichts passiert.
Seine Bauchtänzerin war zwar vermisst und gesucht worden, aber ihre Leiche blieb unentdeckt.
Und ohne Leiche kein Verbrechen.
Niemand hatte sich erklären können, was mit der schönen Studentin geschehen war.
Die Polizei hatte jede erdenkliche Spur verfolgt, aber sie hatten sie nie gefunden.
Er wusste, wo sie war.
Er kannte die Stelle, an der sie vermoderte.
Und er war stolz auf sich, dass er alles so gut im Griff gehabt hatte.
In den letzten Jahren hatte er davon gezehrt.
Fast jede Nacht rief er sich die Bilder ins Gedächtnis.
Er sah ihr violettes Kleid, das sich jeder ihrer Bewegungen anpasste.

Er hörte die kleinen Schellen, die im Takt der Musik klangen.
Er roch ihr Blut, metallisch und fast süß, als es aus ihren Adern auf den Betonboden floss.
Die Erregung, die er bei diesen Erinnerungen spürte, war so intensiv, dass er es kaum aushielt.
Allerdings reichte ihm das nicht mehr.
Jedes Jahr, das verging, raubte ihm kleine Einzelheiten, so sehr er sich auch bemühte, nicht zu vergessen.
Sie ging ihm verloren.
Die Farben seiner Bauchtänzerin wurden blasser.
Das machte ihn unruhig und er ging auf die Jagd.
Katja hatte er damals zufällig getroffen, alles hatte sich irgendwie gefügt.
Jetzt suchte er bewusst.
Er stand nächtelang vor Tanzschulen.
Beobachtete Mädchen beim Sportunterricht durch erleuchtete Fenster.
Hing in Diskotheken rum.
Und eines Nachts war Kim ihm aufgefallen.
Er wusste sofort, dass sie es war und keine andere.
Nach ihr hatte er die ganze Zeit gesucht.
Er hatte sich ausgemalt, wie er vorgehen wollte.
Er würde vorsichtig sein.
Keine Fehler machen.
Und er würde sie ein wenig länger behalten.
Das Vergnügen mit seiner Bauchtänzerin war zu kurz gewesen.
Nachdem er das Discomädchen gefunden hatte, fuhr er nicht nur an den Wochenenden zum alten Hof, manchmal nahm er auch mitten in der Woche die weite Strecke auf sich.
Um alles perfekt zu machen, um es schön zu haben.

Er hatte das alte Gebäude letztes Jahr gekauft.
Eisern hatte er jeden Pfennig seines Gehaltes gespart, um sich den Eigenanteil leisten zu können. Den Rest finanzierte er.
Er verdiente gut, aber der Hof und das Land, das dazu gehörte, waren eigentlich zu teuer.
Er würde noch lange daran abzahlen, aber das war ihm egal.
Er liebte ihn auf eine dunkle Art und Weise.
Er war seine Vergangenheit und er verbrachte viel Zeit dort.
Jedes Wochenende fuhr er hin und baute ihn aus.
Mit dem Bunker hatte er angefangen.
Anfangs hatte er gar nicht geplant, noch mal einen Tanz zu tanzen.
Er wollte sich nur die Erinnerung bewahren.
Sich ein Zuhause schaffen.
Und das tat er.
Zimmer für Zimmer.
Er war noch lange nicht fertig.
Er hatte kaum Kontakt zu den Nachbarn, eigentlich gab es keine.
Ein paar Bauernhöfe, einige Kilometer weg, hatten längst den Betrieb aufgegeben und es war still und einsam in dem kleinen Wald.
Genauso, wie er es mochte.
Niemand fragte nach ihm.
Man erzählte sich, dass ein reicher Städter das Gehöft gekauft hatte.
Ihm war das recht, er wollte nicht auffallen.
Er bereitete sich vor, denn er wusste, dass er es wieder tun musste.
Das Mädchen im »Dorian Gray« war wie geschaffen für ihn.
Sie wirkte einsam, trotz der vielen Menschen, die sie kannte.

Er konnte ihr stundenlang zusehen und er malte sich aus, wie es sein würde, wenn sie nur für ihn tanzen würde.
In der Anonymität der riesigen Diskothek versteckte er sich.
Manchmal blieb er bis in die frühen Morgenstunden und er musste sich anstrengen, dass er seinen Job nicht vernachlässigte.
Der war lebenswichtig für ihn.
Für den Hof und für seine Normalität.
Er gab sich Mühe mit den Klienten und den Kollegen.
Jeder Tag kostete ihn Kraft, aber er schaffte es.
Man schätzte ihn und seine Arbeit.
Langsam, aber stetig machte er sich unentbehrlich und mit jedem Jahr stiegen sein Gehalt und seine Referenzen.
Nur so konnte er es sich erlauben, seine Träume zu leben.
In der Weihnachtszeit des Jahres 2000 wurde er hektisch.
Das »Dorian Gray« würde schließen, das war beschlossene Sache und er wusste nicht, was danach passieren würde.
Wie sollte er danach seinem Discomädchen weiter zusehen können?
Wo würde sie hingehen?
Wo würde sie tanzen?
Er musste handeln und er hatte die Hoffnung schon fast aufgeben.
Er wusste, dass es gefährlich war, unter Zeitdruck zu stehen, aber die Umstände machten es ihm unmöglich, noch lange zu warten.
Die Nächte vergingen, ohne eine Chance an sie heranzukommen.
Am letzten Abend des »Gray« hatte er das Mädchen eigentlich schon abgeschrieben.
Er wollte sie nur noch einmal tanzen sehen.
Und dann ging alles wie von selbst.

Er hatte schon seit Tagen beobachtet, dass sie sich mit ihrer Freundin nicht mehr so gut verstand wie in den Monaten zuvor.
Unauffällig folgte er ihr die ganze Nacht durch die Diskothek.
Sie wirkte müde und enttäuscht und als der Streit eskalierte, realisierte er, dass jetzt der letzte Moment angebrochen war, um sie zu besitzen.
Auf dem Weg zur Tiefgarage, in der sein Auto stand, überlegte er fieberhaft, wie er es anstellen sollte.
Der Zeitpunkt war eigentlich günstig.
Er hatte noch ein paar Tage Weihnachtsurlaub.
Im Hof war seit Wochen alles vorbereitet.
Seine Erregung war auf einem Level, an dem er sie nicht mehr unterdrücken konnte.
Langsam fuhr er mehrmals mit dem Auto um den Eingangsbereich der Diskothek herum.
Dann sah er sie.
Sie weinte.
In ihren dünnen Klamotten wirkte sie wie ein Fremdkörper in der Winternacht.
Sie lief in Richtung Schnellstraße.
Hastig und zitternd.
Im Rückspiegel sah er, dass ihm niemand folgte.
Er ließ den Wagen neben ihr ausrollen und öffnete das Beifahrerfenster.
Dann entspannte er seine Gesichtszüge und bemühte sich um ein warmes Lächeln.
»Soll ich Sie mitnehmen? Taxis sind keine mehr da.«
Sie sah ihn an; zum zweiten Mal in ihrem Leben.
Ihre Wimperntusche war verschmiert und ihre Tränen hatten helle Streifen in ihrem Gesicht hinterlassen.

Er konnte sie riechen.
Sie schluchzte plötzlich laut auf. Ihr Körper wurde vom Weinen geschüttelt.
Er hatte nicht gewusst, wie verzweifelt sie war, und machte sich Sorgen, dass sie neben seinem Auto zusammenbrechen würde.
Das wäre ungünstig, denn dann würde er aussteigen müssen, um sie ins Auto zu bugsieren.
Er nahm ein Papiertaschentuch aus der kleinen Box in der Ablage und war einen kurzen Moment stolz auf sich, dass selbst in seinem Auto alles an dem richtigen Platz war.
Sie griff danach und wischte sich die Augen und die Nase ab.
Er beugte sich zur Beifahrertür, öffnete sie und an ihrem Gesichtsausdruck erkannte er, dass sie einsteigen würde.
Er hatte es fast geschafft und einen Augenblick lang war er enttäuscht, dass es so einfach gewesen war.
Sie ließ sich auf den Sitz neben ihm gleiten.
Die Tür schlug zu und es wurde still im Wagen, bis auf ihren Atem, der sich langsam beruhigte.
Vorsichtig, fast bedächtig, fuhr er auf die Straße.
Jetzt nur keinen Fehler machen.
Keinen Unfall und keine Polizeikontrolle.
Er spürte, dass sie ihn von der Seite musterte, aber er sprach kein Wort.
Ihm war klar, dass er ganz behutsam vorgehen musste.
Sie sollte ankommen bei ihm.
Sich sicher fühlen.
Er stellte die Heizung höher und fühlte, dass sich die Atmosphäre veränderte. Sie streckte sich, atmete tiefer, das Weinen verebbte.
Er hatte sie.
Sein Discomädchen war auf dem Weg in ihr neues Zuhause.

Dassana 1978

Dance me to the end of love!

(Leonard Cohen, 1934 - 2016, Singer-Songwriter, Schriftsteller, Dichter und Maler)

Sie wirbelte, drehte sich immer schneller bis vor ihren Augen alles die orange Farbe ihrer Kleidung annahm.
Die Trommeln gaben den Rhythmus vor und sie war stolz auf Chanda, der in kurzer Zeit gelernt hatte, die Tabla, die Königin der indischen Trommeln, zu schlagen.
Heute wollte sie nur für ihn tanzen.
Er machte sie unglaublich an und die Art, wie er mit ihr schlief, nahm ihr jedes Mal den Atem.
Sie waren Seelenverwandte – das wusste sie und in fast allen Meditationen, die sie in der letzten Zeit machte, tauchte sein Gesicht auf.
Sie war jetzt seit drei Jahren auf dem Hof der Sannyasins nahe der holländischen Grenze.
Damals war sie mit ihrem Sohn endlich angekommen.
Dassana war schon früh von zu Hause weggegangen, einem Ort, an dem sie ihr ganzes Leben lang keine Liebe gespürt hatte. Zumindest nicht die Art von Liebe, von der sie träumte.
Sie war gerade achtzehn geworden, als sie beschloss, auf Reisen zu gehen. Weit weg von dem prüden Deutschland der Sechzigerjahre. Sie hatte ein wenig Geld von ihrem Großvater geerbt und damit sah sie sich zuerst Europa an, später dann Amerika.

Von dort aus besuchte sie Indien und sie war sofort fasziniert von der Kultur und der Religion in diesem Land.
Es war ihr so nahe wie nie etwas zuvor in ihrem Leben.
Sie verliebte sich in einen Franzosen, der auch auf einer spirituellen Reise war, und zusammen entdeckten sie das Land.
Dann wurde sie schwanger und sie träumte jede Nacht von dem Sohn, den sie zur Welt bringen würde.
Émile aber wollte kein Kind, auch keinen Sohn, und so reiste sie zurück nach Deutschland.
Enttäuscht, verlassen, an Parasiten erkrankt und mit einem Kind unter dem Herzen.
Sie zog nach Hamburg, mietete eine billige Wohnung und brachte ihren Sohn zur Welt.
Sie nannte ihn Simon, nach ihrem Großvater.
Sie trauerte um ihre große Liebe und konnte in dem kalten, nassen Deutschland nur schlecht wieder Fuß fassen.
Freunde hatte sie kaum, bis sie eines Tages, mitten in Hamburg, eine Gruppe orange gekleideter Menschen sah. Die Männer und Frauen zogen singend, tanzend und trommelnd durch die Straßen.
Da war so viel Lebensfreude und Freiheit, dass es ihr die Tränen in die Augen trieb.
Beim Klang der Musik fühlte sie sich sofort in ihr geliebtes Indien zurückversetzt. Die Trommeln, die sie schlugen, waren indische Trommeln.
Mitten auf der Straße, mit ihrem Kind auf dem Arm, begann sie, zu tanzen. Und sie freute sich über die strahlenden Augen, mit denen die Bhagwan Anhänger sie bedachten.
Von da ab war es nur ein kleiner Schritt und sie schloss sich der Kommune an.

Es war wie eine Erlösung.
Das Leben wurde wieder leicht und bunt für sie.
Sie begann, sich mit Bhagwan zu beschäftigen, und der Mann faszinierte sie.
Genau so wollte sie leben. Nicht oberflächlich und materiell orientiert, sondern mit einem wachen Blick in ihr Innerstes.
Sie reiste von Hamburg aus zu verschiedenen Sannyasin-Zentren in ganz Deutschland und übte sich in Meditation, Tanz und Yoga.
Simon blieb bei den Brüdern und Schwestern in dem großen, alten Haus an der Alster, dass die Kommune besetzt hatte.
Das Leben mit dem Kind war für sie einfacher geworden.
Es gab immer jemand, der auf den Kleinen aufpasste.
Man ließ den Kindern, auch schon so kleinen Kindern wie Simon, jede erdenkliche Freiheit.
Dann kam die Zeit, in der sie sich darauf vorbereitete, die Mala zu nehmen.
Diese Initiation der Sannyasins war der letzte Schritt, endgültig zu ihnen zu gehören.
Man bekannte sich öffentlich zu der Kommune, trug die orange Kleidung und die Mala, die lange Kette mit einem Foto von Bhagwan und einhundertacht Holzkugeln.
Alles, was man erwirtschaftete, stellte man der Gemeinschaft zur Verfügung.
Man wurde ein Teil davon und man bekam seinen Namen.
Sie war unglaublich stolz darauf, dass sie die Mala in Poona nehmen durfte.
Zusammen mit ihrem Lehrer reiste sie für zwei Monate nach Indien in den Ashram.

Jeden Tag hörte sie sich die Vorträge von Bhagwan an, sie tanzte bis zur Erschöpfung und besuchte die begehrten Therapiegruppen.
Ihr Tag begann um sechs Uhr mit einer dynamischen Meditation und nach einer Stunde erschöpfendem Tanzen, Schreien und Stehen hielt der Meister den ersten Vortrag. Danach arbeitete sie bis spät nachmittags in der Wäscherei, erst abends traf man sich wieder in der tempelartigen Halle zu einem erneuten Tanz und dem zweiten Vortrag des indischen Philosophen.
An einem ihrer letzten Abende bekam sie endlich ihren neuen Namen.
Diesen Tag würde sie nie vergessen.
Es war Regenzeit und als sie endlich mit klopfendem Herzen in der großen Halle stand und zu Bhagwan nach vorne gerufen wurde, rann immer noch das Wasser aus ihren Haaren, denn sie war auf dem kurzen Weg bis auf die Haut durchnässt worden.
Im Gehen streifte sie ihren orangen weiten Rock und den Pullover ab. Es erschien ihr richtiger, nackt vor dem Mann zu stehen, den sie so sehr verehrte.
Es kam ihr vor wie eine Taufe.
Sie bemerkte sehr wohl den Blick von Bhagwan. Anerkennend ließ er seine Augen über ihren Körper wandern.
Sie kniete vor ihm nieder und sie wusste, was jetzt kommen würde.
Sie bekam einen neuen Namen und er würde ihr drittes Auge öffnen.
Das befand sich auf ihrer Stirn und war ein wichtiges Instrument zur inneren Einkehr, Meditation und einem spirituellen Leben.

Bei den meisten Menschen war es verdeckt unter einer Schicht aus Leistungsdruck und materiellem Wahnsinn, verkümmert aus fehlender Selbstliebe und mangelnder Erotik.

Heute würde der Tag sein, von dem an sie anders durch ihr Leben gehen würde.

Der Meister reichte ihr die Hand und sie bewegte sich langsam auf ihn zu.

Er beugte sich über sie und berührte mit seinen schönen Händen ihren Kopf.

Sanft umfasste er mit der rechten Hand ihren Schädel und sein linker Daumen bohrte sich förmlich in ihre Stirn.

Es war, als würde sie ein elektrischer Schlag durchfahren.

Sie begann, zu zucken und zu weinen.

Ihr Oberkörper beugte sich ihm entgegen und wären da nicht die beiden Helfer gewesen, die sie stützten, wäre sie auf seinen Schoß gefallen.

Er ließ nicht los, immer kräftiger rieb er mit seinem Daumen über dieselbe Stelle.

Sie sah Farben, hörte ein Summen, das aus ihrer Herzgegend kam, Schweiß floss über ihren nackten Körper.

Freunde erzählten ihr später, sie habe in diesem Augenblick ausgesehen, als hätte sie einen nicht enden wollenden Orgasmus.

Der Rausch verebbte nur langsam.

Bhagwan strich ganz sanft ein letztes Mal über ihren Kopf.

Das erste, an das sie sich bewusst wieder erinnern konnte, war sein Lächeln.

Mit sanfter Stimme sagte er: »Du bist Ma Prem Dassana und ich liebe dich.«

Sie war so stolz auf ihren neuen Namen. Er bedeutete, dass sie ganz von vorne anfangen konnte. Alles Alte konnte sie hinter sich lassen.

Dassana – das hieß übersetzt »die, die nach der inneren Erkenntnis sucht«.

Sie konnte sich nicht vorstellen, dass ein anderer Name besser zu ihr passen würde. Genau das tat sie schon ihr ganzes Leben lang. Sie suchte nach dem Sinn, nach der Vollendung, nach dem großen Ganzen.

Von diesem Tag an fühlte sie sich völlig verbunden mit Bhagwan und den Sannyasins. Es gab nur noch diese eine Welt für sie und sie genoss jeden Tag. Sie konnte sich nicht erinnern, wann sie in ihrem Leben einmal so glücklich gewesen war.

Zurück in Hamburg fiel es ihr schwer, sich wieder in die Gruppe einzufügen. Ihre deutschen Brüder und Schwestern kamen ihr verbohrter und unfreier vor als die Jünger, die sie in Indien getroffen hatte.

Zudem fühlte sie sich in der Großstadt nicht mehr wohl und sie wollte, dass Simon in freier Natur aufwachsen konnte.

Vier Monate nachdem sie aus Indien zurückgekehrt war, lernte sie Chanda kennen und zog mit ihm und ein paar anderen auf den alten Hof am Niederrhein.

Die Trommeln waren verstummt.

Sie war zu Boden gesunken und lauschte ihrem Atem, der stoßweise aus ihrer Kehle strömte.

Irgendwann während des Tanzes hatte sie sich ihren Rock und das T-Shirt ausgezogen. Unterwäsche trug sie nie. Sie war nackt, ihr Blut rauschte und langsam breitete sich eine Hitzewelle in ihrem Körper aus.

Sie öffnete die Arme und Beine weit, sodass ihr Geschlecht entblößt da lag.

Auch dort spürte sie dieses wilde Pochen und sie wünschte sich so sehr, dass Chanda sie jetzt nehmen würde.

Aber der Mann mit dem schwarzen Bart saß regungslos mit geschlossenen Augen hinter seiner Trommel. In eine tiefe Meditation versunken.

Gasha, ihre beste Freundin, begann, ein großes Becken zu schlagen.

Rhythmisch, fest und vibrierend.

Dassana spürte die Stöße über den Boden bis in ihre Körpermitte.

Sie wand sich stöhnend und spreizte die Beine noch ein wenig mehr.

Sie war feucht und bereit für einen Mann.

Es war warm im großen Raum des Hofes.

Ein Feuer prasselte im offenen Kamin und unzählige Kerzen tauchten alles in ein sanftes, gelbes Licht.

Aus den Augenwinkeln nahm sie eine Bewegung wahr.

Sarango hatte sich an ihre Seite gesetzt und strich langsam über ihren Bauch.

Sie mochte ihn nicht sonderlich. Eigentlich hieß er Claes. Er war erst seit ein paar Wochen da und versuchte verzweifelt, Anschluss zu finden. Blond war er und sehr groß, sein Deutsch war auch nicht besonders gut, er war Holländer. Aber er verstand es, Liebe zu machen. Darin war er fast noch besser als Chanda.

Dassana warf dem blonden Hünen an ihrer Seite einen auffordernden Blick zu. Mehr brauchte es nicht. Er zog sich mit einer einzigen Bewegung die Hose herunter und legte sich zwischen ihre Beine.

Im Rhythmus der Trommel stieß er in sie hinein und sie schrie jedes Mal auf.

Sie hoffte, dass Chanda sie bemerken würde und sich zu einer eifersüchtigen Reaktion hinreißen lassen würde, aber nichts passierte.

Sie konzentrierte sich auf ihren Atem.

Langsam spürte sie, dass sie sich einem Orgasmus näherte, aber sie wollte noch nicht. Im letzten Tantra-Kurs hatte sie gelernt, den Höhepunkt hinauszuzögern. Und so begann sie, sich abzulenken, ließ ihren Blick durch den Raum schweifen. Sie sah andere Paare, die miteinander schliefen, einzelne Sannyasins, die tief versunken dasaßen, Kamal, der eingeschlafen war, und ihre Freundin Gasha, deren Augen auf ihr ruhten, während sie die große Trommel schlug.

Dassana lächelte sie an und gab sich sofort wieder den tiefen Stößen hin.

Wieder bemerkte sie den Höhepunkt, der wie eine große Welle in ihr aufstieg, und diesmal ließ sie sich fallen.

Es war fantastisch.

Von ganz tief unten überrollte sie die Erregung. Sie zuckte, spannte sich an, um kurz danach die Entspannung zu spüren.

Schwer atmend lag sie da und dachte über das nach, was Bhagwan gesagt hatte in einer der letzten Lessons, die sie von ihm gehört hatte:

»Eine sehr lange Zeit wussten die Frauen überhaupt nicht mehr, was ein Orgasmus ist. In manchen Kulturen gibt es nicht einmal mehr das Wort. Erst in den letzten Jahrhunderten ist das Wort wiederbelebt worden. Es gibt Sprachen, in die das Wort Orgasmus nicht übersetzt werden kann. Ins Hindi kann man es nicht übersetzen – es gibt kein entsprechendes Wort. Stellt euch nur vor, wie sehr der Körper verkrüppelt worden ist.«

Dassana nickte innerlich.

Er hatte so recht.

Auch ihr Körper war jahrelang verkrüppelt worden – jetzt war er frei. Frei sich zu bewegen, frei zu fühlen, frei zu schreien.

Ihr Hals fühlte sich ganz rau an und sie rückte ein wenig von Sarango weg, dessen Nähe ihr jetzt unangenehm war.

Träge ließ sie ihren Blick durch den Raum gleiten.

Einige Paare waren immer noch mit sich beschäftigt, andere lagen still da.

»Mama?« Simons Stimme.

Sie seufzte ärgerlich.

Chanda hasste Störungen bei der Trommel-Meditation.

»Mama!« Der Junge rief lauter.

Dassana stand auf und lief, nackt wie sie war, zu der Eichentür, die halb offenstand. Eisige Luft strömte ihr entgegen.

»Was willst du, Simon? Wir möchten nicht gestört werden, das weißt du doch. Also komm rein und mach mit oder schließ die Tür.«

»Ich will nicht mitmachen – das ist eklig, was ihr da tut!«

»Das ist Liebe, Simon, reine körperliche Liebe. Du wirst schon noch erkennen, wie gut das tut.«

»Warum machst du das mit dem Holländer? Du magst ihn doch gar nicht!« Simon verzog verächtlich den Mund.

»Ich mache es für mich und mit mir, der Partner spielt nur eine untergeordnete Rolle dabei.«

»Du bist wie eine Nutte, sagt Axel. Und seine Mutter sagt, hier wohnen nur Nutten!«

Dassana zuckte zusammen und bevor sie sich bremsen konnte, landete ihre flache Hand im Gesicht ihres Sohnes.
Simon bewegte sich nicht.
Er starrte sie nur an.
»Dassana!« Chandas dunkle Stimme riss sie aus ihrem Entsetzen. »Warum tust du das? Warum schlägst du ihn?«
»Er sagt, hier würden nur Nutten wohnen.« Sie merkte selbst, wie hysterisch sie klang.
Chanda begann, zu lachen.
»Nun, was stört dich daran?«, fragte er, als er sich wieder beruhigt hatte. »Das ist dein altes Ego, was sich da wehrt. Du hörst die Stimmen deiner Eltern, die der Nachbarn und ehemaligen Freunde. Du hast Spaß gehabt, dich genossen. Und das lässt du dir doch jetzt nicht nehmen von dem Gerede eines Zwölfjährigen.«
Er wandte sich dem Kind zu, das immer noch in der halb geöffneten Tür stand.
»Hör zu, Kleiner, du bist jetzt alt genug. Ich werde dich vorbereiten für deine Initiation. Die Tür zur Welt der körperlichen Freuden soll sich bald für dich öffnen.«
»Chanda, er ist zu jung dazu …« Dassana fühlte sich unwohl bei diesem Gedanken.
»Er ist genau im richtigen Alter. Morgen früh, Simon, machen wir ein Schwitzhüttenritual und danach kommst du mit zu uns in den Trommelraum. Es wird Zeit.«
Dassana sah ihrem Sohn ins Gesicht. Er zeigte keine Regung. Sie wusste nicht, ob ihm der Gedanke gefiel oder ob er ihm Angst machte. Ihr war klar, dass sie sich nicht gegen Chandas Plan durchsetzen konnte. Was er sagte, galt in der Gemeinschaft. Sanft drückte sie ihren Sohn aus dem Raum und schloss die Tür.

Am nächsten Morgen stand sie müde am Küchenfenster und blickte in den Hof, den die Gebäude umschlossen.
Sie fror an den nackten Füßen auf dem alten Steinboden und ihr Kopf schmerzte.
Sie hatte gestern Abend zu viel Wein getrunken und die Joints, die nach der Trommel-Meditation die Runde machten, steckten ihr auch noch in den Knochen.
Chanda war schon um sechs Uhr aufgestanden und jetzt sah sie ihm zu, wie er mit Simon Äste und Holz auf den Schwitzhüttenplatz schleppte.
Dassana wusste, was das bedeutete.
Das Schwitzhüttenritual wurde immer dann gemacht, wenn etwas Besonderes anstand. Es diente zur Reinigung. Alles Gift und alle schlechten Gedanken sollten durch das heftige Schwitzen aus dem Körper geschwemmt werden.
Die kleine Hütte, in der es stattfand, fasste bis zu zehn Menschen, allerdings saß man dann dort so eng, dass es auch ohne Feuer unerträglich heiß wurde.
Schon oft war es vorgekommen, dass die Sannyasins ohnmächtig zusammenbrachen, wenn sie in der Hütte saßen.
Wie lange es dauerte, hing ganz von den Teilnehmern ab.
Manchmal hockten sie zwölf oder vierzehn Stunden in dem Verschlag bis zur völligen Erschöpfung.
In der Mitte der Hütte wurde ein Feuer entfacht und der Rauch, der davon aufstieg, fraß unerbittlich den Sauerstoff in dem kleinen Raum.
Visionen stiegen auf, man fühlte sich wie in einem Traum, nur viel näher an der Realität. Der Körper geriet an seine Grenze und genau das war der Augenblick, in dem er sich ausblendete und

Platz machte für das, was man wirklich war – eine unsterbliche Seele, auf der Suche nach ihrer Bestimmung.

Die Schwitzhütte war ein unentbehrliches Hilfsmittel in bestimmten Situationen.

Dassana war stolz, dass Simon dieses Ritual heute bevorstand, denn es würde ihn zum Mann machen.

Sie wickelte sich fester in ihren Umhang ein und betrat den Hof.

Chanda winkte ihr zu.

»Simon, guck, wer uns besucht. Na, hilfst du uns beim Holz schleppen?«

Sie schüttelte den Kopf.

»Ich wollte noch kurz mit Simon sprechen, bevor ihr in die Hütte geht. Kommst du bitte mal zu mir?«

Der Junge stapfte mürrisch über den Hof.

Als er vor ihr stand, wischte sie eine dunkle Locke aus seiner Stirn. Es kam ihr vor, als wäre es erst gestern gewesen, dass sie mit ihm als Baby auf dem Arm durch Hamburgs Straßen irrte.

»Simon, du weißt, das heute ein wichtiger Tag für dich ist, oder?«

Er gab keine Antwort, starrte ihr nur in die Augen mit einem Blick, den sie nicht deuten konnte.

»Es ist eine große Ehre für dich, dass Chanda sich die Mühe macht, deine Initiation zu gestalten. Das macht er nicht für jedes Kind hier. Ich möchte, dass du dir Mühe gibst und den Visionen folgst, die du gleich in der Hütte haben wirst. Sperr dich nicht dagegen, sie sind wichtig. Lass sie fließen und höre auf das Innerste. Reinige dich für das, was danach kommt …«

»Danach soll ich mit einer Frau schlafen, das meinst du doch, oder?«

Seine Stimme war wie immer aggressiv.

Sie seufzte.

»Ja und das ist ein wunderbares Geschenk für dich.«
»Und wenn ich das nicht will?«
»Warum solltest du das nicht wollen? Dein Körper ist bereit dazu. Lass dich einfach führen.«
Simons Mundwinkel verzogen sich.
»Vielleicht, vielleicht auch nicht. Mit wem soll ich schlafen?«
»Das bestimmt Chanda und es wird die richtige Entscheidung sein. Und jetzt mach weiter, damit das Feuer in Gang kommt und ihr mit dem Ritual beginnen könnt. Wer weiß, wie lange es dauert.«
Sie sah ihrem Sohn zu, wie er zur Hütte zurückging und ein paar Holzbretter hineintrug.
Chanda lächelte sie an.
»Na, Muttertier? Wann lernst du endlich, ihn loszulassen?«
»Ich lasse ihn los. Ich habe ihm nur noch ein paar Ratschläge mit auf den Weg gegeben.«
»Überflüssigerweise.« Chanda lächelte nicht mehr. »Dassana, ich habe mir etwas überlegt. Wie wäre es, wenn du ihn einführst in die Freuden der Liebe.«
Ihr stockte der Atem.
»Ich halte es für die natürlichste Art. Du hast ihn auf diese Welt gebracht und du solltest ihn auch weiter begleiten auf seinem Weg, ein Mann zu werden.«
Sie war unfähig zu antworten.
Alles in ihr sträubte sich gegen diese Vorstellung.
Sie sollte mit ihrem eigenen Sohn schlafen?
Es schien ihr absurd und widernatürlich.
»Wir müssen über unsere eigenen Grenzen hinausgehen«, hörte sie Chanda wie durch einen Nebel, »nur dann reifen wir zu dem, was wir ursprünglich sind. All deine Vorurteile solltest du über

Bord werfen und dich rein und leer machen. Das, was du jetzt empfindest, ist nur das, was dir aufgezwungen wurde. Es ist nichts Falsches daran.«

»Nein!« Dassana schrie fast. »Ich werde das niemals tun, egal, was du sagst!«

Seine Mundwinkel zuckten spöttisch.

»Chanda, nein! Und ich werde auch nicht weiter darüber sprechen.«

»Du bist anscheinend noch lange nicht so weit. Ich habe dich falsch eingeschätzt. Gut, ich werde jemand anderen finden, jemanden, dem ich Simon anvertraue. Seine eigene Mutter scheint ja nicht dazu in der Lage zu sein. Schade.«

Er wandte sich ab und Dassana sah ihm nach.

Sie war wie gelähmt und nachdem er aus ihrer Sichtweite verschwunden war, begann sie, zu zittern.

Die Gedanken flogen nur so durch ihren Kopf.

Sie machte sich schon lange Sorgen um Simon und jeden Tag fragte sie sich, ob sie das Richtige tat, indem sie ihn hier aufwachsen ließ.

Auf der einen Seite wurde ihr viel Verantwortung für ihren Sohn abgenommen und sie hatte die Chance, sich spirituell weiter zu entwickeln. Auf der anderen Seite sah sie auch, dass die Kinder oft sich selbst überlassen wurden und dass sie viel von dem, was ihren Sohn beschäftigte, nicht mitbekam.

Oft war er tagelang im Wald verschwunden oder er schloss sich in dem alten Bunker unter dem Hof ein.

Jeder ließ ihn gewähren, denn Freiheit war ein hohes Gut in der Gruppe, aber sie als Mutter hatte keine Ahnung von dem, was in ihrem Jungen wirklich vorging.

Langsam ging sie zurück auf die Eingangstür zu und beschloss, noch vor dem Frühstück eine Meditation zu machen.
Sie wollte tief in sich hineinblicken und sich fragen, ob ihre Entscheidung richtig war.
Vielleicht hatte Chanda recht und sie ließ sich von alten Mustern und Werten lenken. Vielleicht war sie wirklich noch nicht so weit auf dem geistigen Weg, aber etwas in ihr sträubte sich mit aller Macht gegen den Gedanken, eine Inzestbeziehung mit ihrem Sohn einzugehen, egal wer oder was das auch von ihr verlangte.

Das Schwitzhüttenritual hatte acht Stunden gedauert.
Simon und Chanda waren erschöpft, nackt und nass in die Küche gekommen, als die anderen beim Abendessen waren.
Sofort verstummten alle Gespräche und man stellte den beiden dampfende Teller mit Graupensuppe und selbst gebackenes Brot hin.
Simon schaufelte sein Essen in sich hinein, während Chanda nur gedankenverloren in der Suppe rührte.
Keiner sprach ein Wort, bis Chanda den Löffel klirrend auf den Teller fallen ließ.
»Simon ist auf dem Weg, ein Mann zu werden. Und heute Abend werden wir ihn willkommen heißen in der Gruppe der Männer. In einer halben Stunde treffen wir uns zum Männer-Trommeln im großen Saal und um zwanzig Uhr werden die Frauen dazukommen. Gasha, du wirst seine Partnerin sein in dieser Nacht.«
Es war immer noch still in der alten Küche.
Simon aß ungerührt weiter, als würde ihn das Gespräch nichts angehen.
Dassanas Herz schlug bis zum Hals.

Sie warf ihrer besten Freundin einen verstohlenen Blick zu.
Gasha hatte die Hände gefaltet in ihrem Schoß liegen und ihre Augen waren geschlossen.
»Wir werden den Saal festlich schmücken. Kerzen, Blumen, Feuer, Weihrauch«, zählte Chanda auf. »Keine anderen Kinder. Nur zehn Frauen und zehn Männer – der innere Kreis. Die Neuankömmlinge wie Sarango, Vicca und Baranta bleiben bitte fern. Seid pünktlich und bereitet euch durch eine Meditation vor. Und ich wünsche absolute Stille bei diesem Ritual. Ihr braucht eure Stimmen nicht, euer Geist wird euch führen.«
Damit erhob er sich und verließ den Raum.
Simon schob seinen Stuhl zurück und folgte ihm wie ein Schatten.
Erst als sich die Tür hinten den beiden geschlossen hatte, nahmen die anderen ihr Gespräch wieder auf.
Dassana starrte auf ihren Teller.
Die Suppe hatte einen Film gebildet.
Ihr war der Appetit vergangen.
Sanft spürte sie eine Hand auf ihrem Rücken.
Gasha war hinter sie getreten.
»Mach dir keine Sorgen. Ich passe auf ihn auf«, hörte sie die sanfte Stimme ihrer Freundin.
Sie ließ sich nach hinten fallen und Gashas Wärme umfing sie wie ein Mantel.
»Komm«, flüsterte sie. »Hilf mir, mich fertig zu machen. Ich möchte ein Bad nehmen und mich einölen.«
Dassana nickte und folgte ihr.

Sie tanzte wieder.
Laut klangen die Trommeln in ihrem Kopf.

Mit jeder Drehung schwirrten Farben in ihrem Kopf und durch ihre halb geschlossenen Augen nahm sie verschwommen das Licht der Kerzen und des Feuers wahr.

Sie stampfte mit den Füßen auf und hob die Arme.

Ihr Atem ging stoßweise, sie fühlte, dass ihr Körper an die bekannte Grenze kam. Wenn sie diese überschritt und den Zustand der meditativen Trance erreichte, dann würde sie wissen, was zu tun war.

Sie strengte sich an, drehte sich schneller, sog ihre Lungen voll Luft, hielt den Atem an.

Jetzt.

Ein Kribbeln durchströmte ihren ganzen Körper.

Sie sank zu Boden und sofort fühlte sie das, was sie am meisten am Tanzen liebte. Freiheit, absolute Freiheit.

Ihr wahres Selbst betrat die Bühne ihres Lebens.

Viel zu selten konnte sie es spüren, eigentlich nur in diesen Momenten des exzessiven Tanzens.

Sie hoffte so sehr, dass sie durch Erfahrung und Übung viel öfter in diesen Zustand geraten würde.

Sie schwebte über ihrem Körper.

Sah sich unten am Boden auf den groben Holzdielen liegen.

Eine sanfte Zärtlichkeit für sich selbst überkam sie.

Die langen Haare ausgebreitet.

Die schlanken Beine gestreckt.

Die kleine Wölbung ihres Bauches.

All das nahm sie wahr und dennoch war es nicht wichtig.

Ihr Körper war nur die Hülle für ihre Seele und die war auf dem Weg zu ihrer Bestimmung.

Nichts anderes war wichtig.

Ihre Liebe zu Chanda zählte nicht auf diesem Weg, sie war nur ein Training für die Liebe zu sich selbst.
Ihre Verantwortung für ihren Sohn war ohne Bedeutung, sie hatte ihm das Leben geschenkt, aber das bedeutete nicht, dass sie sein Leben gestalten musste.
Sie ließ los.
Die Menschen, den Ort, die Zeit.
Sie versank in sich selbst.
Sanfte Klänge ließen sie zurückkommen.
»Yemaya Assessu«, das alte afrikanische Lied über den Fluss, der sich mit dem Meer vereinigte, drang in ihr Bewusstsein.
Sie schaukelte leicht hin und her, weckte ihre Sinne, wiegte sich wie ein Kind.
Sie dachte über diesen Song nach, einer ihrer absoluten Favoriten.
Er erzählt die Geschichte der Welt.
Den Anfang, den das Wasser machte.
Das Wasser, aus dem alle Lebewesen hervorgingen.
Er spricht von der Fruchtbarkeit der Frauen, von ihren Geheimnissen, ihren Ritualen, ihrer Kraft.
Dassana wusste, dass jetzt, wo dieses Lied erklang, alles vorbei war.
Ihr Sohn war jetzt zum Mann geworden und sie war dankbar, dass ihre Seele sich aus diesem Vorgang ausgeklinkt hatte.
Vorsichtig öffnete sie die Augen und langsam wurden aus den verschwommenen Schatten im Raum die Körper ihrer Freunde.
Die meisten lagen eng aneinander gekuschelt zusammen.
Müde, erschöpft und beseelt von dem, was gerade passiert war.
Die Männer und Frauen hatten sich vereinigt, waren zu einem Ganzen geworden.
Suchend glitt ihr Blick durch den Raum.

Sie konnte Simon nicht entdecken.
Stattdessen hörte sie, wie die alte Holztür mit einem kräftigen Schlag zufiel.
Sie richtete sich auf und sah Gasha.
Ihre Freundin hatte sich halb erhoben.
Als würde sie nach etwas greifen, hielt sie den Arm in der Luft, und Dassana fiel der enttäuschte Zug um ihren Mund auf.
Leise, um die anderen nicht zu stören, kroch sie über den Boden zu Gasha hin.
»Wo ist er?«, flüsterte sie.
»Er ist sofort rausgestürmt. Es tut mir leid, Dassana. Ich dachte, es hätte ihm gefallen und ich hätte alles richtig gemacht.«
»Du hast bestimmt alles richtig gemacht, aber so ist er eben.«
Sie legte den Arm um Gasha und zog sie zurück auf die rote Decke, die unter ihr lag.
Sanft streichelte sie ihr Gesicht und den Ansatz ihrer Brust.
»Es tut mir leid, dass Chanda dich ausgewählt hat, aber ich konnte es nicht selbst tun.«
»Ist schon gut, es ist jetzt vorbei. Es war nicht schlimm, aber ich habe ein schlechtes Gefühl wegen Simon. Er war so ungestüm und hat währenddessen immer nur nach dir gesehen. Ich war quasi nicht anwesend für ihn.«
Gasha begann, sich unter den Zärtlichkeiten ihrer Freundin zu entspannen.
»Er ist noch jung, Gasha. Er wird es noch lernen. Komm, lass dich verwöhnen und lass los. Du hast heute einen großen Beitrag für die Gruppe geleistet. Und später habe ich noch etwas für uns. Ein bisschen LSD, das hat Sarango von seinem letzten Trip aus Holland mitgebracht. Das wird uns guttun. Lass los, Liebes, lass

los … Yemaya Assessu. Assessu Yemaya. Yemaya Olodo. Olodo Yemaya.«

Dassana sang für ihre Gefährtin das afrikanische Mantra.

Leise und unaufdringlich, ihr Mund ganz dicht an dem Ohr der anderen.

Sie streichelte Gasha sanft, ließ ihre Finger an den empfindlichsten Stellen der Freundin tanzen und gab sich ganz dem Augenblick hin, wie sie es gelernt hatte.

In den nächsten Tagen suchte Dassana die Nähe ihres Sohnes.

Sie wollte mit ihm über das Erlebte sprechen, aber Simon gab sich beschäftigt.

Entweder hatte er keine Zeit, weil er zum Holz schlagen mit den Männern in den Wald ging, seine Schulaufgaben im Bunker machen wollte oder mit Sarango die Lämmer zum Schlachter in die nächste Kleinstadt fuhr.

Es gab immer eine Ausrede und der Junge ging ihr aus dem Weg.

Sie wusste, dass sie mit ihm reden musste, aber es kostete sie so viel Energie, dass sie fast aufgab.

Eine Woche nach dem großen Männlichkeitsritual passte sie ihn ab, als er gerade mit den Futtereimern auf dem Weg in die Hühnerställe war.

Sie folgte ihm in einen der kleinen Verschläge neben dem Haus.

Der Geruch war stechend und die aufgeregten Tiere flatterten um sie herum.

»Was willst du?« Simon klang kalt und abweisend.

»Ich möchte mit dir über die Nacht der Erweckung sprechen.«

»Da gibt es nichts zu besprechen. Du weißt ja schon von deiner Freundin, wie es gelaufen ist.«

Er spie die Worte förmlich aus.

»Simon, bitte, lass uns doch darüber reden …«

»Warum? Es ist doch alles so, wie ihr euch das vorgestellt habt. Ich bin jetzt ein Mann. Ich musste ein Mann sein, weil ihr das so wolltet, weil es in eure Gemeinschaft passt.«

»Aber das ist doch der natürliche Weg der Dinge …«

Er unterbrach sie sofort.

»Natürlich findest du das? Ich hätte es natürlich gefunden, wenn ich mir den Zeitpunkt und die Frau dazu selbst hätte aussuchen können!«

Sie wunderte sich immer wieder über seine Wortgewandtheit und seine Reife. Er machte nicht den Eindruck eines zwölfjährigen Jungen. Er war viel weiter.

»Guck mal, Junge«, begann sie, »du bist schon sehr erwachsen für dein Alter und die Liebe lernt man am besten mit Menschen, die sie schon kennen. Wir wollten es dir einfach machen, dir einen guten Start geben. Wenn ich da an mein Erstes Mal denke …«

»Mich interessiert dein scheiß Erstes Mal nicht! Erzähl mir bloß nicht davon. Das will ich erst recht nicht hören! Warum könnt ihr mich nicht alle in Ruhe lassen?«

Wütend knallte er den Eimer in eine Ecke.

Die Hühner flogen auf und Dassana wedelte mit der Hand, um die Federn aus ihrem Gesicht zu wischen.

»Simon, wir leben hier in einer wunderbaren Gemeinschaft. Wir entdecken uns und das Sein. Wir lernen voneinander und helfen uns auf eine höhere Ebene.«

»Und was lerne ich von dir?« Seine Stimme bekam einen gefährlichen Klang. »Lerne ich, wie es ist, ein Kind zu haben, um das man sich nicht kümmert? Lerne ich in der Gegend rumzuficken oder jede Droge auszuprobieren, die angeschleppt wird? Und Mutter … was lernst DU von mir?«

»Ich lerne von dir …« Sie brauchte alle Kraft und alle Spiritualität in sich, um nicht die Beherrschung zu verlieren.

Er sprach sofort weiter.

»Soll ich dir etwas zeigen, das du von mir lernen kannst?«

Sie antwortete nicht.

Er trat einen Schritt auf sie zu und sie konnte seinen Atem an ihrer Brust spüren.

»Dann pass mal gut auf. Ich zeige dir, was du von mir lernen kannst!«

Mit einer blitzschnellen Bewegung griff er sich eines der Hühner.

Es war eine weiße Henne mit braunen Flügeln.

Das Tier hatte keine Chance, er war schnell und geschickt.

Er packte es an den Füßen und wirbelte es herum.

»Schau mal, Mutter! Sie tanzt! So wie du! Du tanzt doch auch so gerne!«

Dassana war wie gelähmt und hatte sich in eine Ecke des Stalls gedrückt.

Er machte ihr Angst, wie er so dastand und das Huhn wie einen Kreisel durch die Luft schwenkte.

Plötzlich hielt er inne und kam auf sie zu.

Das Tier hing benommen zwischen seinen Fingern.

Er reichte ihr fast bis zur Schulter und er sah ihr direkt in die Augen, als er die Henne anhob.

»Und jetzt, Dassana, jetzt sorgen wir dafür, dass dieses kleine Tier Glückseligkeit erfährt. Das wünschst du dir doch sicher für sie …«

»Simon, hör auf!«

Er achtete nicht auf sie.

Mit seiner freien Hand umschloss er den Hals des Tieres und drückte zu. Immer fester. Bis es knackte.

Leblos sackte der Körper des Huhns zusammen.

Dassana starrte entsetzt auf ihren Sohn und auf das tote Tier in seiner Hand.

»Sieh hin, Mutter! Sie hat es geschafft! Sie hat euer höchstes Ziel erreicht. Das passiert, wenn man zu viel und zu lange tanzt! Siehst du das?«, brüllte er und schleuderte den toten Körper von sich weg.

Sie war fassungslos und am Ende ihrer Kraft.

Sie weinte um das tote Huhn, das eben noch lebendig durch den Stall gelaufen war, und sie weinte um ihren Sohn, dessen Blick flackernd, fast irre, geworden war.

Nie zuvor in ihrem Leben hatte sie solche Angst verspürt.

Sie versuchte, sich zu beruhigen, konzentrierte sich auf ihren Atem, der verlässlich in ihre Lungen strömte.

Es wurde ganz still in dem kleinen Stall.

Simon wischte sich die Hände an seiner alten Arbeitshose ab.

Ungerührt verteilte er weiter das Futter.

Er würdigte Dassana keines Blickes mehr.

Sie sah ihm noch einige Augenblicke lang zu und sie wusste, dass es besser war, ihn nicht mehr anzusprechen.

Vorsichtig setzte sie einen Fuß vor den anderen, sie hatte immer noch Angst, ohnmächtig zu werden.

Sie tastete sich an den Wänden entlang zu der kleinen Tür.

Sie musste aus diesem Stall raus. Sofort.

Draußen atmete sie tief die frische, unverbrauchte Luft ein.

Sie war sicher, dass mit ihrem Kind etwas nicht stimmte, aber sie beschloss, mit niemandem über diesen Vorfall zu sprechen.

Auch nicht mit Chanda oder Gasha.

Kein Wort würde über ihre Lippen kommen.

Das war sie Simon schuldig.

Kim 2001

Und wir tanzen, bis wir vergessen, welcher Tag ist. Und wir tanzen, bis wir vergessen, was wahr ist. Und wir tanzen, bis wir vergessen, wie man still steht – bis wir vergessen, wie man still lebt.

(Julia Engelmann, Dichterin, Musikerin und Schauspielerin)

Das Auto fuhr ruhig.

Es war warm und sie streckte sich aus.

Sie blickte auf die kleine, silberne Armbanduhr an ihrem Handgelenk.

Fünfunddreißig Minuten nach vier und für sie gab es kein Zuhause mehr.

Verstohlen musterte sie den Mann hinter dem Steuer.

Eine Sekunde lang überlegte sie, ob sie Angst haben musste, schließlich saß sie bei einem wildfremden Menschen im Auto auf dem Weg nach Nirgendwo.

Aber sie hatte keine Angst.

Wovor auch, es ist schon alles Schlimme passiert, was einem Mädchen passieren kann.

Der Streit mit Vanessa ging ihr nicht aus dem Kopf.

Wie konnte es geschehen, dass sie sich so entfremdet hatten? Sie waren doch wirklich beste Freundinnen gewesen.

Vanessa war ein Fixpunkt in ihrem Leben, sie hatte sich ihr so nahe gefühlt wie keinem Menschen zuvor.

Schon wieder stiegen ihr die Tränen in die Augen und sie schniefte leise.

»Brauchen Sie noch ein Taschentuch?«

Sie zuckte zusammen, als sie die tiefe Stimme hörte.

»Nein, danke, es geht schon.« Sie zog die Nase hoch.
»Ich heiße Simon.«
Sie bemerkte seinen Blick von der Seite, blickte aber geradeaus auf die Lichter der Autos, die ihnen entgegenkamen.
»Kim«, flüsterte sie.
»Wo soll ich Sie absetzen, Kim?«
Sie schwieg. Es gab im Moment keinen Platz, zu dem sie gebracht werden wollte.
Zu ihren Eltern konnte sie nicht, nicht um die Uhrzeit und auch sonst nicht. Dazu war zu viel geschehen.
Zu Vanessa wollte sie auch nicht, nicht nach all dem, was gerade passiert war.
Sie konnte doch jetzt nicht einfach in die Wohnung ihrer Freundin marschieren, sich ins Bett legen und so tun, als wäre nichts gewesen.
»Ich weiß es nicht, ich kann nirgendwo hin.« Sie schämte sich dafür, dass ihre Stimme so piepsig klang.
Er antwortete nicht und bog auf die A 3 in Richtung Koblenz ab.
»Ich kann Ihnen eine Übernachtungsmöglichkeit anbieten, allerdings komme ich nicht von hier. Wir müssten noch gut zweieinhalb Stunden fahren. Wenn Sie das nicht möchten, lasse ich Sie an der nächsten Autobahnraststätte raus.«
»Ist mir egal.« Sie kuschelte sich tiefer in den Sitz und drehte den Regler der Sitzheizung höher. »Ich muss morgen nirgendwo sein und auf mich wartet niemand. Wo fahren wir hin?«
»An die holländische Grenze.«
»Ans Meer?«
»Nein, so weit nicht. Ich habe einen Hof in der Nähe von Holland. Ich baue ihn gerade um. Und ich wollte in den nächsten Tagen da einiges regeln. Sie können bleiben, so lange Sie wollen.«

»Okay.« Sie wunderte sich ein bisschen über sich selbst, aber es war ihr ganz recht, aus allem rauszukommen.

Ein paar Tage weg zu sein, ist vielleicht ganz gut. Dann kann ich in Ruhe überlegen, was ich als nächstes tun will.

Sollte Vanessa sich doch Sorgen machen.

Ihre Eltern würden das gar nicht bemerken, seit den Weihnachtstagen hatte es kaum Kontakt gegeben.

»Dann mache ich jetzt auch Urlaub.« Sie lächelte den Mann an.

»Stört es Sie, wenn ich etwas schlafe? Ich bin so müde gerade.«

»Nein, schlafen Sie ruhig, ich bin es gewohnt, alleine zu fahren. Ich wecke Sie, wenn wir da sind.«

Sie wurde in den Sitz gedrückt, denn der Wagen erhöhte die Geschwindigkeit.

Die Scheinwerfer der anderen Autos verschwammen vor ihren Augen.

Das monotone Brummen des Motors wirkte wie ein Schlaflied. So eins, wie ihre Mutter es ihr immer vorgesungen hatte, als sie klein war.

Zum ersten Mal an diesem Abend fühlte sie sich sicher.

Sie erwachte, weil kalte Luft in ihr Gesicht strömte.

Langsam öffnete sie die Augen.

»Wir sind da.« Die Stimme war warm und voll.

Kim fuhr sich mit den Händen durch die Haare und gähnte.

»Na los, Sie Schlafmütze, ich mache uns einen starken Kaffee und dann zeige ich Ihnen den Hof.«

Widerwillig öffnete sie die Autotür und stieg aus dem Wagen.

Sie fluchte leise, als sie bemerkte, dass ihre neuen Stiefel in einer Pfütze standen.

»Macht nix, Kim. Wir sind hier auf dem Land, da passiert so was.«

Sie warf ihm einen genervten Blick zu.
»Wie spät ist es?«
»Schon kurz nach neun. Es hat einen schlimmen Unfall am Kreuz Mönchengladbach gegeben. Da haben wir lange im Stau gestanden. Aber Sie haben ja alles verschlafen.«
Sie sah sich um.
Er hatte das Auto in den Hof gefahren und war gerade dabei, das mächtige Eichentor wieder zu schließen.
Zu ihrer rechten Seite sah sie ein langgezogenes Gebäude mit kleinen, rechteckigen Fenstern. Direkt daran schlossen sich alte Stallungen an.
Auf der Front zäunte ein Gatter eine Wiese ab und auf ihrer linken Seite waren weitere Ställe und ein kleiner Garten.
Nebel stieg aus dem Gras vor ihr auf und die Sonne kämpfte sich durch die zähen Schwaden.
»Ganz schön romantisch hier, oder?«
Sie sah ihm zu, wie er einen schweren Balken vor das Tor schob.
»Ich weiß nicht, ich finde es einsam.«
»Wenn man gerade aus einer der größten Diskotheken Deutschlands kommt, kann man schon so ein Gefühl haben, aber Sie werden es noch mögen hier. Hören Sie?« Er machte eine kurze Pause. »Sie hören nichts, absolut nichts. Ist das nicht ein Traum?«
Kim lauschte angestrengt. Er hatte recht. Man hörte nichts, noch nicht einmal einen Vogel oder das Schreien einer rolligen Katze.
Es war still.
Vorsichtig stakste sie über das Kopfsteinpflaster.
Wenn sie sich jetzt auch noch einen Absatz abbrechen würde, wäre der Morgen gelaufen.
Sie fühlte sich nicht wohl an diesem Ort und sie konnte nicht sagen, woran das lag.

Außerdem fror sie in ihren dünnen Klamotten.
»Warten Sie, ich schließe die Tür auf.«
Er holte einen großen Schlüssel aus seiner Hosentasche. So ein altmodisches Ding mit einem verschnörkelten Bart.
Die Tür öffnete sich mit einem Quietschen.
Wie in einem Horrorfilm, dachte Kim und sie spürte eine Gänsehaut, die sich über ihren ganzen Körper ausbreitete.
Der Geruch, der ihr entgegenschlug, war abgestanden und muffig.
Er erinnerte sie an das Haus ihrer Oma und auch an die Bude eines Freundes, der immer Räucherstäbchen abgefackelt hatte.
»Ich muss hier unbedingt lüften, warten Sie, gleich wird es besser.«
Sie sah ihm zu, wie er die Küche durchquerte und die Fenster aufriss. Dasselbe tat er im angrenzenden Wohnzimmer. Auf dem Rückweg betätigte er die Lichtschalter.
Alt waren die. Schwarze Drehknöpfe.
Kim lehnte sich an die Wand.
»Ist Ihnen nicht gut?«
Er klang besorgt.
»Soll ich was zu essen machen? Ich habe einiges an Proviant dabei.«
»Nein, danke, ich bin nur müde.«
»Setzen Sie sich.« Er schob ihr einen Stuhl hin. »Ich koche uns einen Kaffee. So einen wie früher. Nicht so ein Gebräu aus einer Edelstahlmaschine mit acht Bar Druck. Nein, ich mache den Kaffee noch, wie ihn meine Oma gemacht hat. Einfach Kaffeepulver in einen Topf mit kochendem Wasser, kurz abwarten, umrühren und in eine Thermoskanne füllen. Der schmeckt wunderbar, Sie werden sehen. Man muss nur einen

Moment warten, bis der Kaffeesatz auf dem Boden ist. Aber ich sage Ihnen was, das ist so wie mit allen guten Dingen im Leben, man muss einfach nur Geduld haben.«

Sie hörte ihm zu und wunderte sich, dass er so gute Laune hatte.

Er wirkte fast euphorisch auf sie, so als hätte er einen Trip geworfen.

Der Mann musste doch irgendwie drauf sein, er hatte sich schließlich auch die ganze Nacht um die Ohren geschlagen und war dann noch stundenlang Auto gefahren.

Als sie einen dampfenden Becher mit abgeschlagenem Henkel in der Hand hielt, ging es ihr besser. Er hatte recht, der Kaffee war wirklich gut und vor allem heiß. Sie spürte, wie er sie aufwärmte.

Er machte inzwischen ein Feuer in dem Kachelofen, der direkt neben dem Esstisch stand.

Sie sah ihm zu, wie er bedächtig kleine Holzscheite aufeinanderschichtete, Zeitungspapier dazulegte und die ganze Konstruktion mit einem langen Span entzündete.

Sie fühlte sich wie in einem Traum.

Sie wollte nicht sprechen, sich nicht bewegen, an nichts denken – sie wollte einfach nur dasitzen und ihm zusehen.

Die Flamme züngelte sich langsam an den Hölzern empor und Kim bemerkte sofort, dass ihr wärmer wurde.

»Sehen Sie, jetzt wird es besser. Das geht hier ganz schnell mit der Temperatur. Die alten Öfen sind die besten! Möchten Sie nicht doch etwas essen? Ein Brot mit Schinken oder Marmelade? Habe ich alles da?«

Sie schüttelte mit dem Kopf.

Sie hatte keinen Hunger.

Eigentlich wollte sie nach Hause, aber das konnte sie ihm ja schlecht sagen, nachdem er gerade hunderte von Kilometern gefahren war. Und außerdem hatte sie kein Zuhause mehr. *Vielleicht habe ich nie eins gehabt*, dachte sie.

Sie gab sich Mühe, normal zu klingen.

»Nein, danke, wirklich nicht. Ich bin nur so furchtbar müde. Kann ich mich irgendwo hinlegen?«

»Aber natürlich! Entschuldigen Sie, bitte. Mir macht Müdigkeit ja nichts aus. Ich bin das gewohnt, aber Sie müssen total erledigt sein. Kommen Sie, wir können gleich hier runtergehen. Da habe ich so eine Art Gästezimmer. Decken und Kissen sind schon unten, ich bin immer gerne vorbereitet.«

Sie folgte ihm einen schmalen Gang entlang.

Er öffnete eine Tür und ließ ihr den Vortritt.

»Gehen Sie nur runter, schön vorsichtig, die Treppen in den alten Häusern sind steil. So hat man eine Menge Platz gespart.«

Sie zögerte, eine Sekunde nur.

Irgendetwas in ihr schlug an.

Es war wie eine Ahnung, wie eine Stimme, die ihr etwas zuraunte.

Dann spürte sie seine Hand auf ihrem Rücken.

»Alles gut, Kim, hier ist schon das Licht und jetzt sehen wir auch besser. Ich gebe zu, das ist etwas ungünstig hier im Keller, aber die anderen Räume sind mitten in der Renovierung, da kann ich Sie unmöglich unterbringen. Und in meinem Bett wollen Sie sicher nicht liegen, ich schnarche wie ein Bär. Meine Mutter schläft auch manchmal hier unten und sie ist ganz zufrieden mit ihrem Zimmer.«

Langsam ging sie abwärts, den Blick fest auf die Steinstufen gerichtet. Sie hörte, wie die Tür hinter ihnen ins Schloss fiel.

Unten angekommen stand sie in einem Vorraum, von dem drei Türen abgingen.

Die Wände waren mit Regalen zugestellt, auf denen sich gefüllte Marmeladengläser befanden.

»Ob Sie es glauben oder nicht, hier steht noch Marmelade von meiner Oma. Ich bringe es einfach nicht übers Herz, die wegzuwerfen.«

Er ging an ihr vorbei und öffnete die mittlere Tür.

»Bitte, kommen Sie rein, Kim. Hier können Sie sich ausruhen.«

Kein Fenster, schoss es ihr durch den Kopf.

Hier gibt es kein Fenster.

Sie drehte sich um.

Er stand im Türrahmen und lächelte sie an.

Plötzlich kam ihr dieses Lächeln anders vor. Nicht mehr so nett. Eher angestrengt wie eine Maske.

»Ich glaube, ich möchte doch wieder nach oben …«

Sie ging einen Schritt auf ihn zu.

»Das glaube ich nicht, Kim. Ich glaube, dass Sie sich erst einmal etwas ausruhen sollten.«

Ihr wurde heiß.

Hektisch versuchte sie, ihn zur Seite zu drängen, aber seine Arme waren wie aus Stahl.

Er drückte sie zurück und sie flog auf das Bett, das den Raum dominierte.

Sofort stand sie wieder auf.

Sie schrie.

Er lachte.

Mit ihren Fäusten trommelte sie auf ihn ein.

Fast sanft führte er ihre Hände hinter ihrem Rücken zusammen und schob sie mit den Knien Stück für Stück zurück.

»Nicht doch, Kim, das führt zu nichts. Entspann dich.«

Sie atmete heftig und die Gedanken schossen wie Blitze durch ihren Kopf.

Falle, Schmerzen, Luft, Verlies.

Als könnte er ihre Gedanken lesen, flüsterte er dicht an ihrem Ohr: »Niemand wird dich suchen, niemand wird dich finden, niemand wird dich schreien hören. Du bist mein Discomädchen und bald wirst du für mich tanzen, für mich ganz allein.«

Sie versuchte, sich mit aller Kraft aus seinem Griff zu lösen, aber sie schaffte es nicht.

Die letzten Reserven mobilisierend bog sie ihren Körper soweit sie konnte nach hinten und ließ dann ihren Kopf vorschnellen.

Sie prallte gegen sein Kinn und für Sekunden sah sie Sterne.

»Du Miststück!«

Er griff in ihre Haare und zerrte sie zurück aufs Bett.

»Wenn du dich bewegst, bist du tot! Das verspreche ich dir!«

Kim sah zu, wie er sich die Stirn rieb, und wollte sofort wieder aufstehen, aber ihre Beine gehorchten ihr nicht. Sie fühlten sich weich an.

Ihr Kopf dröhnte und vor ihren Augen tanzten weiße Blitze.

Sie sank zurück auf das Bett.

Sie konnte ihre Augenlider nicht mehr öffnen, so stark waren die Kopfschmerzen.

Sie hörte, dass der Mann den Raum verließ und den Schlüssel zweimal im Schloss herumdrehte.

Dann war sie allein.

Sie bewegte sich nicht, atmete ganz flach.

Ihre Hand krampfte sich um das Bettlaken.

Sie zog es vor ihr Gesicht.

Es roch nach Sandelholz und Vanille. Der Geruch war das Letzte, was sie wahrnahm. Dann kam die Ohnmacht.

Sie versuchte, die Augen zu öffnen, aber ihre Muskeln wollten ihr nicht gehorchen.
Noch immer schmerzte ihr Kopf, als würde eine Axt darin stecken.
Nie zuvor hatte sie solche Schmerzen gehabt.
Klebriger Speichel rann aus ihren Mundwinkeln und ihr Hals war trocken.
Vorsichtig streckte sie die Beine aus.
Gut, das geht.
Sie bewegte ihre Arme, die Hände, auch das funktionierte.
Die Augen immer noch geschlossen, hob sie vorsichtig den Kopf.
Keine Chance.
Es hämmerte und dröhnte und der Schmerz blitzte grell.
»Na? Wirst du wieder wach?«
Sie bekam Panik.
Die Stimme.
Der Mann.
Die Erinnerung.
Alles war wieder da.
»Ich hatte mir schon etwas Sorgen gemacht, aber es wird ja wieder.«
Sie nahm eine Bewegung neben sich wahr, aber so sehr sie sich auch anstrengte, ihre Augen wollten sich nicht öffnen.
»Weißt du, das war nicht geplant. Aber du hast dich ja quasi selbst schachmatt gesetzt durch den Kinnhaken, den du mir verpasst hast. Ich habe da einen netten, blauen Fleck. Bei dir sieht es schlimmer aus. Ich denke, du hast eine Gehirnerschütterung.«
Der Plauderton, den er anschlug, beruhigte sie fast.
Ja, eine Gehirnerschütterung.

Das hatte ihre kleine Schwester auch mal gehabt, als sie beim Handball einen Ball an den Kopf bekam. Darum die Kopfschmerzen. Sie versuchte, klar zu denken und die Panik runterzudrücken.
»Ich …«, krächzte sie.
»Nein, nicht sprechen, das ist noch nichts für dich. Bleib ruhig liegen. Ich habe hier ein Schmerzmittel. Kannst du die Augen öffnen?«
Sie versuchte es wieder.
»Nein? Auch gut. Ich schiebe jetzt meine Hand unter deinen Kopf und gebe dir die Tablette. Danach Wasser. Du schluckst das, okay?«
Sie nahm zuerst seinen Geruch wahr.
Papa.
Das Parfüm ihres Vaters. Er hatte es geliebt, auch wenn es eigentlich zu teuer für ihn war. Sie war verwirrt. Das Böse roch genauso wie ihr Vater.
Dann spürte sie seine Hand unter ihrem Nacken.
Sie zuckte zurück.
»Shhhh … ruhig. Alles gut. Ich will dir helfen.«
Er hob ihren Kopf an und sie fühlte etwas Hartes an ihren Lippen.
Sie öffnete den Mund.
»Gut, jetzt das Wasser.«
Erst jetzt bemerkte sie, wie durstig sie war.
Gierig trank sie.
»Langsam, wenn du dich verschluckst, haben wir nichts gewonnen.«
Ihr wurde schwindelig.

»Ich lasse dich ungern allein, aber ich muss noch etwas erledigen. Wir beide haben ja noch viel vor. Versuch, zu schlafen. Du brauchst deine Kraft. Nicht erschrecken, es wird jetzt laut.«
Dicht neben ihrem Kopf ertönte ein rasselndes Geräusch.
Etwas rastete ein.
Ein Schlüsselbund klimperte
»Ich komme in ein paar Stunden wieder. Schlaf jetzt.«
Seine Schritte entfernten sich.
Die Tür schlug zu.
Wieder der Schlüssel.
Sie war allein.
Erleichtert atmete sie auf.
Lieber allein, als mit diesem Typ in einem Raum.
Kim saß fassungslos auf dem schmalen Bett.
Direkt neben ihr war ein Gitter heruntergelassen worden.
Es umgab das Bettgestell und die schweren Eisenstangen bohrten sich in den Betonboden.
So sehr sie auch daran rüttelte, es gab keinen Zentimeter nach.
Die Kopfschmerzen hatten nachgelassen, aber ihr war immer noch schwindelig.
Sie hatte jedes Gefühl für Zeit verloren.
Sie fror, hatte Hunger und Durst, aber das Schlimmste war die Panik.
Sie war gefangen, eingesperrt von einem Psychopathen, der irgendetwas vorhatte.
In einem Keller, in einem Haus, in einem Wald.
Ihr Herz klopfte wie wild.
Sie hatte gar nicht erst versucht, zu schreien.
Sie wollte ihn nicht auf sich aufmerksam machen.
Lieber wollte sie nachdenken, wie sie hier rauskam.

Vorsichtig beugte sie den Kopf und schob ihre Hand an das Ende einer der Eisenstangen.

Sie rüttelte daran.

Nichts.

Kein Zentimeter.

Ich bin eingemauert, schoss es ihr durch den Kopf.

Lebendig begraben.

Was, wenn er nicht wiederkommt?

Plötzlich hatte sie unglaubliche Sehnsucht nach ihrer Schwester.

Nach dem Duft ihrer Haare, ihrem Lachen.

»Ich will hier raus!«

Erschrocken hielt sie inne.

Jetzt hatte sie doch gerufen.

Egal.

Brüllend wie ein eingesperrtes Tier rüttelte sie an dem Gitter.

Sie schrie, bis sie heiser war und bis ihr Kopf wieder dröhnte.

Sie schrie all ihre Verzweiflung und Angst heraus.

Sie schrie solange, bis sie einen Luftzug wahrnahm.

Die Tür hatte sich geöffnet und der Mann stand vor ihr.

»Dir scheint es ja besser zu gehen.«

»Lassen Sie mich hier raus! Ich will nach Hause! Was soll der Scheiß?«

Sie war so wütend, dass sie die Panik, die in ihrem Hals saß, gar nicht mehr spürte.

»Das ist Freiheitsberaubung, ich zeige Sie an. Sie kommen in den Knast und zwar für sehr lange!«

Er lachte.

»Pass auf, Kim, wir machen einen Deal. Ich lasse dich kurz raus, damit du dir die Beine vertreten kannst. Ich gebe dir was zu essen und zu trinken und dann zeige ich dir was – etwas, auf das du dich freuen kannst.«

Sie schwieg und sah ihm fest in die Augen.

»Aber zuerst streckst du deine Hände hier durch.«

Erst jetzt fiel ihr die Veränderung im Gefüge der Eisenstäbe am Fußende des Bettes auf.

Er betätigte eine Taste und ein Quadrat von etwa zwanzig mal zwanzig Zentimetern öffnete sich.

»Streck deine Hände hier durch.«

Sie kroch auf die andere Seite des Bettes und tat, was er ihr befohlen hatte.

Innerhalb von wenigen Sekunden hatte er ihre Handgelenke mit Kabelbindern so fest verschnürt, dass sich das Plastik in ihr Fleisch fraß.

»Achtung, ich öffne jetzt das Gitter. Wenn du Dummheiten machst, werde ich dir sehr wehtun. Hast du mich verstanden?«

Sie nickte und starrte auf das Messer, das er von dem kleinen Beistelltisch nahm.

Mit einem Schlüssel entsicherte er ihr Gefängnis und schob das Gitter mit einem Ruck nach oben.

Sie erschrak durch das laute Rasseln.

Er griff nach ihrem Arm.

»Setz dich auf die Bettkante. Ich will nicht, dass dir doch noch was Blödes einfällt.«

Sie gehorchte.

Ihre Beine waren sowieso weich wie Pudding.

Er fesselte jetzt auch ihre Füße, aber er machte das so geschickt, dass sie noch Platz hatte, kleine Schritte zu machen.

Er zog einen kleinen Tisch heran, auf dem ein Schinkenbrot auf einem Teller lag. Das Fleisch war trocken und wellte sich an den Rändern.

Kim bemerkte, wie sich ihr Magen hob.

»Ich möchte nichts essen.«

»Dann trink was.« Er hielt ihr eine Wasserflasche an den Mund.

Sie trank und beobachtete ihn dabei aus den Augenwinkeln.

Er war ganz entspannt, so als wäre es das Normalste der Welt, sie hier einzusperren.

Sie zog ihren Kopf zurück.

»Danke.«

»Wir sehen uns jetzt mal den Tanzraum an.«

Er lächelte.

»Was sehen wir uns an?« Ihre Stimme war heiser vom Schreien.

»Den Tanzraum. Du tanzt doch gerne und ich habe da etwas für dich vorbereitet.«

Er zog sie hoch und ließ sie vor sich gehen.

Durch die geöffnete Tür in den kleinen Flur mit den Regalen.

Kim überlegte verzweifelt, wie sie sich befreien konnte.

Als würde er ihre Gedanken lesen, drückte er das Messer an ihren Rücken.

»Öffne die Tür vor dir!«

Sie drückte die Klinke herunter und stand in einem Raum, der leergeräumt war bis auf eine Holzbühne in seiner Mitte.

Der blanke Stein an den Wänden.

Es war kalt und feucht.

Sie starrte auf ein Poster von einer Schauspielerin, die sie schon mal in einem Film gesehen hatte.

Irgendetwas mit einer Fete und einer ersten großen Liebe schoss ihr durch den Kopf, als sie das Gesicht der Frau sah.

In allen vier Ecken des Raumes standen große Boxen.
Vor der Bühne ein kleines Mischpult, daneben ein Kinosessel, bezogen mit rotem Samt.
Er schob sie die zwei Stufen hinauf.
»Wie fühlt sich das an? Fast wie im ›Dorian Gray‹, oder?«
Kim schwieg und sah ihm zu, wie er auf die Knöpfe der Musikanlage drückte.
Sekunden später dröhnten die Beats durch den Keller.
Es war so laut, dass sie zusammenzuckte.
»Das ist ein Sound, was?«, brüllte er. »Aber du bist noch zu schwach dazu. Komm runter.«
Es wurde wieder totenstill.
Er zog sie zurück auf den kalten Steinboden.
Sie fror. Sie trug nur die dünne Nylonstrumpfhose. Ihre Stiefel hatte er ihr ausgezogen. Sie krümmte ihre Zehen, um den Fußboden so wenig wie möglich berühren zu müssen. Sie sah hinunter auf ihre Füße und fragte sich, ob sie schon blau würden. So kalt war ihr.
Sie waren nicht blau, aber da war etwas auf dem Boden.
Dunkle Flecken. Viele dunkle Flecken. Es sah aus wie Blut.
Der Mann achtete nicht auf sie und führte sie zurück in den Raum mit dem Gitterbett.
Er legte sie darauf.
Zog ihre verschnürten Arme über ihren Kopf.
Bevor sie es auch nur wahrnahm, hatte er sie an einen Eisenring in der Wand gefesselt.
Dann legte er sich neben sie auf das schmale Bett.
Sie rutschte, soweit sie konnte, an die Wand.
Mit seinem Zeigefinger zog er die Kontur ihres Körpers nach.
Sie wand sich und versuchte, seinen Berührungen auszuweichen.

»Warum hast du solche Angst. Das hier ist doch nichts Neues für dich. Du machst es doch gerne mit Männern, die du nicht kennst.«

Er sah ihr tief in die Augen und in diesem Moment wusste sie, woher sie ihn kannte.

Diese grünen Augen hatte sie schon einmal gesehen.

Damals in der Nacht auf dem Parkdeck.

Durch das Autofenster.

Sie zitterte, denn sie wusste, dass es kein Entrinnen gab.

Dieser Mann hatte sie ausgesucht und er würde sie töten.

Zwei Stunden später weinte sie. Sie weinte so sehr, wie sie es seit ihrer Kindheit nicht mehr getan hatte.

Ihr Hals war rau von dem trockenen Schluchzen, das aus ihr herausbrach.

Sie hatte sich zusammengerollt und das Kissen unter ihrem Kopf war nass von ihren Tränen.

Es hatte nicht sonderlich wehgetan.

Er hatte nichts Ungewöhnliches gemacht, sie nicht verletzt.

Er hatte sie vergewaltigt. Lange.

Erst hatte er sie ausgezogen, bis sie bebend neben ihm lag.

Er hatte seine Kleider angelassen.

War mit den Fingen über ihren Körper gefahren, als würde er etwas suchen.

Seine Hände waren kalt gewesen und seine Haut spröde.

Dann hatte er sie eingecremt.

So lange bis ihr ganzer Körper unter einer Fettschicht geglänzt hatte.

Sie hatte ihn anfassen müssen.

Immer wieder hatte er ihre Hand an seine Genitalien gelegt.

Sie hatte versucht, sich darauf zu konzentrieren, dass sie so etwas kannte, dass sie daran gewöhnt war, fremde Männer zu streicheln.

Aber das hier war anders gewesen.

Diesmal wurde sie gezwungen, sie war ihm ausgeliefert.

Später hatte er sich auf sie gelegt.

Er blieb komplett angezogen, hatte nur den Reißverschluss seiner Hose geöffnet und ein Kondom übergestreift.

Er hatte ihr wehgetan, aber die Creme hatte ihm geholfen, in sie einzudringen.

Es hatte lange gedauert, bis er kam.

Danach hatte er sich sofort zurückgezogen, seine Hose geschlossen und war von dem schmalen Bett aufgesprungen.

Er hatte kein Wort gesprochen, hatte nur das Gitter heruntergelassen und den Raum verlassen.

Seitdem weinte sie. Sie war wütend auf sich selbst, dass sie in das verdammte Auto gestiegen war.

Sie war verzweifelt, denn sie war sich sicher, dass kaum jemand nach ihr suchen würde.

Vanessa würde denken, dass sie sauer wäre über den Streit und sich eine andere Bleibe gesucht hätte, und ihre Mutter war daran gewöhnt, dass sie sich oft wochenlang nicht meldete.

Niemand würde sie vermissen.

Sie hatte solche Angst, dass sie wieder unkontrolliert zu zittern begann.

Was soll das mit dem Tanzraum?

Was hat er mit mir vor?

Was ist das für ein Typ?

Sie zog die dünne Decke über sich.

Ihr war so kalt.

Simon 2001

Wenn ich sterbe, werde ich in allen Galaxien tanzen … Ich werde spielen, tanzen und singen.

(Elisabeth Kübler-Ross, 1926 - 2004, Medizinerin und Sterbeforscherin)

Wenn er an das Mädchen dachte, dass da unten in seinem Bunker lag, bekam er vor Erregung eine Gänsehaut.

Er war wie im Taumel.

Alle inneren Sperren schienen nicht mehr zu funktionieren.

Das war genau das, was er wollte.

Und er lebte seinen Traum.

Er war so geil gewesen, dass er sich hatte zwingen müssen, an das Kondom zu denken.

Er durfte jetzt nicht unvorsichtig werden, obwohl er sich einen detaillierten Plan ausgedacht hatte.

Er wusste genau, wie er vorgehen würde, und er wusste, wo er sein Discomädchen für ihren letzten, tiefen Schlaf ablegen würde.

Niemand würde sie finden, da war er ganz sicher.

Aber bevor das passieren würde, würde sie ihren Tanz tanzen, nur für ihn allein.

Er suchte in der alten Küche nach den Tropfen.

Er hatte sie in Berlin von einem Junkie bekommen und der hatte geschworen, dass es das beste Zeug war, das es im Moment auf dem Markt gab.

Es hatte Ähnlichkeit mit den Drops, die im »Dorian Gray« die Runde machten, aber es war stärker und es machte willenlos – genauso wollte er sie haben.

Er füllte ein Glas mit Wasser und zählte fünfzehn Tropfen ab.

Nicht zu viel, sonst würde sie nicht mehr tanzen können, und nicht zu wenig, damit er sicher sein konnte, dass sie keine Fluchtversuche unternahm.
Sie hatte einen starken Willen und sie hatte Kraft.
Eine gefährliche Kombination.
Aber er war stärker.
Er lächelte, als er das Glas vorsichtig in den Keller trug.
Nachdem er den kleinen Raum betreten hatte, sprach er sie an.
»Aufwachen, Discomaus, der Tanztempel ruft!«
Sie schoss in die Höhe, denn sie hatte tief geschlafen.
Er reichte ihr das Glas durch die Stäbe.
»Trink das aus. Du sollst mir ja nicht verdursten.« Er sah ihren Unwillen und setzte schnell hinterher: »Mach keine Faxen, ich will, dass du das jetzt trinkst und zwar auf ex!«
Wie immer, wenn sie gehorchte, war er glücklich.
»Ich komme gleich wieder, ich muss nur noch alles vorbereiten für unseren kleinen Tanztee, entspann dich etwas. Es dauert nicht lange.«
Er nahm ihr das Glas wieder ab und verließ den Raum.

Etwas später sah er ihr zu, wie sie tanzte.
Sie trug die Kleidung, mit der sie im »Gray« gefeiert hatte, und er liebte diesen Anblick.
Die Beats dröhnten.
Sie hatte die Arme über den Kopf gehoben, so wie sie es immer tat.
Sie hielt die Augen geschlossen und um ihren Mund zog sich ein entspanntes Lächeln.
Simon freute sich, dass die Tropfen so gut gewirkt hatten.
So, wie sie jetzt war, war sie genau richtig.

Sie stampfte, atmete tief, manchmal drangen kurze Schreie aus ihrem Mund.

Der Schweiß floss an ihr herunter.

Sie tanzte jetzt schon fast anderthalb Stunden.

Es wird Zeit, dachte er.

Vorsichtig stieg er zu ihr auf die kleine Bühne.

Sie beachtete ihn nicht.

Er stellte sich ihr direkt gegenüber, sie war ihm ganz nah, er atmete ihren Duft ein.

Das kleine Messer hatte er gegen ein Skalpell ausgetauscht.

Er wollte sicher sein, dass seine Schnitte tief und korrekt waren.

Und heute wollte er zum ersten Mal das Blut auffangen.

Der rote Saft hatte ihn schon immer angemacht und in den letzten Jahren war seine Lust darauf stärker geworden. Es war wie eine Art Fetisch. Er konnte es sich nicht erklären, aber er wollte sich ausprobieren. Einfach seinen Impulsen nachgeben. Das Glas dazu hatte er sich schon zurechtgestellt.

Er legte einen Arm um sie.

Ihre Hüfte schob sich zu ihm hin.

Damit hatte er nicht gerechnet.

Er genoss dieses Gefühl und schob sein Becken an das ihre.

Ein bisschen noch.

Nur noch ein paar Minuten.

In den Ohren rauschte sein eigenes Blut.

Es war so wunderbar mit ihr zu tanzen.

Er bückte sich kurz und griff nach dem schweren Glas, das er direkt an der Bühne platziert hatte.

Mit seiner linken Hand schob er ihren Kopf unter sein Kinn.

Sie lehnte sich an ihn, senkte die Arme und schaukelte sanft im Takt.

Jetzt, dachte er, *jetzt*!

Mit einer einzigen Bewegung setzte er das Skalpell direkt an ihrer Halsschlagader an.

Er zog damit eine Linie von ihrem einen Ohr zu ihrem anderen.

Dann schob er sie schnell von sich weg und drehte sie um.

Sie sah ihm in die Augen.

»Tanz«, flüsterte er.

Sie versuchte es.

Ein paar Sekunden lang schaffte sie es auch, aber dann sackte sie in sich zusammen.

»Scheiße«, brüllte er. »Mach weiter! Los, tanz!«

Er zog sie hoch.

Das Blut sprudelte aus ihrem Hals.

Er wurde nass.

Er ließ das Glas fallen und schrie wieder:

»Tanz!«

Ihr Blick brach.

Verzweifelt drückte er seine Hand auf die große Wunde.

»Scheiße, Scheiße, Scheiße!«

Simon konnte sich nicht beruhigen, er hatte viel zu tief geschnitten.

Rhythmisch wurde das Blut aus ihrem Körper gepumpt.

Der Fehler war nicht mehr rückgängig zu machen und er durfte sich jetzt nicht noch mehr verderben.

Er legte sich zu ihr auf den Boden.

Sie hatte die Augen geschlossen und ihre Hautfarbe veränderte sich.

Es war, als würde ein Schleier über sie gelegt.

Er wusste, dass es zu spät war.

Sein Discomädchen würde nie wieder tanzen.

Er blieb bei ihr, bis ihr Herz aufhörte zu schlagen.
Das warme Blut durchtränkte seine Kleidung.
Er tauchte einen Finger in die dunkelrote Lache neben ihrem Hals und leckte ihn ab.
Es schmeckte ihm.
Er lag immer noch neben ihr, als ihr Körper bereits kühl wurde.
Ganz langsam fing es an, vom Gesicht ausgehend zog sich die Kälte ihren Hals hinunter.
Er lag immer noch neben ihr, als das Blut unter ihm klebrige Schlieren zog.
Irgendwann stand er auf.
Seine Beine waren steif und sein Herz hämmerte.
Er sah an sich herunter und erschrak.
Überall war ihr Blut, es gab fast keine Stelle an seinem oder an ihrem Körper, die nicht rostrot war.
Er wusste, dass er eigentlich mit den Vorbereitungen anfangen musste, aber er konnte es noch nicht.
Noch ein bisschen, dachte er und betrachtete sie.
Sie sah so friedlich aus.
Er beschloss, sie noch eine Nacht zu behalten, nur eine Nacht.
Morgen um diese Zeit würde er sie wegbringen, aber jetzt noch nicht.

Simon schwitzte.
Er hatte zwei Stunden gebraucht, bis er die Leiche seines Discomädchens sicher verstaut hatte.
Sie war so unglaublich schwer gewesen und er musste immer wieder Pausen einlegen.
Das viele Blut hatte ihn zusätzliche Zeit gekostet und immer wieder musste er frisches Wasser holen. Er hatte aufgehört zu

zählen, wie oft er die steile Treppe zum Bunker hoch und wieder runter gelaufen war.

Jetzt war es geschafft.

Kim lag eingewickelt in eine schwarze Plastikfolie in seinem Kofferraum.

Er war nervös, denn jetzt kam der Teil, vor dem er am meisten Respekt hatte.

Die Idee war ihm vor ein paar Wochen gekommen, als in den Nachrichten gemeldet wurde, dass ein Straßenarbeiter in den Pfeiler einer Autobahnbrücke gefallen war.

Die Brücke wurde gerade gebaut und der Mann hatte nur eine Sekunde nicht aufgepasst und war in den Hohlraum gestürzt.

Er war sofort tot gewesen, aber Polizei und Feuerwehr hatten Tage gebraucht, um ihn aus seinem tiefen Grab zu befreien und den Leichnam zu bergen.

Er hatte schon öfter gehört, wie schwierig es war, Brückenarbeiter, die in Brückenpfeiler gestürzt waren, wieder nach oben zu ziehen. Durch die Verschalung unter Tonnen von Stein war das fast unmöglich.

Außerdem war die Statik der Brücke gefährdet, wenn der Guss des Zements unterbrochen wurde.

Manchmal ließ man die Männer einfach in ihrem Grab aus Beton.

Simon hatte daraufhin Ausschau gehalten.

Nach Brücken, die sich im Aufbau befanden. Aber bei den meisten gab es keine Möglichkeit, unentdeckt zu bleiben.

Er konzentrierte sich bei der Suche bald auf die kleineren Brücken, die von den Gemeinden gebaut wurden, und er wurde fündig.

Im Kreis Grevenbroich gab es eine Radfahrerbrücke.

Ein ständiger Stein des Anstoßes für zwei Kommunen, die sich nicht einigen konnte, wer für die Endabnahme der Brücke zuständig sein sollte. Und so stand der Übergang seit zehn Monaten fast fertig an einem Radfahrweg, der deswegen gesperrt worden war.

Die Pfeiler der Brücke ragten immerhin zweiundzwanzig Meter in die Tiefe und waren noch nicht ausgegossen worden.

Er wusste, dass ein Risiko bestand.

Er könnte bei der Entsorgung der Leiche entdeckt werden oder die Leiche könnte gefunden werden, wenn die Brückenarbeiten wieder aufgenommen würden.

Trotzdem hatte er beschlossen, es zu versuchen.

Wenn alles gut ging, würde Kim ein Grab finden, das niemals jemand entdecken würde.

Eingemauert in den Grund eines Brückenpfeilers.

Er fuhr vorsichtig und unauffällig.

Um 2.51 Uhr erreichte er den Radweg und parkte den Wagen.

Es waren etwa noch fünfzig Meter bis zum ersten Brückenpfeiler.

Er öffnete den Kofferraum, zog den Körper zu sich hin, hob ihn heraus und warf ihn über seine Schulter.

Er ächzte und sackte unter dem Gewicht ein Stück in die Knie.

Das Mädchen wog höchstens sechzig Kilo, aber es kam ihm so vor, als wären es mindestens hundert.

Vorsichtig ging er auf die Brücke zu.

Die Stirnlampe wies ihm den Weg.

Er war außer Atem, als er den Pfeiler erreichte und Kim vorsichtig ablegte.

Vor ein paar Tagen erst hatte er in einer ähnlichen Nacht-Aktion das Gitter über dem tiefen Loch aufgehebelt und nur lose wieder zurückgelegt.

Jetzt zog er es ab und inspizierte das tiefe Loch.
Er leuchtete hinunter und konnte den Grund nicht sehen.
In ein paar Wochen würde der Pfeiler aufgefüllt werden.
Niemand würde vorher bis auf den Grund sehen können.
Ein perfektes Grab.
Er hockte sich neben die Leiche und bedauerte, dass er sich jetzt von ihr verabschieden musste.
Es war nicht so gelaufen, wie er es sich vorgestellt hatte.
Beim nächsten Mal musste er vorsichtiger sein.
Beim nächsten Mal?
Er erschrak über diesen Gedanken.
Das durfte nicht mehr passieren.
Er musste sich zusammenreißen und Wege finden, diesen unstillbaren Drang in sich zu kontrollieren.
Vorsichtig berührte er das Gesicht seines Discomädchens.
Durch die Folie konnte er die Konturen ertasten.
Nur noch einmal ihr Gesicht sehen, war der einzige Gedanke in seinem Kopf.
Entschlossen riss er die Folie auf.
Sie lag da, als würde sie schlafen.
Die Augen geschlossen.
Der Mund entspannt.
Selbst der tiefe Schnitt an ihrem Hals störte ihn nicht.
Er strich ihr eine Strähne von der Stirn und küsste sie.
Dann zog er die Folie zurück und erhob sich.
Seine Knie knackten und er zuckte bei dem Geräusch zusammen.
Er hob seine Tänzerin wieder über die Schulter und ließ sie mit dem Kopf voran in das Loch gleiten.
Die Schwerkraft riss sie ihm aus den Händen und Sekunden später hörte er den Aufprall.

Jetzt fühlte er Erleichterung.

Sie ist weg.

Es war vorbei und er konnte sie auch nicht zurückholen.

Zügig ging er zum Auto, um das Schweißgerät und den kleinen Generator zu holen.

Er hatte wochenlang danach gesucht, denn er musste in der Lage sein, ohne Stromquelle die Abdeckung des Pfeilers wieder zu befestigen.

Alles funktionierte nach Plan und nur wenige Minuten später sah der Brückenpfeiler genauso aus wie vorher.

Es würde niemandem auffallen, da war er sicher.

Er sah sich gründlich um, fand aber nichts, was ihn verraten hätte.

Das war es, dachte er, *ich habe es geschafft.*

Fast zärtlich legte er seine Hand an den kühlen Beton.

»Mach es gut, Discomädchen«, murmelte er. »Und danke für den Tanz.«

Anna 2019

Ich tanze im Regen, damit niemand mich weinen sieht.
(Charlotte Roche, Fernsehmoderatorin, Schauspielerin und Autorin)

Eigentlich hatte sie keine Lust, so früh aufzustehen.
Ihr Unterricht begann erst um 10.45 Uhr und sie war so müde von dem Stress der vergangenen Tage.
Sie zog sich die Decke über die Schultern und fluchte innerlich.
Es war noch dunkel draußen und sie konnte die dicke Schneeschicht sehen, die die Nachbarhäuser bedeckte.
Als der Mann angerufen hatte, war sie glücklich gewesen.
Er hatte tatsächlich das Armband gefunden.
Sie hing so sehr an dem schmalen, silbernen Band mit dem Herz daran.
Er wollte es ihr zurückgeben und so hatten sie sich für 12.15 Uhr in dem kleinen Bistro auf der Aachener Straße verabredet.
Er musste danach zur Arbeit, hatte er gesagt, und sie wollte ihm keine Umstände machen.
Seufzend stand sie auf und begann, ihre Sachen zusammenzusuchen.
Sie packte auch gleich die Tanztasche für den Abend.
Wieder ein Auftritt.
»Anna?«
»Ja, Mum, ich bin schon wach. Ich dusche schnell und dann frühstücken wir.«
Die Tür zu Annas Zimmer öffnete sich vorsichtig und ihre Mutter stand im Türrahmen. Sie war so dünn und so zerbrechlich. Auf dem blanken Kopf trug sie ein weiches Tuch und sie hatte sich in

einen dicken Flanell-Pyjama und einen Morgenmantel gehüllt. Trotzdem zitterte sie.

»Mir geht es gar nicht gut, Kind, ich glaube, ich muss ins Krankenhaus. Ich habe Blut erbrochen.«

Anna erschrak. Das war noch nie vorgekommen, obwohl sie davon gehört hatte.

»Ich rufe mir ein Taxi und lasse mich in die Klinik bringen.«

Jutta Feldhoff hielt sich krampfhaft am Türrahmen fest.

Anna war mit einer schnellen Bewegung an ihrer Seite und hielt sie fest. Ganz langsam rutschte der ausgemergelte Körper in ihre Arme.

Sanft legte sie ihre Mutter auf den Boden ihres Zimmers.

Sie holte eine Decke und ein Kissen, das sie ihr vorsichtig unter den Kopf schob.

»Es wird alles wieder gut, Mum. Mach dir keine Sorgen. Ich rufe einen Krankenwagen. Bleib einfach ganz ruhig liegen. Ich bin gleich wieder da.«

Der Sanitäter am Telefon versprach, sofort einen Wagen zu schicken und riet ihr, ihre Mutter auf die Seite zu legen, falls sie noch einmal erbrechen musste.

Anna setzte sich neben ihre Mutter auf den Boden und bettete den Kopf auf ihrem Schoss.

Sie streichelte über den schmalen Schädel und bemühte sich, nicht zu weinen.

Das gelang ihr auch, bis Jutta zu würgen begann.

Hellrotes Blut schoss in einem Schwall aus ihrem Mund.

Anna schrie auf und hörte gleichzeitig die Klingel der Haustür.

Sie rannte schluchzend durch den kleinen Flur und riss die Tür auf.

Noch niemals in ihrem Leben war sie so froh gewesen, zwei Rettungssanitäter zu sehen.

Zwei Stunden später saß sie dem behandelnden Arzt gegenüber. Man hatte die Blutungen gestoppt und ihre Mutter an eine Infusion gehängt. Sie war erschöpft eingeschlafen, nicht ohne Anna über die Wange zu streichen und ihr aufmunternd zuzulächeln.

»Fräulein Feldhoff, kann ich Ihnen einen Kaffee anbieten oder ein Glas Wasser?«

Anna schüttelte den Kopf.

Sie kannte Dr. Doberlein jetzt schon seit dem ersten Tag der Diagnose. Er war der behandelnde Arzt ihrer Mutter und der Chefarzt der Klinik. Mit seinen dreiundsechzig Jahren stand er kurz vor der Pensionierung. Anna schätzte ihn sehr, denn er hatte sich vorbildlich und vor allem menschlich um sie und ihre Mutter gekümmert. Weil sie ihn so mochte, verzieh sie ihm sogar die altmodische Fräulein-Anrede.

»Nein, danke, Dr. Doberlein, ich brauche nichts. Was ist mit meiner Mum. Was ist passiert? Warum hat sie so geblutet?«

»Das passiert öfter, als man denkt, Anna. Die Schleimhäute sind durch die Chemo sehr angegriffen und der gesamte Hals- und Rachenraum ist instabil. Da wird ein Äderchen geplatzt sein. Kommt vor und sieht schlimm aus, ist aber gut zu behandeln … das macht mir die wenigsten Sorgen.«

Anna sah ihn an. Sie kannte ihn mittlerweile sehr gut und sie wusste, dass er nichts Gutes zu verkünden hatte. Sie hatte immer Angst, wenn ihre Mutter ins Krankenhaus kam. Zu oft schon hatte sie hier furchtbare Diagnosen gehört und sich das Schlimmste ausgemalt.

Sie rutschte unruhig auf dem Stuhl hin und her.

Dr. Doberlein fuhr sich mit der Hand durchs Gesicht und seufzte.
»Anna, Ihre Mutter hat sehr schlechte Blutwerte. Für mich sieht es im Moment so aus, als würde die Chemo nicht greifen. Der Tumormarker ist entsetzlich hoch, sie ist in keiner guten Allgemeinverfassung und sie hat mindestens noch mal vier Kilo abgenommen.«
»Sie isst nicht viel. Sie hat keinen Hunger, sagt sie. Ich kann sie nicht zwingen.«
»Nein, das können Sie nicht, aber wir können etwas tun. Wir werden sie eine Zeit lang über eine Sonde ernähren. Und ich werde einige Tests veranlassen. Ich möchte auch eine Computertomografie ihrer Lunge machen lassen. Sie erscheint mir sehr kurzatmig.«
»Sie hat doch schon ein CT von der Lunge bekommen, letztes Jahr. Da war alles gut.«
»Anna.« Dr. Doberlein beugte sich vor »Brustkrebs ist tückisch und oft streut er in die Lunge. Ein Jahr ist eine lange Zeit und ihre Mutter gefällt mir gar nicht.«
»Und wenn da was ist in ihren Lungen?«
Anna begann, zu weinen.
Das war jetzt doch zu viel für sie. Die Angst saß wie ein Pfropfen in ihrem Hals. Sie wollte ihre Mutter nicht verlieren. Jutta war der einzige Mensch, der zu ihr gehörte. Sie ertrug den Gedanken nicht, dass sie sterben konnte. Ihre wunderschöne, starke Mutter, die so viel Kraft gehabt hatte und die so tapfer war.
Der Arzt erhob sich, kam um den Schreibtisch herum und setzte sich auf den Besucherstuhl neben Anna.
Er legte seine Hand auf ihren Arm.
»Wenn da etwas ist, dann werden wir etwas dagegen tun. Wir geben eben eine andere Chemotherapie, wir haben

Bestrahlungen, speziell für das Lungengewebe, wir werden alles tun, um Ihrer Mutter zu helfen.«

Er reichte ihr ein Taschentuch, aber er lächelte nicht.

Anna fiel das sofort auf.

»Sagen Sie mir die Wahrheit, Doktor. Ich habe Ihnen immer vertraut. Sagen Sie mir, was ist. Ich kann damit umgehen.«

Sie sah ihm tapfer in die Augen.

Der Arzt wich ihrem Blick aus.

»Ich weiß es nicht, Anna. Ich bin nicht Gott. Da spielen viele Faktoren eine Rolle …«

»Wie lange noch, Dr. Doberlein?«

Er zögerte.

»Vielleicht noch ein halbes Jahr. Maximal«, flüsterte er.

Anna schwieg.

»Aber diese Prognose kann sich ändern. Sie ist jetzt in einem sehr schlechten Allgemeinzustand. Das ist gefährlicher als der Krebs selbst. Lassen sie mich das CT machen und ich rufe sie sofort danach an. Dann weiß ich mehr.«

Anna nickte und erhob sich wie in Trance.

Ein halbes Jahr.

Vielleicht würde ihre Mutter den Herbst nicht mehr erleben. Die Jahreszeit, die sie so liebte, mit ihren bunten Blättern und den glänzenden Kastanien.

Sie dachte an die vielen, gemütlichen Abende, die sie zusammen im Herbst und im Winter verbracht hatten. An den Lieblingstee ihrer Mutter und die Printen, die sie so gerne aßen.

Weihnachten ist sie wahrscheinlich schon nicht mehr bei mir!

»Kann ich noch mal zu ihr?« Sie bemühte sich, ihrer Stimme einen festen Klang zu geben.

»Selbstverständlich, Anna. Jederzeit. Tagsüber und nachts. Sie kennen meine Philosophie: Die Familie und die Freunde machen einen Menschen schneller gesund, als wir es hier im Krankenhaus jemals könnten. Gehen Sie nur zu ihr. Auch wenn sie schläft, wird sie trotzdem wissen, dass Sie da sind.«

Anna verließ den Raum und spürte die mitleidigen Blicke des Arztes in ihrem Rücken.

Sie wischte sich die Tränen aus dem Gesicht, während sie den langen Gang hinunterging bis zu dem Zimmer, in dem ihre Mutter lag. Vor der Tür streckte sie sich und straffte die Schultern. Sie wartete noch eine Sekunde und setzte ein Lächeln auf, bevor sie die Türklinke hinunterdrückte.

Ihre Mutter lag mit offenen Augen im Bett. Sie schlief nicht und wirkte klein und verloren in dem großen Klinikbett.

»Hallo Mum. Hast du Lust auf Printen und Tee? Ich kann uns welche besorgen.«

Simon 2019

Tanze, als würde niemand zusehen. Liebe, als wärst du niemals verletzt worden. Singe, als würde dich niemand hören und lebe, als wäre der Himmel auf Erden!

(Mark Twain, 1835 - 1910, amerikanischer Schriftsteller)

Langsam wurde er wütend.
Sie hätte längst hier sein müssen.
Hastig nahm er einen Schluck von dem dritten Cappuccino und fluchte leise.
Er hatte sich die Lippen verbrannt.
Seit mehr als einer Stunde saß er nun in dem Café, in dem er mit Anna verabredet war. Es war voll und laut. Ein Szene-Ort eben, wie es so viele gab in Köln.
Die Barista waren jung und hübsch und sahen allesamt so aus, als wären sie gerade einer Soap entsprungen.
Das Publikum war bunt gemischt.
Da waren die Latte-Macchiato-Mütter, wie er die Frauen abfällig nannte, die sich gerade in Elternzeit befanden und ansonsten bei einem netten Verlag oder einer kleinen Agentur arbeiteten. Die mit ihren großen Kinderwagen die Gänge zustellten und die keine anderen Themen kannten, als das Biogemüse ihrer Kleinen und die Reise in den nächsten Urlaub.
Die Studenten waren ihm lieber. Die mit aufgeklappten Laptops an ihren kleinen Bistrotischen saßen und sich stundenlang an einem Kaffee festhielten.

Jetzt zur Mittagszeit füllte sich das Café noch mit den Angestellten, die schnell eine Kleinigkeit aßen, um dann wieder in ihren Büroställen zu verschwinden.
Er sah sich um und sein Blick blieb an einer hochschwangeren Frau hängen, die sich durch das Gewühl kämpfte. Sie trug zwei schwere Tüten und blieb damit immer wieder an Stuhlbeinen und Kinderwagenrädern hängen.
Sie war hübsch mit ihren schulterlangen, dunkelbraunen Haaren, den großen Augen und den hohen Wangenknochen. Man sah ihr die Erschöpfung an, trotzdem lächelte sie.
Etwas an diesem Lächeln berührte ihn, obwohl sie ansonsten gar nicht sein Typ war. Er stand auf und ging auf sie zu.
»Kann ich Ihnen helfen, das ist gar nicht so einfach, hier durchzukommen, vor allem nicht, wenn man bepackt ist wie Sie.«
»Da haben Sie recht.« Sie pustete sich eine Haarsträhne aus der Stirn und ließ es zu, dass er ihr die Einkaufstüten abnahm.
»Gucken Sie mal, da wird gerade ein kleiner Tisch frei, der ist doch perfekt für Sie.« Er steuerte zielsicher auf einen Ecktisch mit zwei Stühlen zu und legte die Tüten vorsichtig auf den Boden.
Sie strahlte ihn dankbar an und er bewunderte ihren kräftigen, roten Lippenstift.
»Danke! Sie ahnen gar nicht, wie viel so ein Baby im Bauch wiegen kann!«
»Oh doch, das ahne ich, meine Frau hat zwei davon bekommen. Wissen Sie schon, ob es ein Junge oder ein Mädchen wird?«
»Eigentlich verraten wir es ja niemandem, aber wir zwei kennen uns ja nicht … es wird ein Mädchen!«
»Wie schön! Ich mag Mädchen!«
»Ich auch und ich freue mich sehr darüber. Mein Freund hat schon einen Jungen und er freut sich noch mehr!«

Sie lachte.

Wie schön sie ist mit ihrem Bauch und dem Strahlen, das irgendwie von innen herauskommt.

Er dachte an Sophia und an diese wunderschöne Zeit ihrer Schwangerschaften. Da hatte er sich ihr näher gefühlt als jemals zuvor und auch danach gab es nie wieder eine Zeit, in der er glücklicher mit seiner Frau gewesen war.

»Ah, da kommt mein Freund ja … wir sind nur ab und zu hier in Köln … seinen Sohn besuchen … Michael, hier bin ich!«

Sie erhob sich halb von ihrem Stuhl und er folgte ihrem Blick zu einem großen Mann, schlank mit Glatze und braunen Augen. Er kam mit schnellen Schritten an den Tisch und küsste die Frau. Für Simons Begriffe zu lange. Er hasste Zärtlichkeiten in der Öffentlichkeit.

»Wie geht es den beiden schönsten Frauen in meinem Leben«, raunte der große Mann.

Simon wandte sich ab.

»Danke noch mal, für Ihre Hilfe.« Die Schwangere lächelte ihn an.

»Gern geschehen und passen Sie auf sich auf!«

»Das mache ich.«

Er ging zurück zu seinem Platz und beobachtete die beiden noch eine Zeit lang. Sie küssten sich immer wieder und der Mann legte die Hand auf den Bauch der schönen Frau.

Er mochte sie, auf der anderen Seite stieß sie ihn ab. Er konnte sich dieses Gefühl nicht erklären. Es war nur eine Ahnung, etwas wie eine Warnung in seinem Kopf.

Er versuchte, die Gedanken abzuschütteln, und wandte seine Aufmerksamkeit wieder der Tür des Cafés zu.

Immer wenn sie sich öffnete und einen Schwall kalter Luft hereinfegte, klopfte sein Herz etwas schneller, weil er hoffte, dass sein Gardemädchen endlich eintraf.
Aber nichts geschah.
Anna tauchte nicht auf.
Er schalt sich innerlich für seine Zuversicht.
Er hatte sie unterschätzt.
Sie war vorsichtiger als die anderen.
Wie dumm von ihm zu glauben, dass sich dieses kluge Mädchen einfach mit einem Fremden treffen würde.
Er hätte sich mehr Zeit nehmen müssen. Mehr Telefonate führen sollen. Mehr Vertrauen schaffen.
Jetzt war es zu spät.
Anna hatte ihn sitzen lassen.
Sie würde heute nicht mehr kommen.
Er spielte mit dem silbernen Armband, das er vor sich auf den Tisch gelegt hatte.
Das Schmuckstück war ihr so wichtig, er hätte geschworen, dass sie es sich abholen wollte.
Langsam hob er den Kopf und sah sich aufmerksam um. Vielleicht hatte sie ja jemanden geschickt, der ihn beobachten sollte. Fast nur Frauen um ihn herum. Niemand beachtete ihn.
Er sehnte sich nach ihrer Gesellschaft, nach dem tiefen Blick, den sie ihm zugeworfen hatte, als sie festgestellt hatte, dass sie beide sehr an ihren Müttern hingen.
Innerlich lobte er sich für diesen Schachzug.
Wenn Dassana gewusst hätte, dass sie ihm als Alibi diente, wäre sie sicher nicht begeistert gewesen.
Sie war jetzt schon so lange tot und immer noch dachte er an sie. Manchmal erschien sie nachts in seinen Träumen. Dann drehte sie

sich lachend im Kreis zu der typischen Musik, die sie so geliebt hatte. Er sah ihre Haare fliegen und ihren offenen Mund. Das Bild war so deutlich, dass er sogar die kleinen Fältchen um ihre Augen herum wahrnahm.

Manchmal roch er sie sogar im Traum.

Dann bekam er oft einen Ständer und erwachte.

Er ärgerte sich darüber und bemühte sich, Sophia nicht zu wecken, wenn er leise ins Bad schlich und sich hastig befriedigte. Immer wenn Dassana sich dabei vor sein inneres Auge schob, musste er würgen und versuchte, die Bilder von ihr zu verdrängen. Mit seiner Bauchtänzerin und ihrem wehenden Rock. Mit seinem Discomädchen und ihrem zuckenden Körper und mit seiner Balletttänzerin.

Wie sie sich auf der Spitze ihrer Schuhe drehte und wie ihr Tutu um sie herumflog wie ein rosafarbenes Baiser.

Janina war ihr Name gewesen und selbst jetzt, in dem kleinen Café in der Aachener Straße, spürte er die Erregung in seinem Körper, als er an sie dachte.

Für ein paar Minuten vergaß er sogar Anna.

Die Balletttänzerin war sein großer Traum gewesen und er hatte lange gesucht, bis er sie gefunden hatte.

Das, was dann passierte, stellte alles in den Schatten, was er bisher mit seinen Mädchen erlebt hatte.

Sie war leicht wie der Schaum auf seinem Cappuccino und genauso süß.

Er leckte sich über die Lippen und meinte, sie zu schmecken.

Sie hatte fantastisch geschmeckt.

Ein bisschen nach Kirschen und ganz leicht nach Honig.

Simon erinnerte sich an jede Sekunde mit ihr und tauchte in seine Erinnerungen ein.

Er bemerkte nicht, dass der Laden sich immer mehr füllte, und selbst, als eine blonde Frau mit ihrem Kinderwagen über seinen Fuß fuhr, reagierte er nicht.
Er dachte an Janina.
Sechzehn Jahre war sie alt gewesen und so schön mit ihren langen braunen Haaren, die sie oft zu einem Dutt gebunden trug.
Sie hatte sanfte, rehbraune Augen und einen Körper, wie er nie wieder einen gesehen hatte.
Schlank, fast zu schlank. Ihre hohen Rippenbögen zeichneten sich oft durch die engen Shirts, die sie so gerne trug, ab.
Ihre Schlüsselbeine schienen so zerbrechlich und ihr langer Hals bog sich wie der eines Schwans.
Die Worte, die er für sie fand, waren allesamt kitschig, und nichts davon kam auch nur im Entferntesten der Realität nahe.
Dieses Mädchen erfüllte all seine Wünsche.
Vom ersten Moment als er sie sah, wusste er, dass er sie besitzen wollte.
Sie sollte ganz alleine für ihn tanzen.
Und sie sollte ganz alleine für ihn sterben.
Er wollte der letzte Mensch sein, den ihre Augen sehen würden.
Er wollte der letzte Mann sein, der sie berühren würde.
Er wollte dabei sein, wenn sie ihren letzten Atemzug tat.
Er wollte sie sehen, in ihrem letzten Tanz.
Dann, wenn das Blut aus ihren Adern strömte und die kleine Bühne in seinem Bunker rot färben würde.
Er wollte sie haben.
Sie töten.
Und sie trinken.

Janina 2009

Als Balletttänzer lebst du in einem Mikrokosmos. Dein soziales Umfeld besteht nur aus dem Ballett.

(Eric Gauthier, kanadischer Tänzer und Choreograph)

Verschwitzt packte Janina ihre Sachen in die Sporttasche.
Sie war unendlich müde und strich sich die nassen Haare aus der Stirn.
Ihr Dutt hatte sich gelöst, aber ihre Arme waren so schwer, dass sie es kaum schaffte, die Strähnen wieder festzustecken.
Nach fast jeder Stunde war sie so erschöpft, selbst nach all den Jahren, in denen sie fünf Mal die Woche trainierte.
Das Ballett war ihr Leben.
Sie liebte den Tanz und trainierte hart für ihren großen Traum. Im Herbst wollte sie die Aufnahmeprüfung für die beste Ballettschule der Welt machen. Die Bolschoi-Akademie in Moskau.
Sie war gerade sechzehn geworden und es war ihre erste und einzige Chance. Mit achtzehn war Schluss. Die Schule unterrichtete ausländische Schüler nur zwischen dreizehn und achtzehn Jahren.
Das Ballett hatte ihr Leben bestimmt, seitdem sie drei war.
Ihre Mutter hatte sie damals in einer der besseren Schulen des Landes angemeldet »Saarlands École de Ballet«.
Janina hatte sich sofort so sehr von den anderen, kleinen Tänzerinnen unterschieden, dass schnell klar war, wohin ihr Weg gehen würde.
Schule war immer nur zweite Wahl gewesen.

Das Tanzen stand ihr ganzes Leben lang im Zentrum. Seit einem Jahr konzentrierte sie sich nur noch auf die Prüfung. Die Realschule hatte sie mit einem mittleren Zeugnis verlassen und sie war glücklich darüber, dass ihre Eltern es sich leisten konnten, den Traum ihrer Tochter zu finanzieren.

2000 Euro kostete der Anfängerkurs der Bolschoi, das Hauptprogramm 19.000 Euro im Jahr. Dazu kamen die Kosten für die Unterkunft und die Verpflegung.

Janinas Vater hatte nur mit den Schultern gezuckt, als er die Preise hörte. Es waren Peanuts für ihn. Ihren Eltern gehörte eine große Fleischwarenfabrik im Saarland. Seit Generationen war sie im Besitz der Familie, aus der Janinas Mutter stammte.

Geldsorgen hatten sie nie gekannt.

Der Vater hatte ebenfalls ein großes Erbe mitgebracht und so lebten sie in einer geräumigen Villa am Saarbrücker Staden. Das Viertel war bekannt für seine schönen, alten Häuser und seine gediegene Struktur.

Janinas Vater hätte es gerne gesehen, wenn seine Tochter das bekannte Gymnasium am Rotenbühl besucht hätte. Eine von achtunddreißig Eliteschulen in Deutschland, seit fast 200 Jahren.

Aber Janina war das Tanzen wichtiger und ihre Eltern unterstützten sie darin rückhaltlos.

Von draußen tönte eine enervierende Autohupe.

Sie sprang von der Bank hoch, warf sich ihre Tasche über die Schulter und spurtete aus der Umkleidekabine.

Ihre Mutter hasste es, zu warten.

»Liebling, da bist du ja endlich!« Alexandra Carsten schob ihre große Chanel-Sonnenbrille auf den Kopf. »Hattest du eine schöne Stunde? Jetzt sieh dir dieses Traumwetter an, Liebling. Ich dachte, wir fahren ein bisschen offen, aber du bist ja völlig verschwitzt.

Warte, ich lege mal die Decke über deinen Sitz, sonst machst du mir das Leder ganz nass …«

Das war typisch für ihre Mutter. Nichts durfte schmutzig werden, nichts durfte anders sein, als sie es geplant hatte, das ertrug sie nicht.

Janina musterte sie verstohlen. Sie sah gut aus. Die langen, lockigen Haare, schlank, die vollen Lippen mit dem passenden Lippenstift zu ihrem hellen Sommerkleid.

Das edle Mercedes-Cabrio, dessen Dach sie gerade schloss, passte perfekt zu ihr.

Sie legte großen Wert auf ihr Äußeres und bevor Janina sie auch nur begrüßen konnte, plapperte sie schon weiter.

»Findest du nicht, dass es diesmal zu viel Botox war? Ich habe immer Angst, dass er zu viel reinspritzt. Dann sieht es nicht mehr natürlich aus – was sagst du?«

»Nein, Mama, es sieht gut aus und es ist doch erst vier Tage her. Du weißt doch, dass die letztendliche Wirkung erst nach zwei Wochen zu sehen ist. Du musst schon noch etwas Geduld haben.«

Janina ließ sich auf die weiche Decke sinken, die ihre Mutter über den hellen Ledersitz gelegt hatte, und war insgeheim froh, dass das Dach des Wagens jetzt zu war.

Eine Erkältung konnte sie sich nicht leisten. In drei Wochen war die große Aufführung der Ballettschule.

»Dornröschen« – ihre bisher größte Rolle.

Sie war unglaublich stolz und auch extrem aufgeregt. Ballettgrößen aus ganz Deutschland würden sich die Premiere ansehen.

»Wollen wir noch ein bisschen shoppen fahren unten in die kleine Boutique? Das ist ja der einzige Laden in der ganzen Stadt, in dem man was Anständiges bekommt? Ich freue mich schon auf das Wochenende. Dein Vater hat ja am Freitag diesen Termin in Düsseldorf und ich habe beschlossen, ihn zu begleiten. Dann kann ich am Samstag ein bisschen die ›Kö‹ unsicher machen. Komm doch mit, Kleines, zu zweit macht es mehr Spaß …«

»Das geht nicht, Mama, ich muss arbeiten und ich habe zwei Termine beim Physiotherapeuten, Freitag und Samstag. Ich will nicht, dass das blöde Bein mir jetzt dazwischen kommt.«

Janina streckte den linken Fuß behutsam aus. Vor einem halben Jahr hatte sie einen Muskelfaserriss gehabt. Ihr ganz persönlicher Alptraum. Sie war beim »Entrechat« einfach umgeknickt.

Dabei beherrschte sie diese Übung, bei der die Tänzerinnen kerzenförmig in die Höhe springen und die Fersen gekreuzt gegeneinanderschlagen, seitdem sie ein Kind war.

Und trotzdem war es dieses eine Mal schiefgegangen.

Sie war einfach abgerutscht und als sie den stechenden Schmerz in ihrer Wade spürte, wusste sie, dass sie sich ernsthaft verletzt hatte. Dieser eine falsche Sprung kostete sie drei Monate und eine verpasste Aufnahmeprüfung an der Bolschoi.

»Na ja, Frau Rabe ist ja bei dir. Da müssen wir uns keine Sorgen um dich machen. Du denkst aber daran, dass du morgen Abend für uns tanzen wolltest? Papa rechnet fest damit. Er will doch ein bisschen mit dir angeben vor seinen Geschäftsfreunden aus Amerika.«

Janina stöhnte innerlich auf.

Sie hatte dieses Essen mit anschließendem Vortanzen ganz vergessen.

Ihr Vater liebte es, Geschäftsleute nach Hause einzuladen. Er war der Überzeugung, dass er so die besten Deals machte.

Ein gediegenes Essen in der noblen Villa. Ein schwerer Wein. Ein gutes Dessert und als krönender Abschluss der Tanz seiner

Tochter, die eine so gute Balletttänzerin war, dass sie an der berühmtesten Ballettschule der Welt aufgenommen werden würde.

So sehr er diese Abende liebte, so sehr hasste sie Janina.

»Na komm schon, Liebling. Das ist doch nicht zu viel verlangt. Papa finanziert dir alles. Denk nur an das Studio unterm Dach. Du wirst behandelt wie eine Primaballerina und dir wird jeder Traum erfüllt. Da kann man schon mal Vortanzen. Frau Rabe hat dir auch das schwarze Tutu gebügelt. Das magst du doch am liebsten.«

»Ja, Mama, ich mache das schon. Ich tanze ›Schwanensee‹. Die Eingangssequenz. Darauf steht jeder und es ist nicht zu anstrengend. Das schwarze Kostüm ist dazu prima.«

»Na, siehst du. Und ich freue mich schon sehr darauf. Hast du Hunger? Ich habe eine Banane und einen Müsliriegel dabei?«

»Hast du auch einen Apfel?«

»Nein, Schatz, iss die Banane, da sind mehr Mineralstoffe drin.«

Und mehr Kalorien, dachte Janina und schüttelte mit dem Kopf.

»Lass mal, ich esse zu Hause was. Fährst du mich heim? Mir ist nicht nach shoppen. Ich bin müde.«

»Okay, ich beeile mich und lass dich zu Hause raus.«

Alexandra drückte das Gaspedal hinunter und augenblicklich schoss der Wagen voran.

Janina wurde tief in den Sitz gedrückt und schloss die Augen.

Nur für einen Moment ausruhen und den Hunger und den Muskelkater vergessen.

Am nächsten Abend saß sie an dem großen Esstisch im Speisesaal der Villa. Sie schob die frischen Erbsen von einer Seite ihres Tellers auf die andere und hörte den Gesprächen nur mit halbem Ohr zu.

Der Amerikaner und seine Frau lachten zu laut, trugen Klamotten, die trotz der teuren Labels einen Tick zu schrill waren, und langweilten sie unendlich.

In ihrem Kopf ging sie noch einmal die Schrittfolge aus »Schwanensee« durch.

Keiner würde realisieren, wenn sie einen Fehler machte, aber sie selbst würde es bemerken und das war schlimmer als die Kritik von anderen.

Sie hatte am Nachmittag zwei Stunden in ihrem Studio trainiert und wollte nach der Aufführung nur noch in ihr Bett.

»Kind, jetzt iss doch was«, flüsterte ihre Mutter ihr zu.

Sie schüttelte den Kopf und wisperte: »Keinen Hunger.«

Ihr Vater nickte ihr zu.

»Und, mein Schatz? Bereit für deinen Auftritt?«

Sie nickte und schob ihren Stuhl zurück.

»Das Dessert nehmen wir nachher im kleinen Salon ein.« Alexandra klingelte nach der Haushälterin.

»Während Frau Rabe den Tisch abräumt, kann Janina sich umziehen. Hier ist der meiste Platz für ihren Tanz und der Boden ist auch ideal.«

Während Janina den Raum verließ, hörte sie das Lachen des dicken Amerikaners.

Sie ekelte sich vor seinem teigigen Gesicht und den kleinen Schweinsaugen und hätte am liebsten im Jogginganzug getanzt, anstatt im schwarzen, kurzen Tutu.

Sie hastete die Treppe zu ihrem Studio hinauf und zog eine schwarze Tanzstrumpfhose aus dem Schrank.

Die Hautfarbene gönne ich dem fetten Ami nicht.

Während sie sich umzog und die langen, dunklen Haare zu dem obligatorischen Dutt hochsteckte, summte sie die Anfangstakte des Balletts.

Nachdem sie fertig war, schritt sie vorsichtig auf den Spitzenschuhen die lange Treppe hinunter.

Sie lächelte, als sie sich dabei in dem großen Spiegel, der an der Wandseite angebracht war, zusah.

Schon immer hatte sie gefunden, dass das Gehen in Spitzenschuhen nicht sehr elegant aussah. Eher wie eine lahme Ente, statt wie ein stolzer Schwan.

Deshalb stellte sie sich auch auf die Spitze, als sie wieder vor der Tür des Speisesaals ankam.

Frau Rabe lächelte sie aufmunternd an, warf einen Blick in den Saal und nickte ihrer Mutter zu.

Das war das Zeichen dafür, dass Janina bereit war.

Dann öffnete die ältere Dame mit einem gekonnten Schwung die Flügeltür.

Janina positionierte sich.

Sie wusste, dass alle Blicke auf ihr ruhten, und senkte anmutig den Kopf.

Ihr Vater startete die Musik und aus der großen Anlage schwollen die ersten Töne von Tschaikowskis Meisterwerk.

Sie sank zu Boden und bewegte ihre Arme wie die Flügel eines Schwans.

Und dann blendete sie alles aus.

Sie spürte nur noch ihren Körper, ihre Muskeln, die sich an- und entspannten.

Wie immer versank sie beim Tanzen in eine Art Trance.

Jegliche Aufregung, jegliches Unbehagen und alle anderen, negativen Gefühle waren verschwunden.

Es existierte nur noch die Musik im Einklang mit ihren Bewegungen.

Sie tanzte, wie immer, mit vollem Einsatz und ihrem ganzen Gefühl.

Ihre Lehrerin Galina hatte einmal gesagt, dass genau das sie ausmachen würde.

Diese Bedingungslosigkeit, diese Hingabe.

Sie erschrak, als dröhnender Applaus einsetzte.

Schwer atmend war sie wieder in die Ausgangsposition gesunken und hob jetzt langsam den Kopf.

Sie blickte in die stolzen, strahlenden Gesichter ihrer Eltern.

Erst danach nahm sie die amerikanischen Besucher wahr.

Es würgte in ihrem Hals, als sie die glitzernden, geilen Augen des Mannes sah und das falsche Lächeln seiner dicken Frau.

»Das war großartig, Janina, wirklich. Ich bin so stolz auf dich!«

Ihr Vater reichte ihr die Hand und zog sie sanft nach oben.

Mit den Spitzenschuhen war sie fast so groß wie er.

Begeistert riss er sie an sich.

»Frank! Dein gutes Sakko!«, rief ihre Mutter.

»Ach, lass doch, Alexandra, ich bin so stolz auf meine Kleine! Da darf ein bisschen Mädchenschweiß schon auf mein Sakko tropfen.«

Beifall heischend sah er sich zu seinen Gästen um, die sofort ihre grellen Stimmen erhoben.

»Marvelous! What a lovely girl! You will have a great career as a ballet dancer, my dear!«

Janina lächelte höflich.

»Entschuldigt ihr mich bitte, ich möchte ausschwitzen, duschen und mich umziehen …«

»Natürlich, Liebling, auch wenn ›ausschwitzen‹ kein Begriff ist, den ich bei Tisch gerne höre.«
»Alex, lass sie doch – das ist Hochleistungssport und nicht nur nettes Rumgehopse. Geh ruhig, Liebling. Wenn du nicht möchtest, brauchst du auch nicht mehr herunterkommen.«
Janina war ihrem Vater dankbar. Er verstand sie auch ohne Worte.
Sie liebte ihn abgöttisch, vor allem deshalb, weil er sie immer unterstützt hatte.
Nie hatte er ihre Leidenschaft für das Ballett infrage gestellt. Er hatte ihren Berufswunsch akzeptiert, auch wenn er sie lieber in der eigenen Firma gesehen hätte.
Sie nickte den Gästen zu und schloss behutsam die Flügeltür.
Die Stimmen wurden leiser und sie atmete auf.
Geschafft. Jetzt kann ich endlich nach oben gehen.
Sie freute sich auf die Dusche, auf ein Glas mit warmem Wasser und auf ihr frisch bezogenes Bett.
Und auf ihre Großmutter.
Die wollte sie noch anrufen, wie jeden Abend.
Der Mensch, den sie am meisten liebte auf der Welt.
Die Mutter ihres Vaters, die schon 78 Jahre alt war und zu der sie eine ganz besondere Bindung hatte.
Mit ihrer Stimme im Ohr würde sie fantastisch einschlafen können.

Simon 2009

Es gehört mehr zum Tanz als rote Schuhe.

(Deutsches Sprichwort)

Als er sie das erste Mal sah, konnte er nicht mehr atmen.

Er stand im hellen Sonnenlicht vor einer Ballettschule im Saarland. Es war Mai und heiß, aber er bemerkte nicht, dass sich dunkle Schweißflecken auf seinem Hemd ausbreiteten, er hatte nur Augen für das Mädchen.

Sie trug eine hautfarbene Strumpfhose, einen weißen Body und einen kurzen Wickelrock aus fast durchsichtigem Stoff. Nur die Straßenschuhe störten ihn. Das lange, dunkle Haar hatte sie zu einem Knoten aufgesteckt, sie war groß, fast zu groß für eine Ballerina. Sehr schlank und ihre Muskeln zeichneten sich unter der engen Kleidung ab.

Sie war so sehr in das Gespräch mit einer Freundin vertieft, dass sie ihn nicht bemerkte.

Und er hatte nur Augen für sie. Das andere Mädchen erschien ihm farblos und plump, obwohl auch sie Ballettkleidung trug.

Seine Ballerina sprach über das Tanzen, das konnte er sehen. Ihre Augen sprühten vor Begeisterung und sie deutete immer wieder Tanzschritte an. Ihre Arme hoben sich weich über ihren Kopf, ihre Füße stellten sich auf die Zehen und trotz der groben Schuhe wirkte sie anmutig wie eine Feder, die aus großer Höhe langsam zu Boden sank.

Dann sprang sie in die Luft und drehte sich perfekt auf der Stelle.

Er konnte nicht anders.

Er applaudierte.

Die Mädchen erschraken und sahen ihn an.
Er lächelte und ging zwei Schritte auf die beiden zu.
»Janina, ich muss los, meine Mutter wartet.« Das andere Mädchen schloss das Fahrrad auf, das neben ihr an einen Laternenpfahl gekettet war, schwang sich darauf und trat fest in die Pedale.
Er freute sich, dass er jetzt alleine mit ihr war.
»Entschuldigen Sie, aber Sie haben so wunderschön ausgesehen, dass ich einfach nicht anders konnte, als zu klatschen …«
Sie antwortete nicht, sondern musterte ihn nur.
»Ich wollte heute meine Tochter hier anmelden. Ich habe gehört, dass das die beste Ballettschule im Saarland ist.«
Diese Ausrede hatte er sich schon lange überlegt.
Er hatte die Schule beobachtet und sich vorgenommen, mit diesem Vorwand einen Termin zu machen, um sich ein Bild zu verschaffen und um sich die Mädchen ansehen zu können.
Um sich eine auszusuchen.
Die eine, die für ihn tanzen sollte.
»Ja.« Das Mädchen nickte. »Es ist die Beste. Ich würde sogar sagen, dass sie über die Landesgrenzen hinaus die beste Schule von hier bis Köln ist. Wie alt ist Ihre Tochter?«
»Sie ist acht. Sie tanzt schon, seitdem sie fünf ist.« Er freute sich, dass er es geschafft hatte, sie in das Gespräch zu verwickeln.
»Ich habe etwas früher angefangen. Aber das ist ein gutes Alter, um mit dem Ballett zu beginnen.«
»Wie alt sind Sie jetzt? Darf ich das fragen?«
»Ich bin sechzehn.«
»Und Sie tanzen immer noch mit Begeisterung.«
»Ich bereite mich gerade auf die Aufnahmeprüfung an der Bolschoi vor.«
Er spürte, wie stolz sie darauf war.

»Wirklich? Das ist eine der berühmtesten Tanzschulen der Welt. Wenn Sie das schaffen, werden Sie zu einer der besten Tänzerinnen ausgebildet!«

»Ich schaffe das!«

Er mochte ihre Selbstsicherheit.

»Sind Sie schon fertig mit dem Unterricht für heute?«

»Ja, ich wollte jetzt nach Hause. Mein Vater hat mir ein Studio eingerichtet und ich trainiere später dort noch etwas. Im Herbst ist die Prüfung und bis dahin habe ich noch jede Menge zu tun.«

»Das verstehe ich. Schade, ich hätte noch so viele Fragen, denn das, was Sie machen, ist der Traum meiner Tochter. Sie spricht von nichts anderem als vom Ballett und meine Frau und ich sind zwar sehr stolz auf sie, aber wir machen uns auch etwas Sorgen, ob sie diesen harten Weg auch gehen kann.«

Die Familie, die er nicht hatte, war seine Eintrittskarte zu ihrem Vertrauen. Das wusste er und diese Karte spielte er jetzt, ohne zu zögern, aus.

»Würden Sie sich mit mir und meiner Frau auf einen Kaffee treffen und uns ein wenig von Ihrem Leben erzählen? Das wäre so wichtig für uns. Niemand aus unserem Bekanntenkreis hat ein Kind, das so auf etwas fixiert ist wie unsere Tochter aufs Tanzen.«

Sie lächelte.

»Das kenne ich. Das war bei mir genauso und ich glaube, meine Eltern waren ähnlich verzweifelt wie Sie. Ich hatte an nichts so viel Spaß wie am Ballett und wäre am liebsten jeden Tag da gewesen.«

»Tun Sie uns den Gefallen?«

Sie zögerte und er setzte sein gewinnendstes Lächeln auf.

»Morgen Mittag. Um 15.30 Uhr. Im Café Lollo. Das ist hier gleich um die Ecke. Da komme ich dann nach der Stunde direkt hin, aber ich habe nicht viel Zeit.«

»Das ist so nett von Ihnen. Meine Frau wird begeistert sein. Sie wünscht sich schon lange, mit jemandem darüber zu reden. Vielleicht bringe ich meine Tochter auch noch mit, dann hört sie aus erster Hand, dass das kein Zuckerschlecken wird.«

»Das ist es sicher nicht. Ballett ist mein Leben und ich kann nicht glücklich sein, ohne zu Tanzen. Wenn es Ihrer Tochter genauso geht, dann hat sie einen langen Weg vor sich, aber auch einen wundervollen.«

»Ich freue mich sehr auf Sie morgen und ich bin sicher, dass meine Frau und meine Tochter sich auch freuen. Jetzt muss ich aber da rein, ich habe einen Termin mit Ihrer Direktorin.«

»Dann sollten Sie wirklich reingehen. Madame Moreau hasst es, wenn man zu spät kommt. Und ich muss auch los. Morgen 15.30 Uhr. Ich freue mich auf Ihre Familie! Ach, ich heiße Janina. Janina Carsten.«

»Ich bin Dirk. Dirk Reimann.«

Instinktiv hatte er sich den Namen ausgedacht.

Vorsicht ist besser als Nachsicht.

Er wollte nicht, dass sie seinen richtigen Namen kannte ... die letzten beiden Male war er unvorsichtiger gewesen oder unerfahrener.

Er hatte gelernt.

Keine Fehler!

Sie drehte sich um und ging die Straße hinauf.

Ihre Schritte waren leicht und sie hüpfte fast.

Er sah ihr nach und konnte seinen Blick nicht abwenden.

Ich habe es geschafft. Es läuft an. Ich sehe sie wieder. Alleine.

Am nächsten Tag war er schon eine Stunde vor der verabredeten Uhrzeit in dem kleinen Café. Er bestellte sich eine Tasse Kaffee und ein Stück Butterkuchen.
Schließlich hatte er Ferien. Da durfte man auch schon mal über die Stränge schlagen.
Er war jetzt dreiundvierzig Jahre alt und seitdem er mit seinem Discomädchen getanzt hatte, waren neun Jahre vergangen. Neun Jahre, in denen er jeden Tag daran gedacht hatte. Neun Jahre, in denen er verzweifelt versucht hatte, diese dunkle Seite in ihm zu vergessen.
Es war ihm nicht gelungen.
Er hatte seitdem mit einigen Frauen geschlafen und er hatte sich Mühe gegeben, ein normales Leben zu führen. Aber die Mädchen tanzten einfach weiter in seinen Träumen. Nichts konnte ihn so sehr befriedigen wie der Gedanke an Katja, seine Bauchtänzerin, und an Kim, seine Discomaus.
Seit seiner Reise durch Deutschland 1997 hatte er seine Urlaube nur noch so verbracht. Er setzte sich in einen Zug und fuhr einfach auf gut Glück durch das Land.
Manchmal auch ein wenig darüber hinaus. So hatte er die Niederlande, Belgien und Luxemburg gesehen. Und ganz Deutschland.
Er liebte diese Reisen.
Jeden Tag ein Stückchen mit der Bahn. Jeden Abend eine andere Stadt, manchmal auch nur ein Dorf.
Er übernachtete in kleinen Hotels oder Pensionen und er gab sich ständig andere Namen.
Warum wusste er nicht.
Er hatte einfach das Gefühl, dass es besser wäre, wenn niemand seine Spur verfolgen könnte.

Überall begegneten ihm die Tänzerinnen.
Manche waren so gut, dass er sich so sehr beherrschen musste, dass er davon körperliche Schmerzen bekam. Dann fuhr er einfach weiter.
Nur nicht zu lange an einem Ort bleiben, nur nicht zu intensiv zusehen. Er unterdrückte seine Gefühle und Wünsche mit aller Macht.
Es war wie ein Spiel für ihn und er stellte sich jedes Mal der Prüfung. Sie liefen geradezu in seine Arme und dann sprach er mit ihnen. Er verabredete sich mit ihnen. Er flirtete mit ihnen. Irgendwann kam immer der Punkt, an dem er es kaum noch aushielt. Dann stieg er einfach in den nächsten Zug und verschwand.
Neun Jahre hatte er durchgehalten und bis heute wusste er die Namen der Mädchen.
Diesmal hatte er sich vorgenommen, bis nach Frankreich zu reisen. Er hatte Lust auf das Meer und warme Nächte am Strand.
Saarbrücken war seine letzte Station in Deutschland und als er am Bahnhof ankam, sah er die Werbung der Ballettschule:
»Saarlands École de Ballet«.
Auf dem Plakat tanzte ein Mädchen auf Spitzen.
Sie trug ihr Haar in einem dunklen Knoten.
Sofort brannte die Lust in ihm und er stand minutenlang vor dem Plakat.
Dann suchte er sich eine günstige Pension und beschloss, einige Tage im Saarland zu bleiben.
Drei Wochen hatte er Urlaub und das Meer würde ihm nicht weglaufen.
Als sie die Tür des Cafés öffnete, strahlte er sie an.
Er bemerkte, dass sie zögerte und auch nicht lächelte.

Deshalb stand er sofort auf.
»Es ist so schade, meine Frau und meine Tochter haben sich einen üblen Magen-Darm-Virus zugezogen. Sie sind untröstlich und haben mich alleine hergeschickt, damit ich ihnen später alles erzählen kann.«
»Das ist wirklich schade.« Sie wirkte kühl.
»Wir sind vor zwei Monaten von Duisburg hergezogen und fühlen uns noch ziemlich fremd hier. Deshalb ist die Tanzschule für meine Tochter auch besonders wichtig. Sie hat übrigens nächste Woche ein Vortanzen bei Ihrer Madame Moreau.« Er plapperte einfach weiter. In all den Jahren hatte er gelernt, dass die Mädchen am schnellsten ihre Scheu verloren, wenn er viel und freundlich auf sie einredete.
Auch jetzt schien der Plauderton zu wirken, denn Janina lächelte bei der Erwähnung ihrer Lehrerin.
»Sie ist eine tolle Frau. Ich bewundere sie sehr und ich bin glücklich, dass sie mich unterrichtet. Sie hat ihre Ausbildung auch an der Bolschoi gemacht.«
»Was? Und dann landet sie hier?« Er war ehrlich überrascht.
»Die Liebe. Sie hat das Tanzen aufgegeben für ihren Mann und ihre Familie. Sie hat mal erzählt, dass er ein Jahr lang jeden Abend Rosen für sie in ihre Garderobe gebracht hat. Und nach 366 Tagen ist sie mit ihm ausgegangen. Das war in Paris. Sie hat sich so verliebt, dass sie zu ihm gezogen ist, hierher ins Saarland. Und nach einiger Zeit hat sie die Ballettschule eröffnet. Aber sie tanzt heute noch fantastisch.«
»Möchten Sie ein Stück Butterkuchen? Der ist übrigens sehr lecker. Und vielleicht einen Kaffee?«
Er winkte dem Kellner.

»Für den Butterkuchen sind sie hier bekannt, aber danke, ich möchte nur einen Kaffee.«
»Das ist auch besser für Sie, wenn Sie weiter so schlank bleiben wollen.«
Er musterte sie noch einmal intensiv.
Sie war zu schlank, aber das störte ihn nicht. Im Gegenteil, sie musste so aussehen, damit sie eine richtige Ballerina war.
»Ich achte sehr auf meine Figur. Meine Eltern stört das.«
»Lassen Sie sich nichts einreden. Sie müssen das auch tun. Das ist wichtig.«
Sie strahlte ihn an. »Endlich versteht mich mal jemand. Ich esse auch nicht gerne. Manchmal habe ich das Gefühl, dass die Dinge in meinem Mund größer werden. Essen macht schwer, finde ich. Nicht nur auf der Waage.«
»Da könnten Sie recht haben. Und jetzt erzählen Sie mir mal von sich. Wie war das, als Sie mit dem Tanzen angefangen haben?«
Die Zeit verflog nur so und nach zwei Stunden sah das Mädchen erschrocken auf seine Uhr.
»Herr Reimann, sorry, aber ich muss jetzt los. Meine Eltern warten mit dem Abendessen auf mich.«
»Schade.« Er war wirklich enttäuscht. »Aber wir machen das so, oder? Sie kommen uns besuchen am Wochenende. Bis dahin werden die beiden wieder fit sein.«
Sie nickte und er lobte sich innerlich für seine Umsicht.
Er hatte ihr Fotos von einer Frau mit einem Kind gezeigt. Die Familie seines Arbeitskollegen. Vor ein paar Wochen hatte er das Bild von dessen Schreibtisch mitgehen lassen. Keiner hatte sich erklären können, wohin das Foto verschwunden war, und er hatte den Verdacht auf die Putzkolonne gelenkt, die jeden Abend die Büroräume sauber machte. »Wahrscheinlich ist es runtergefallen

und zerbrochen. Da haben sie gleich alles weggeworfen«, hatte er gesagt. Und sein Kollege hatte am nächsten Tag ein neues Bild aufgestellt.
Jetzt hatte er das Bild stolz Janina präsentiert.
Sie hatte das Aussehen »seiner Frau« und den kecken Blick »seiner Tochter« gelobt.
»Gerne. Das machen wir. Ich freue mich darauf, die beiden kennenzulernen.«
Sie hatte jegliche Scheu verloren und vertraute ihm. Das merkte er an ihrem offenen Lächeln.
Er war auch nicht müde geworden, von der Liebe zu seiner Frau zu erzählen. Von ihrem blonden Haar, ihren Kochkünsten und diesem tiefen Gefühl zu ihr.
Janina hatte ihm verraten, dass sie sich eine solche Liebe ebenfalls wünschte, und er hatte ihr Mut gemacht, dass sie sich sicher bald verlieben würde.
»Ich hole Sie nach der Stunde an der Ballettschule ab. Samstag, um 11.00 Uhr. Denken Sie an die Ballettgarderobe? Meine Tochter würde so gerne eins von ihren Tanzkleidern sehen.«
»Das mache ich. Ich bringe was mit. Da sind alle kleinen Mädchen scharf drauf. Ich werde ihr auch meine Spitzenschuhe zeigen. Die wird sie lieben! Aber ich habe am Samstag nur zwei Stunden Zeit. Ich muss ja noch zum Physiotherapeuten.«
»Das sagten Sie bereits. Ich verspreche, dass Sie da pünktlich sein werden.«
Er sah ihr nach, als sie das Café verließ, und er wusste, dass er sie nicht gehen lassen konnte.
Sie war zu schön, zu jung und zu gut.
Ein Traum von einer Tänzerin.
Sein Ballettmädchen.

Janina 2009

Tanzen ist Träumen mit den Füßen.

(Verfasser unbekannt)

Janina erwachte von einem lauten Klopfen.

»Kind, aufstehen, es ist schon spät und ich habe deiner Mutter versprochen, dass du jeden Morgen frühstückst. Es steht schon alles auf dem Tisch. Komm runter. Deine Ballettstunde beginnt auch gleich.«

Genervt streckte sie sich im Bett aus.

Wenn die Eltern schon mal weg sind, nervt mich jetzt die Rabe. Frühstück kann sie sich abschminken.

Mit einem Blick auf die Uhr stellte sie fest, dass sie sich wirklich beeilen musste. Die Stunde begann in fünfundvierzig Minuten und sie war noch nicht einmal geduscht.

»Ich komme, Frau Rabe!«

Sie sprang aus dem Bett und legte den Turbogang ein. Es reichte noch nicht mal für ihre täglichen Stretching-Übungen für das schlimme Bein.

Madame Moreau wurde ungenießbar, wenn sich die Schülerinnen verspäteten. Dann konnte es durchaus passieren, dass sie »Nachtanzen« mussten und genau das konnte sich Janina heute nicht leisten.

Heute war sie nach der Stunde noch mit Dirk Reimann verabredet.

Während das heiße Wasser auf ihren Körper prasselte, dachte sie über den Mann nach.

Er war nett, aber irgendwie komisch. Sie hatte noch nie einen Vater getroffen, der sich so für Ballett interessierte wie er.
Sie war gespannt auf seine Frau und die kleine Tochter, die sie ja heute kennenlernen sollte.
Ein bisschen wunderte sie sich über sich selbst.
Sie mochte den engen Kontakt zu Menschen nicht besonders und schon als kleines Kind hatte sie sich schüchtern hinter ihre Eltern geschoben, wenn Fremde sie ansprachen. Das war bis heute so geblieben, aber dieser Reimann schaffte es, sie aus der Reserve zu locken.
Es machte ihr Spaß, mit ihm über das Tanzen zu reden, er hatte viel Ahnung davon, zumindest für einen Mann.
Und sie mochte es auch, seiner kleinen Tochter eine Starthilfe zu geben. Sie selber hatte damals niemanden gehabt, der sie unterstützt hatte.
Nach dem Duschen packte sie hastig ihre Tasche zusammen und vergaß auch das rosa Trikot mit dem weiten, bauschigen Rock nicht. Es war das schönste, das sie hatte, und sie war sicher, dass es der Kleinen gefallen würde.
Bevor sie ihr Zimmer verließ, blieb sie vor dem großen Wandspiegel stehen und zog sich die Lippen mit einem hellroten Pflegestift nach. Er roch nach Kirschen und schmeckte nach Honig. Sie liebte diese Stifte, sie waren das einzig Süße, das sie sich gönnte.
»Frau Rabe, ich schaffe das Frühstück nicht mehr!«
Janina nahm zwei Stufen auf einmal und raste die große Treppe hinunter.
Die Haushälterin steckte den Kopf aus dem Esszimmer.
»Nein, Janina, das geht nicht, du musst etwas essen, bevor du trainieren gehst. Du fällst doch vom Fleisch, Kind!«

Aus dem Esszimmer zog ein unwiderstehlicher Duft nach Rühreiern und frischen Brötchen.

Janina lief das Wasser im Mund zusammen, aber sie hatte sich sofort wieder unter Kontrolle.

»Echt nicht, Frau Rabe, ich muss wirklich los, aber ich verspreche, dass ich eine Banane vor dem Training esse.«

Sie schnappte sich das Obst im Vorbeigehen aus dem großen Korb.

»Janina, bitte …«, die Haushälterin sah verzweifelt aus.

»Ich sag nichts zu Mama, wenn Sie auch nichts sagen, ist doch alles in bester Ordnung.«

Sie ließ die Haustür hinter sich in Schloss fallen und holte das Fahrrad aus der Garage.

Als sie den Fahrtwind im Gesicht spürte, vergaß sie den Hunger und fühlte sich frei.

Knapp drei Stunden später stand sie atemlos auf der Straße und wartete.

Sie schwitzte, obwohl sie nach der Stunde geduscht hatte. Ungeduldig wippte sie von einem Bein auf das andere.

Hoffentlich kommt er pünktlich, ich habe nicht so viel Zeit und ich will das Ganze auch nicht so schnell wieder abbrechen, dann wird die Kleine bestimmt enttäuscht sein.

Sie hatte den Gedanken kaum zu Ende gedacht, als ein großer, schwarzer Kombi neben ihr hielt.

Sie öffnete die Autotür und Dirk Reimann strahlte sie an: »Pünktlich wie ein Maurer, was? Steigen Sie ein, Janina, meine Frau wartet schon. Ich habe sie gerade noch davon abhalten können, einen Kuchen zu backen. Stattdessen haben wir einen großen Obstteller vorbereitet. Ich hoffe, das war in Ihrem Sinne?«

»Danke, das ist nett, ich könnte tatsächlich etwas zu essen gebrauchen. Das Frühstück habe ich schon ausfallen lassen heute Morgen.« Sie ließ sich auf den Sitz fallen.

»Warten Sie, ich nehme Ihr Fahrrad noch mit.«

»Warum? Das kann ruhig hier stehen bleiben. Das klaut schon keiner.«

»Sicher ist sicher.« Der Mann stieg aus und sie reichte ihm den Schlüssel für das Kettenschloss durchs Fenster.

Nachdem er das Rad sicher im Kofferraum verstaut hatte, startete er den Wagen und Janina beschlich zum ersten Mal ein komisches Gefühl.

»Wohin fahren wir eigentlich? Ich weiß gar nicht, wo Sie wohnen?«

»Nach Dudweiler, wir haben es also nicht weit. Wir haben da ein Reihenhäuschen gekauft. Nichts Weltbewegendes, aber für unsere Zwecke reicht es. Wir fühlen uns dort wohl. Ach, bevor wir losfahren … könnten Sie mal neben sich in das Fach greifen? Da müssten meine Zigaretten drin liegen … Ich habe sonst keine Laster, aber das Rauchen kann ich nicht sein lassen.«

Janina hasste Zigarettenqualm, aber sie konnte dem Mann in seinem eigenen Auto kaum das Rauchen verbieten.

Sie wandte den Oberkörper von ihm ab und tastete in dem Seitenfach nach der Schachtel.

Plötzlich fühlte sie seinen Arm um ihren Nacken.

Er hielt sie so fest, dass es wehtat.

Sie versuchte, sich zu wehren, aber sein Griff war eisenhart.

Eine Sekunde später drückte sich ein feuchtes Tuch auf ihr Gesicht.

Sie wollte schreien und holte tief Luft.

Dann wurde es dunkel um sie.

Simon 2009

Stell Dich an den Abgrund der Hölle und tanze zur Musik der Sterne. (Walter Moers, deutscher Comic-Zeichner, Illustrator und Schriftsteller. Zitat aus dem Buch »Ensel und Krete – Ein Märchen aus Zamonien«)

Er hatte sie nun schon drei Tage bei sich.

Anfangs hatte sie viel geweint und nichts gegessen.

Das war nicht gut, weil sie sowieso nicht viel zum Zusetzen hatte, und er befürchtete schon, dass sie ihm unter den Händen wegstarb.

Dann hatte er sie gezwungen und sie wie eine Gans gestopft.

Am besten ging das, wenn sie unter Drogen stand, und davon hatte er ihr eine ganze Menge gegeben.

Sie hatte für ihn getanzt und er war begeistert von ihrer Anmut und der Schönheit ihrer Bewegungen.

Wenn sie nicht immer wieder schluchzend zusammengebrochen wäre, hätte er es noch mehr genießen können, aber sie war zart besaitet.

Vielleicht lag es auch daran, dass sie länger bei ihm war als die anderen.

Er wollte auf keinen Fall wieder dieselben Fehler machen.

Es durfte nicht so schnell gehen wie bei den letzten Malen.

Er wollte sich Zeit für seine Ballerina nehmen.

Sie verdiente das und jede Sekunde, die er mit ihr verbringen konnte, war ein Fest für ihn.

Ihre zarte, weiße Haut, durch die er ihr Blut pulsieren sah.

Ihr Atem, der immer schneller ging, je länger sie für ihn tanzte.

Der weite Rock, der leider schon ein wenig schmuddelig geworden war. Und ihre Haare, die er ihr eigenhändig zu dem vollen Knoten im Nacken gebunden hatte.

Er genoss die Tage mit ihr und er wollte sie nicht verlieren, aber die Zeit drängte. Sie verlor mehr und mehr an Kraft und schon bald würde sie nicht mehr für ihn tanzen können.

Er hatte sich schweren Herzens dazu entschlossen, dass für sie heute die letzte Nacht ihres Lebens anbrechen sollte.

Der Weg zu ihr in den Bunker fiel ihm schwerer als in den letzten Tagen und als er vor ihrem Käfig stand, tat sie ihm unendlich leid. Am liebsten hätte er sie aus dem Verließ geholt und einfach nur im Arm gehalten, aber er wusste, dass die Mädchen nur bei ihm blieben, wenn er sie dazu zwang, und das machte ihn wütend.

Eine Weile sah er ihr beim Schlafen zu.

Sie wirkte so friedlich, fast wie ein Kind.

Sie war so schwach, dass er das Gitter wahrscheinlich nicht brauchen würde, aber er bewegte sich lieber auf der sicheren Seite.

Sie erwachte von dem Geräusch des Schlüssels.

»Wo bin ich?« Ihre Stimme war kratzig.

»Immer noch bei mir, meine Schöne, immer noch bei mir …«

Vorsichtig schob er die Stäbe nach oben.

»Mein Vater zahlt Ihnen jede Summe. Wirklich. Sagen Sie einfach, wieviel Sie wollen, und er wird das Geld beschaffen.«

Sie setzte sich unsicher auf.

»Ich möchte kein Geld, Janina, das weißt du doch. Ich möchte dich.«

»Bitte … ich kann das nicht mehr. Bitte lassen Sie mich nach Hause gehen.«

Er antwortete nicht mehr, sondern schob behutsam ihre Hände zusammen und legte eine feste Kordel um ihre Handgelenke.
Fast sanft zog er die Schlinge zu.
Sie weinte.
»Zuerst werden wir ein bisschen Spaß miteinander haben, später dann wirst du noch einmal für mich tanzen.«
Er schob die Decke, unter der sie lag, zur Seite und freute sich über ihre schlanken Glieder.
Sie war nackt, denn er hatte ihr die Ballettkleidung nach ihrem letzten Tanz wieder ausgezogen, um die zarten Stoffe zu schonen.
Es wäre zu schade gewesen, wenn sie darin geschlafen hätte.
Er war stolz darauf, ihr erster Mann zu sein.
Eigentlich hatte er nichts anderes erwartet, denn sie war so rein und so unschuldig.
Das Tanzen war ihr Leben und darin hatte sich noch kein Platz für Jungs und Flirts gefunden.
Sie ist eben keine Discoschlampe, dachte er und strich ihr liebevoll über den Hals.
Sie ist fast noch ein Kind und ich liebe ihren Geruch und ihre zarte Haut.
»Bitte«, flüsterte sie, »bitte nicht noch mal. Das tut so weh …«
»Ich werde ganz vorsichtig sein, das verspreche ich dir.«
Er schob seinen Reißverschluss herunter und legte sich auf sie.
Sie schrie, als er in sie eindrang. Und sie schrie immer noch, als er kam.
Danach war es wie immer.
Es fühlte sich schal an und er hatte einen bitteren Geschmack im Mund.

»Zieh dir dein Ballettkleid und die Spitzenschuhe an! Es ist Zeit für unsere Tanzstunde. Und hör mit dem Gejammer auf, du weißt, dass mich das wütend macht!«

Sie verstummte und streifte sich mit zitternden Fingern ihre Kleidung über.

Jetzt war der Zeitpunkt gekommen und er führte sie vorsichtig in seinen Tanzraum.

Im Laufe der Jahre hatte er das dunkle Zimmer immer mehr zu dem gemacht, was er sich vorstellte.

Ein Raum zum Tanzen und zum Sterben.

Er hatte Monate damit verbracht, es so zu gestalten, dass es für seine Zwecke geeignet war.

Nur die alte Bühne hatte er so gelassen, wie sie war. Mit den Blutflecken der anderen Mädchen.

Sie war wie eine Trophäe für ihn.

Ansonsten hatte er bunte Strahler angebracht, die er mit einer Fernbedienung steuern konnte.

Genauso wie die hochwertige Musikanlage mit den riesigen Boxen. Vor der Bühne stand ein roter Plüschsessel, den er aus einem alten Kino erstanden hatte.

Neben dem Sessel, auf einem kleinen, antiken Tisch, hatte er eine Kollektion von Messern und Skalpellen ausgelegt.

Ein ebenfalls roter Teppich führte von seinem Platz aus bis auf die Stufen der Erhöhung, auf der die Mädchen für ihn tanzten.

Alles war bereit.

Für ihren letzten Tanz hatte er Felix Mendelssohn Bartholdys »Sommernachtstraum« ausgesucht.

Er fand diese Musik sehr passend und freute sich schon auf Janinas Interpretation.

Sie hatte in den letzten Tagen gelernt und wusste, was er von ihr erwartete.
Er platzierte sie mitten auf der Bühne und legte ihr sanft einen weißen Tüllschleier über das Gesicht.
Er lächelte sie an.
»Gib dir Mühe. Ich weiß, dass du das kannst. Ich möchte dich jetzt tanzen sehen. Enttäusche mich nicht!«
Er nahm in seinem Sessel Platz und drückte die Fernbedienung.
Die Bühne wurde in ein sanftes, hellrotes Licht getaucht und die ersten Töne der Querflöte schwebten durch den Raum.
Janina stand ganz still und er konnte ihr ansehen, dass sie die Musik genoss.
Er hatte noch nie zuvor einen Menschen gesehen, der so in sich versinken konnte.
Sie hob die Arme und stellte sich auf die Spitzen.
Die leichten Klänge des »Scherzos« führten sie.
Seine Erregung wurde so übermächtig, dass er kaum noch sitzen bleiben konnte, aber er wollte sie nicht unterbrechen, sie sah so bezaubernd aus.
Er nahm keinen Blick von ihr und tastete mit seiner rechten Hand nach den Messern neben sich.
Ohne hinzusehen suchte er sich ein kleines, scharfes Skalpell aus.
Er erhob sich und betrat langsam die Bühne.
Sie nahm ihn nicht wahr.
Er wich ihren Schritten aus, um den Tanz nicht zu stören, und wartete auf den richtigen Augenblick.
Er schnitt in ihre rechte Brust.
Sie schrie auf.
»Tanz weiter«, herrschte er sie an.
Sie starrte ihn an, dann blickte sie an sich herunter.

Das Blut tropfte in ihren Ausschnitt und färbte das Oberteil ihres Kleides tiefrot.
»Wenn du einfach weitertanzt, lasse ich dich gehen. Es wird noch ein bisschen wehtun, aber du darfst heute Abend nach Hause in die teure Villa. Also los – TANZ!«
Er sah ihr an, dass sie ihm glauben wollte.
Sie holte tief Luft und stellte sich wieder auf die Spitze.
Er ging zurück auf seinen Platz.
Mit einem raschen Blick entschied er sich diesmal für ein langes Küchenmesser.
Außerdem griff er sich noch ein Weinglas aus Kristall, das er zu der Messerauswahl gestellt hatte.
Langsam betrat er wieder die Bühne und der Tanz begann von Neuem.
Nach wenigen Minuten schnitt er in ihren linken Unterarm.
Sie zuckte zusammen, sagte aber nichts, sondern setzte zu einer Drehung an.
Es war ein tiefer Schnitt gewesen, denn das Blut schoss nur so aus ihrer Vene.
Er packte ihren Arm und hielt sie fest an seine Brust gedrückt.
Geschickt platzierte er das Glas unter der Wunde und innerhalb von Sekunden füllte es sich.
Sie lehnte sich schwer atmend an seinen Oberkörper.
»Das ist nicht schlimm, Janina, es blutet nur ein bisschen. Sieh am besten gar nicht hin.«
Sie wandte tatsächlich den Blick ab und er stellte das mit ihrem Blut gefüllte Glas vorsichtig neben sich ab.
Dann zog er sie noch einmal in die Mitte der Bühne.
»Komm schon«, flüsterte er, »hör nur, wie wundervoll die Musik klingt. Die zarten Geigen, die Flöten, die Bässe und die Hörner …

sie warten auf dich und spielen nur für dich. Für deinen Tanz. Tanz für mich, süße Ballerina, tanz …«

Und tatsächlich setzte sie wieder an.

Die Kraft floss mit dem Blut aus ihrem Körper, aber sie drehte sich wieder.

Vorsichtig setzte sie ein Bein vor das andere.

Er sah ihr andächtig zu und drückte die Tasten seiner Fernbedienung erneut. Der berühmte Hochzeitsmarsch erklang. Darauf hatte er sich besonders gefreut.

Das Licht wurde blendend weiß und Janina sprang im Takt.

Dann brach sie zusammen.

Das rosa Tutu bauschte sich um ihren Körper und die Bühne färbte sich rot.

Er wusste, dass jetzt der Moment gekommen war, ließ sich neben ihr nieder und bettete ihren Kopf in seinem Schoß.

»Es ist genug jetzt, meine schöne Tänzerin. Du darfst dich jetzt ausruhen. Hör, wie festlich das Orchester für dich spielt. Dein Hochzeitstanz. Ist das nicht eine schöne Metapher?«

Janina antworte nicht.

Sie hatte die Augen geschlossen und rührte sich nicht. Nur ihr Brustkorb, der sich hob und senkte, zeigte ihm, dass sie noch am Leben war.

Er bog sanft ihren Hals zurück und schnitt ihr mit einer geschmeidigen Bewegung die Kehle durch.

Trotz der lauten Musik hörte er ein Gurgeln, dann ein Röcheln.

Sie zuckte in seinen Armen.

Das Blut schoss aus ihrem Hals und seine Hände wurden warm davon.

Sie bewegte sich nicht mehr und er wusste, dass sie tot war.

Er saß noch lange neben ihr und sah dem Blut zu, das gierig von dem hellen Holzboden aufgesogen wurde.
Dann griff er nach dem Glas neben sich, hielt es ins Licht und bestaunte das tiefrote Funkeln.

Er trank es in einem Zug.

Simon 1983

Lass uns tanzen, bis der Mond zur Sonne wird.

(Verfasser unbekannt)

»Hu. Hu. Hu. Hu. Ahhhhh. Hu. Hu. Hu. Hu. Ahhhhhh.«
Simon öffnete langsam die Augen.
»Hu. Hu. Hu. Hu. Ahhhhh. Hu. Hu. Hu. Hu. Ahhhhh.«
Genervt drückte er sein Gesicht in das Kissen und hielt den Atem an.
Er wusste, dass es genau 5.05 Uhr war und dass die Sannyasins auf dem Hof mit der dynamischen Mediation begonnen hatten.
Eigentlich wünschte Chanda, dass jeder, der auf dem Hof lebte, an der Morgenmeditation teilnahm, aber Simon hatte diesen Wunsch so lange konsequent ignoriert, bis man ihn morgens schlafen ließ.
Er hasste diese Art der Meditation, in der die körperliche Aktivität eine zentrale Rolle spielte.
Gerade atmeten sie. Schnell und tief.
»Hu. Hu. Hu. Hu.«
Er wusste ganz genau, was in ihren Körpern passierte. Ihr Gehirn bekam zu viel Sauerstoff. Sie hyperventilierten.
Wenn dieser Zustand erreicht war, setzte die sogenannte Katharsis ein. Sie begannen, zu schreien, zu weinen, bekamen Wutausbrüche oder Lachanfälle.
Danach begannen sie, zu hüpfen. Die Arme hoch über dem Körper. Eine ungeheuer anstrengende Phase.
Endlich dann, wenn die Körper völlig verausgabt waren, blieben sie mitten in der Bewegung stehen.

Das war der einzige Moment, in dem man eine Ähnlichkeit mit etwas feststellen konnte, was man üblicherweise mit einer Mediation verband.

Sie versanken in sich.

Die Körper verstummten und der Geist sprach, so drückte sich zumindest Chanda darüber aus.

Anschließend tanzten alle, wie immer.

Simon zuckte zusammen, als ein schrilles Schreien über den Hof bis in sein Schlafzimmer zog.

»Neeeeeeeiiiiiiinnnnnn!«

Er warf die Bettdecke beiseite und stand auf.

An Schlaf war nicht mehr zu denken, er entschied sich, an seinen Mathematikaufgaben zu arbeiten.

Vor ein paar Tagen hatte er seinen siebzehnten Geburtstag gefeiert und nächstes Jahr würde er das Abitur machen.

Er freute sich unglaublich darauf, den Abschluss endlich in der Tasche zu haben, denn dann konnte er den Hof verlassen.

Mit Dassana hatte er alles abgesprochen.

Er würde BAföG beantragen, es würde nicht viel sein, aber für eine winzige Wohnung und das Nötigste reichen.

Er würde sich etwas dazu verdienen müssen, aber das war ihm egal. Er wollte endlich auf eigenen Beinen stehen und diesen irren Hof verlassen.

»Simon?« Die Tür öffnete sich vorsichtig und Marla steckte ihren Kopf hinein.

Sie war fünfzehn und unsterblich in ihn verliebt.

Er langweilte sich mit ihr, aber sie ließ sich nicht abschütteln.

»Was willst du?« Er zog sich sein T-Shirt über den Kopf.

»Ich wusste, dass du hier bist und nicht bei der Medi. Und ich dachte, wir könnten uns etwas die Zeit vertreiben.

Sie sah ihn auffordernd an.
Ein helles Schluchzen von draußen zerstörte die Stille.
»Papa … bitte … hab mich doch lieb!«
»Die nerven mich total, ich ertrage dieses Geheule und dieses Selbstmitleid nicht mehr!«
Simon schlug genervt die Schranktür zu.
»Aber du weißt doch, wie schwer es ist, zu sich selbst zu finden und …«
»Halt die Klappe, Marla, und plappere nicht den Dreck der anderen nach.«
Er ging auf sie zu und nahm ihr Kinn fest in seine Finger. Er spürte, wie sie zitterte, und er genoss es, wie sie ihn voller Verlangen ansah.
Fast brutal drückte er seine Lippen auf ihre.
Sie stöhnte leise.
»Simon, du machst mich verrückt … bitte … bitte …«
Er wunderte sich immer wieder darüber, dass sie erst fünfzehn war. Sie machte einen viel reiferen Eindruck, vor allem was ihre Sexualität betraf.
Aber er wusste auch, dass sie auf dem Hof groß geworden war. Er kannte sie seit Jahren. Sie waren zusammen aufgewachsen und sie hatte zusammen gegessen, im Wald gespielt, Läuse gehabt und ihre Körper entdeckt.
Zum ersten Mal mit fünf. Die Erwachsenen hatten ihnen lächelnd dabei zugesehen.
Marla hatte ihm erzählt, dass sie das erste Mal mit zehn penetriert worden war. Von einem der jüngeren Männer.
Seitdem hatte sie Sex.
Seit einem Jahr nur noch mit ihm.

Das hatte er sich ausgebeten, denn er wollte keine dieser Geschlechtskrankheiten bekommen, die immer wieder auf dem Hof grassierten.

Und er bestand auf ein Kondom.

Aber richtigen Spaß machte ihm der Sex mit ihr nur, wenn er ihr wehtat.

»Hast du jemandem von uns erzählt?« Er sah ihr fest in die Augen.

»Nein, das willst du doch nicht. Ich verstehe zwar immer noch nicht, warum, aber ich habe nichts gesagt. Komm … mach weiter … wir haben nicht mehr viel Zeit …«

Er wollte nicht, dass die anderen von seiner Beziehung zu Marla erfuhren. Alle dachten, dass sie wie Geschwister wären, und so sollte es auch bleiben.

Er küsste sie wieder und schob gleichzeitig seine Hand unter ihr Shirt.

Sie roch nach warmer Milch und ein bisschen nach Anis.

Unter dem langen, löchrigen T-Shirt trug sie nichts.

Er drückte sie zurück auf sein Bett und drang in sie ein.

Sie stöhnte.

Er biss in ihre Schulter.

Fest und wild.

Sie schrie auf.

»Simon, du tust mir weh!«

Er antworte nicht, sondern biss noch fester zu.

Sie wand sich unter ihm und versuchte, seinen Zähnen zu entkommen, aber er hielt sie fest.

Bohrte sich in sie und biss so lange zu, bis er den Geschmack von Blut in seinem Mund hatte.

Als er die Augen öffnete, sah er, dass sie weinte.

Er zog sich aus ihr zurück.
»Du bist noch gar nicht gekommen.« Sie wischte sich die Tränen aus den Augen.
»Tut mir leid, Marla, ich bin etwas angespannt. Ich wollte dir nicht wehtun.«
»Ist schon gut. Es hat nicht wehgetan.«
Mit einem Blick auf ihre Schulter wusste er, dass sie ihn anlog.
Der Abdruck seiner Zähne flammte rot auf ihrer hellen Haut.
»Weißt du was ... wir treffen uns heute Mittag am Weiher im Wald. Da sind wir ganz alleine und ich verspreche dir, dass ich zärtlich bin und dass du auf deine Kosten kommst.«
Sie strahlte ihn an.
»Wirklich, Simon? Wie schön! Ich bringe etwas zu essen mit und klaue uns aus Chandas Keller eine Flasche Wein.«
»Nichts zu essen. Nur den Wein. Und einen Joint, wenn du einen hast.«
»Natürlich. Mein Bruder hat immer etwas Gras unter seiner Matratze. Er denkt, dass das weiß keiner, aber ich weiß es.«
Sie lachte.
Er mochte ihr Lachen. Ihre grünen Augen verengten sich dann und die Sommersprossen auf ihrer Nase tanzten.
»Marla ... heute Nachmittag am Weiher ... tanzt du dann für mich?«
»Warum willst du das?«
»Ich liebe es, dich tanzen zu sehen. Du hast eine so schöne Art dich zu bewegen.«
Sie wurde rot vor Stolz.
»Das hat mir deine Mutter beigebracht. Dassana ist einfach eine begnadete Tänzerin. Ich liebe es, mit ihr zu tanzen und von ihr zu lernen.«

»Du bist fast so gut wie sie und ich kann es kaum erwarten, dich heute zu sehen.«
Sie zog sich das schmuddelige Shirt wieder an und lächelte.
»Danke, darüber freue ich mich sehr. Nur werden wir keine Musik haben.«
»Ich werde meine Trommel mitbringen und für dich spielen.«
»Oh, Simon, das wird wunderbar!«
»Jetzt beeile dich, Marla – die sind gleich fertig und ich möchte nicht, dass dich jemand hier sieht.«
Sie nickte und Simon sah ihr zu, wie sie sich vorsichtig aus seinem Zimmer schob.
Er freute sich wirklich auf den Nachmittag mit ihr, aber er war sich nicht sicher, ob das, was er plante, Marla auch wirklich gefallen würde.

»Komm, Simon, wir schwimmen eine Runde. Mir ist so heiß beim Tanzen geworden, dass ich unbedingt eine Abkühlung brauche.«
Das Mädchen stand schwer atmend vor ihm. Sie hatte jetzt eine Stunde lang für ihn getanzt und er war begeistert von der Art, wie sie sich bewegen konnte.
Marla versank beim Tanzen in Ekstase, genauso wie sie es von Dassana gelernt hatte.
Fast eine Stunde waren sie durch den Wald gelaufen, bevor sie den kleinen See erreichten.
Es gab ihn schon seit Jahrhunderten und er lag versteckt in den Tiefen der Wälder. Nur wenige Menschen kannten diesen Platz und auch bei den Sannyasins wussten nicht viele davon.
Simon hatte ihn bei einer seiner Touren entdeckt und war begeistert von der Natur, der dieser Teil der Welt gehörte.
Das Rauschen der Bäume war zu hören, die Vögel zwitscherten und das Wasser gluckerte leise.

Manchmal lag er einfach nur am Ufer und starrte in das Grün, manchmal schwamm er seine Runden, auch im Herbst, wenn das Wasser schon kalt war. Er fühlte sich danach erfrischt und sein Geist wurde wach und klar nach so einem Bad.

Er hatte noch nie jemanden mit hierher genommen, das war sein Platz, sein Rückzugsort, wenn ihm der Trubel auf dem Hof zu viel wurde, oder wenn er die Überheblichkeit von Chanda oder die devote Art seiner Mutter nicht mehr ertrug.

Der Weiher ließ ihn zur Ruhe kommen.

Er beobachtete die Fische, von denen sich einige in dem klaren Wasser tummelten, er las seinen geliebten Hermann Hesse oder er schlief ein bisschen.

Er war ein wenig genervt von Marla und dem Geplapper, aber er genoss es auch, ihr zuzusehen.

Jetzt rannte sie mit schnellen Schritten auf das Wasser zu.

Es spritzte und sie stieß kleine Schreie aus, bis ihr Körper ganz vom Weiher bedeckt war.

In langen Zügen schwamm sie in die Mitte und winkte ihm zu.

Er hatte keine Lust zu schwimmen.

Er sah ihr lieber zu und er hatte Lust auf sie, er wollte mit ihr schlafen. Nach seinen Regeln.

Als sie tropfnass aus dem Wasser kam, strahlte er sie an.

Er wusste genau, wie er sich verhalten musste, damit sie ihm aus der Hand fraß.

Frauen waren einfach zu durchschauen, das wusste er schon seit einigen Jahren.

»Na, du Wassernixe, genug geschwommen?«

»Es war fantastisch. Du hast echt was verpasst.«

Sie wrang ihre nassen Haare aus und trocknete sich mit ihrem Kleid ab.

»Komm her zu mir, Marla, ich möchte, dass du nah bei mir bist.«
Er konnte ihr ansehen, wie verliebt sie in ihn war, und dass er seine sonst so schroffe Art gegen ein liebevolles Säuseln getauscht hatte, schien ihr zu gefallen.
Sie setzte sich nah neben ihn. Ihre Arme berührten seine Schulter und er konnte ihren Atem hören.
Vorsichtig zog er sie zu sich heran und küsste sie behutsam. Unendlich langsam ließ er seine Zunge über ihre Lippen gleiten und sie öffnete bereitwillig ihren Mund.
Der Kuss dauerte lange, aber er wollte sich sicher sein, dass sie sich ganz in diese Zärtlichkeiten vertiefte.
Sein Mund schob sich weiter nach unten und er liebkoste ihr Ohr, ihre Schulter und ihren Hals.
Er konnte das Pochen ihres Pulsschlags an seinen Lippen spüren. Dann begann er, an dieser Stelle zu saugen.
»Simon, das kitzelt … was machst du?«
Sie wand sich unter seinen Lippen, aber er wusste, dass er sie erregte. Er antwortete nicht, sondern saugte noch fester an der zarten Haut.
»Du machst mir einen Knutschfleck, dann werden aber alle sehen, dass ich einen Lover habe …«
Er sog noch fester, sein Mund wurde von ihrer Haut ausgefüllt und langsam schmeckte er wieder diesen fantastischen Geschmack. Metallisch, erdig, ein bisschen wie der schwere Rotwein auf den Chanda so stolz war, weil er in Eichenfässern in Italien gereift war.
»Simon, lass das. Das tut weh. Hör bitte auf!«
Sie klang ungehalten und versuchte, sich aus seinem Griff zu befreien.
Er hielt sie fest und drückte sie nur noch mehr an sich.

Vergeblich versuchte sie, ihn von sich wegzuschieben, aber er blieb, wo er war, und saugte unerbittlich weiter.
Dabei drückte er sie auf den Waldboden und Sekunden später lag er mit seinem ganzen Gewicht auf ihr.
Sie sah ihn entsetzt an.
»Was machst du, Simon, du musst mich nicht festhalten. Ich schlafe gerne mit dir und das weißt du.«
Er ließ von ihrem Hals ab und hob den Kopf.
»Oh mein Gott, Simon, du blutest am Mund … und mein Hals tut so weh … Simon«, schrie sie, »ist das mein Blut?«
Er nickte.
»Du schmeckst gut, kleine Marla.«
»Hör jetzt auf. Lass mich los.«
Er schob seine Hand zwischen ihre Beine und drückte ihren Kopf zurück auf den Boden.
»Nein, ich nehme mir jetzt, was ich will. Und du hältst still. Hast du mich verstanden?«
Er sah die kleinen, blutigen Spucke-Tröpfchen in ihrem Gesicht.
Sie nickte und rührte sich nicht mehr.
Er saugte wieder, heftiger als zuvor.
Das Blut in seinem Mund machte ihn wahnsinnig. Es war wie ein Rausch und er konnte nicht aufhören.
Er vergaß den Wald um sich herum, er hörte nichts mehr außer seinem eigenen Puls in seinen Ohren. Er spürte, wie sie sich immer mehr verkrampfte.
An seinem Mund riss etwas und kurz darauf füllte sich sein Rachen mit einem Schwall von ihrem Blut.
Das steigerte seine Erregung noch mehr und er stützte seinen linken Arm auf ihrem Hals ab.

Er war kurz vor einem Orgasmus und er hörte ihr Röcheln nicht.
Er sah nicht, dass ihre Augen sich weiteten und dass ihr Mund sich zu einem stummen Schrei öffnete.
Er bemerkte noch nicht einmal, dass ihr Körper plötzlich erschlaffte.
Er tobte sich auf ihr aus und als er fertig war, rollte er sich schwer atmend von ihr herunter.
»Marla?«
Sie regte sich nicht.
»Komm schon. Tut mir leid, ich wollte dir nicht wehtun, das weißt du doch.«
Er lag auf dem Rücken, ihr Körper eng neben ihm, aber er konnte keine Bewegung spüren.
»Marla?«
Er setzte sich auf und beugte sich über sie.
Sie hatte die Augen geschlossen und die Wunde an ihrem Hals blutete noch.
»Marla, jetzt komm. Ich weiß, dass das scheiße war, aber du hast mich so wild gemacht mit deinem Tanzen. Da ist es mit mir durchgegangen …«
Er rüttelte sie leicht und ihr Kopf bewegte sich von einer Seite auf die andere.
Er bekam Angst.
Sie lag vollkommen still.
Das feuchte Haar fiel ihr auf die Schultern. Ihre weiße Brust sah aus wie Marmor und ihre Beine waren immer noch leicht gespreizt.
Er hielt sein Ohr neben ihren Mund.
Nichts.

Er tastete ihren Puls auf der anderen Seite des Halses und konnte ihn nicht finden.
Er schob seinen Arm unter ihren Oberkörper und zog sie an sich heran.
Ihre Arme fielen leblos neben ihm herunter.
»Marla!« Er brüllte in die Stille des Waldes. »Hör auf mit dem Scheiß, es ist genug jetzt!«
Keine Reaktion.
Sie war schwer und leblos.
Sie war tot.
Der Tod war nichts Schreckliches für ihn, aber er wusste nicht, was er jetzt machen sollte.
Sein Herz blieb kalt.
Marla war ihm egal, er wollte nur raus aus dieser Situation.
In seinem Kopf arbeitete es fieberhaft.
Was soll ich erzählen?
Muss ich überhaupt etwas erzählen?
Uns hat keiner zusammen weggehen sehen.
Niemand weiß etwas von uns.
Sie werden sie suchen und ich muss dafür sorgen, dass sie sie nicht finden.
Hektisch sah er sich um.
Da war nichts, nur der Wald und die Vögel zwitscherten noch genauso wie vor ein paar Minuten.
Er hatte nichts bei sich, mit dem er Marla hätte wegschaffen können, und den toten Körper zurückzutragen, war unmöglich.
Er schleifte sie an den Rand des Weihers hinter ein Brombeergebüsch.
Mit Zweigen und Laub bedeckte er ihren Körper, bis man nichts mehr davon sah.

Dann packte er alle Sachen zusammen und rannte los.

Als er zurück zum Weiher kam, war es dunkle Nacht.
Er hatte sich auf dem Hof unauffällig verhalten und Marla war auch noch nicht vermisst worden.
Die Sannyasins hielten nichts von Kontrolle, selbst die kleinen Kinder konnten tun und lassen, was sie wollten. Es war schon oft vorgekommen, dass jemand über Nacht nicht nach Hause gekommen war, und Simon war sich sicher, dass es ein, zwei Tage dauern würde, bis das Fehlen des Mädchens bemerkt werden würde.
Er hatte mehrere Plastiksäcke, Klebeband, einen festen Draht, Kordel, ein scharfes Messer und eine Stirnlampe eingepackt und er wusste ganz genau, was er tun musste.
Er zog die Leiche des Mädchens hinter dem Busch hervor. Das war schwieriger, als er gedacht hatte, denn sie begann schon, steif und unbeweglich zu werden.
Die Plastiksäcke schnitt er auf und breitete sie auf dem Boden aus.
Er legte Marla darauf und begann, sie einzurollen.
Als der Körper ganz mit dem Plastik bedeckt war, verschnürte er ihn mit dem Draht wie ein Paket.
Es dauerte lange und er schwitzte, aber ihm war klar, dass er alles mit großer Sorgfalt erledigen musste.
An das Mädchen dachte er nicht mehr.
Sie war ihm auf die Nerven gegangen und jetzt war sie weg.
Das Einzige, was sie ihm gegeben hatte, waren ihre Bewegungen beim Tanzen, die hatte er geliebt, aber mehr auch nicht.
Jetzt bewegte sie sich nicht mehr.
Und er ekelte sich vor dem Körper, der da vor ihm eingerollt in Plastik lag.
Am Rand des Weihers lagen viele große Steine.

Sie hatten ihn immer gestört, denn sie machten es einem an manchen Stellen nicht einfach, ins Wasser zu laufen. Dort musste man sich vorsichtig bewegen, um sich nicht zu verletzen.
Jetzt kamen sie ihm wie gerufen.
Er band die Kordel geschickt um mehrere Steine und befestigte die anschließend an Marlas Körper.
Es kostete ihn unglaubliche Anstrengung dieses Paket an den Rand des Wassers zu schleifen, aber er schaffte es.
Der Weiher hatte an seinem Ufer kaum flache Stellen, er fiel sofort steil ab und von den Einheimischen wusste er, dass er sehr tief war.
Man sagte ihm sogar nach, dass er bis zum Mittelpunkt der Erde reichen würde.
Simon hatte bei diesen Geschichten immer gelächelt, aber er wusste, dass das Wasser ungewöhnlich tief war.
Er hatte sich immer ausgemalt, dass der Weiher vulkanischen Ursprungs war, genau wusste das aber niemand.
Er war einfach immer schon da gewesen und heute war er froh, dass es so war.
Mit einem lauten Platschen stieß er Marla hinein und ihr Körper versank augenblicklich.
Simon konnte nicht erkennen, wie tief er sank, aber er war sich sicher, dass niemand das Mädchen finden würde.
Die Steine waren gut befestigt und Marla würde jetzt für immer am Grund des Weihers liegen.
Der Gedanke gefiel ihm und er packte sorgfältig seine Sachen zusammen.

Anderthalb Stunden später lag er wieder in seinem Bett, auf seinen Lippen meinte er, den Geschmack ihres Blutes zu spüren, und er schlief tief und traumlos.

Die Sannyasins suchten nicht lange nach Marla.

Sie waren sicher, dass das Mädchen durchgebrannt war.

Marla hatte oft erzählt, dass sie gerne in einem Ashram in Indien leben würde, und ihre Eltern waren sogar ein bisschen stolz darauf, dass ihre Tochter sich alleine auf den Weg gemacht hatte.

Simon wunderte sich nicht darüber, die Leute vom Hof waren anders, das kannte er seit seiner frühesten Kindheit.

Marlas Bruder Sven war der Einzige, der sich Gedanken machte, und er meldete das Verschwinden seiner Schwester bei der Polizei.

Die Beamten kamen auf den Hof und verbreiteten jede Menge Unruhe.

Chanda war sehr genervt von diesen Vorfällen und alle versuchten, ihn bei Laune zu halten.

Niemand ließ einen Zweifel daran aufkommen, dass Marla einfach ihren Kopf durchgesetzt hatte und die große Welt entdecken wollte.

Der Hof wurde trotzdem auf den Kopf gestellt, aber dabei fand die Polizei nur jede Menge Drogen, was einigen Bewohnern eine Anzeige wegen des Verstoßes gegen das Betäubungsmittelgesetz einbrachte.

Das Jugendamt erschien wieder einmal, zog sich aber bald wieder zurück und der Alltag kehrte ein.

Von Marla wurde immer weniger gesprochen und wenn sie zum Thema wurde, dann war es wie bei einer Legende.

Man sprach von dem mutigen Mädchen, dass für seine Träume die Bequemlichkeit der westlichen Welt aufgegeben hatte und dass sich in Indien auf die Moksha vorbereitete. Die Befreiung vom Karma und von dem Kreislauf von Leben und Tod. Die Vereinigung mit der höchsten Wirklichkeit.

Das war Marla für die Sannyasins geworden – ein Ideal ihres eigenen Lebens.

Simon wusste es besser und immer noch ging er oft in den Wald an den alten Weiher.

Er legte sich ans Ufer und träumte von dem Mädchen, das auf dem Grund des Sees sein kaltes Grab gefunden hatte.

Wenn er die Augen schloss, konnte er sie tanzen sehen.

Wild und frei.

Die langen Haare flogen um ihr kindliches Gesicht und das Lächeln darauf hatte sich in sein Gedächtnis gebrannt.

Dassana 1983

Let's dance for fear your grace should fall. Let's dance for fear tonight is all.

(Aus dem Song »Lets dance« von David Bowie, 1947 - 2016, britischer Musiker, Sänger, Produzent und Schauspieler)

Sie wusste, dass etwas nicht stimmte, aber Simon sprach mit keinem Wort darüber.

Er war noch stiller als sonst, ging allen aus dem Weg und erschien selbst zu den Mahlzeiten nicht mehr am Gemeinschaftstisch. Chanda war schwer genervt von seinem Verhalten und Dassana versuchte, die Wogen immer wieder zu glätten.

Seitdem Marla verschwunden war, ging das so und sie machte sich ernsthaft Sorgen.

Er war ihr Sohn, ihr Kind, und je älter sie wurde, desto näher fühlte sie sich ihm.

Sie war jetzt Mitte dreißig und eine schöne Frau. Die Männer liebten sie für ihre Hingabe und ihre Leidenschaft. Sie konnte jede Nacht mit einem anderen schlafen, aber so etwas wie Liebe empfand sie nur für Chanda.

Vielleicht lag es an der Tatsache, dass sie sich seiner nie ganz sicher sein konnte, aber sie empfand für ihn so viel wie noch nie für einen Mann.

Selbst in Émile, Simons Vater, war sie nicht so verliebt gewesen, wie sie es in Chanda war.

Sie wollte bei ihm sein und deshalb blieb sie auf dem Hof, obwohl die Gemeinschaft schon lange nicht mehr das war, was sie früher so fasziniert hatte.

Der Zusammenhalt und das Familiengefühl hatten im Laufe der Jahre gelitten und Dassana war sich nicht sicher, ob sie den Hof nicht längst verlassen hätte, wenn da nicht ihre Gefühle zu Chanda gewesen wären.
Sie litt darunter, dass ihr Sohn und ihr Lover sich nicht verstanden. Chanda hatte sich anfangs sehr bemüht, eine Beziehung zu Simon aufzubauen, aber Simon hatte das nie zugelassen.
Er entwickelte eine ungesunde Wut auf den Mann, der seiner Mutter so nahestand.
Nur ungern erinnerte sich Dassana an die Szene, als Simon von ihrer besten Freundin entjungfert wurde, oder daran, dass sie ihn immer mit zu den langen Tanz-Sessions genommen hatte.
Instinktiv hatte sie gewusst, dass es nicht gut für ein kleines Kind sein konnte, wenn es Erwachsenen beim Sex zusah, aber sie hatte sich überreden lassen – von Chanda und von den anderen.
Sie lebten jenseits der Konventionen und der Regeln der Gesellschaft und eigentlich war sie stolz darauf, ein solches Leben zu führen.
Simon hatte sich gut entwickelt.
Er war klug, las viel und brachte gute Noten mit nach Hause. Fehltage in der Schule hatte er kaum. Während die anderen Kinder auf dem Hof so oft es ging zu Hause bleiben wollten, entwickelte ihr Junge eine regelrechte Lern-Wut.
Es gab Zeiten, da war er ihr unheimlich – so wie jetzt gerade.
Sie vermutete, dass ihm Marla fehlte.
Die beiden hatten zwar krampfhaft versucht, ihre Liebesbeziehung geheim zu halten, aber Dassana hatte mit dem untrüglichen Gespür einer Mutter gewusst, dass sie miteinander schliefen.

Es war die Art, wie Marla ihn ansah, es war das Leuchten in ihren Augen und die roten Wangen, wenn sie sich heimlich aus Simons Zimmer schlich.

Dassana verstand nicht, warum sie ohne ihn nach Indien aufgebrochen war.

Sie hätte nur ein paar Monate warten müssen und die beiden hätten zusammen auf diese große Abenteuerreise gehen können.

Sie musste lächeln, als sie sich Simon meditierend unter einem Baum vorstellte.

Wahrscheinlich haben sie gestritten und Marla ist aus Trotz alleine losgezogen, dachte sie.

Einem Impuls folgend ging sie den langen Flur entlang, an dessen Ende Simon sein kleines Zimmer hatte.

Sie klopfte und wartete nicht ab, bis er sie hereinbat, sie drückte einfach die Klinke herunter.

»Simon, lernst du schon wieder? Mach doch mal eine Pause. Das ist nicht gut, wenn du ununterbrochen hier in deinem Zimmer hockst.«

»Seit wann weißt du, was gut für mich ist?«

Er sah nicht von seinen Büchern auf.

»Ich mache mir Sorgen um dich, du bist so still geworden, vor allem seitdem Marla weg ist …«

»Dassana, lass mich in Ruhe, ich habe keine Lust mit dir zu reden.«

»Vermisst du sie?«

»Wen?«

»Marla. Du hast doch was mit ihr gehabt.«

»Wie kommst du denn da drauf?«

Seine Stimme überschlug sich fast und sie war überrascht über die heftige Reaktion.

»Simon, ich bin deine Mutter, ich merke so was. Sie hat dich immer so verliebt angeguckt und ich habe euch beim Sex gehört …«
»Und? Du hast ständig Sex mit irgendwelchen Sannyasins. Liebst du die deswegen?«
»Auf eine bestimmte Art schon. Mein Körper spricht zu ihrem Körper, Wir tauschen unsere Lust und wir lernen so voneinander und aneinander. Das ist auch Liebe.«
Er stöhnte auf.
»Du widerst mich an, Dassana, weißt du das? Ich ekel mich davor, zu sehen, wie du dich anbietest.«
»Das tut mir leid und das verletzt mich auch, Simon.«
»Mich hat auch vieles verletzt.«
»Was denn zum Beispiel? Rede doch mit mir darüber …«
»Mich hat verletzt, dass ich nie eine wirkliche Rolle in deinem Leben gespielt habe, dass dir Drogen und Lover wichtiger waren als dein Sohn. Mich hat verletzt, dass du mich alleine mit nassen Windeln liegen gelassen hast und tanzen warst. Jede Nacht. Und dass du morgens im Drogenrausch zugelassen hast, dass andere Frauen mich fütterten. Gott sei Dank hast du das getan, sonst wäre ich wahrscheinlich verhungert! Mich hat verletzt, dass du mir meine Familie vorenthalten hast und dass du mir bis heute verschweigst, wo mein Vater lebt!«
Er wurde mit jedem Satz lauter und schrie am Schluss so sehr, dass Dassana sich die Ohren zuhielt.
Abrupt stand er auf, packte sie an den Schultern und schüttelte sie.
Ihr Kopf flog von einer Seite zur anderen und sie sah kleine Sterne vor ihren Augen.
Er war wie von Sinnen und brüllte weiter.

»Du hast den Namen ›Mutter‹ nicht verdient. Du bist Abschaum. Eine Bhagwan-Nutte. Eine Drogensüchtige. Das Allerletzte bist du!«
Mit einem Ruck stieß er sie aufs Bett.
»Simon, bitte, beruhige dich.« Sie war wie erstarrt.
Sie kannte seine Wutausbrüche seit seinen Kindertagen, aber das hier hatte eine andere Qualität.
Seine Augen waren zu Schlitzen verengt, sein Atem raste und sein Speichel traf ihr Gesicht.
Er nahm ihr Kinn in seine Hand und presste ihre Wangen zusammen.
»Willst du wissen, wo Marla ist? Mama?«
Es lag so viel Verachtung und so viel Hass in seiner Stimme, dass sie zu weinen begann.
»Sie ist in Indien«, schluchzte sie.
»Ja, das glaubt ihr alle, dass sie in Indien ist. Aber ist sie wirklich dahin gegangen? Ganz alleine? Sie hatte doch schon Schwierigkeiten alleine nach Düsseldorf zu kommen. Und da soll die kleine Marla bis nach Indien getrampt sein? Glaubst du den Scheiß wirklich?«
Sie schlug nach seiner Hand und er ließ sie los.
»Sie ist weg, Mama, ganz weit weg, aber nicht in Indien.«
»Du machst mir Angst, Simon …«
»So, tue ich das? Das trifft sich gut, denn du hast mir auch Angst gemacht. Ich hatte Angst, als ich nachts alleine in deinem Zimmer lag. Es roch so gut nach dir, aber du warst nie da. Ich hatte Angst, wenn ich schlecht geträumt hatte, krank war oder einfach nur einsam. Aber du warst nicht da. Du warst vögeln. Oder tanzen. Beides gleich beschissen! Ich hatte Angst, wenn irgendwelche Männer auf dir lagen und stöhnten, dann dachte ich, dass du

stirbst, dass sie dich erdrücken mit ihrem Gewicht, aber das hat dich nie interessiert. Du hast mich weggeschickt, wenn ich euch zu lästig wurde …«

»Es tut mir so leid, mein Junge … wirklich …«

»Und ich hatte auch Angst um Marla. Sie war eindeutig zu nah an dir dran.«

»Ich mag sie sehr …«

»Ja, das weiß ich.« Er lachte höhnisch. »Und was hat es ihr gebracht? Nichts. Still ruht der See!«

Sie wusste nicht, was sie mehr verunsicherte: die Brutalität, mit der er sie körperlich angriff, oder dieses irre Lachen, in das er gerade ausbrach.

»Weißt du, wo Marla ist, Simon?«

Sie flüsterte, obwohl niemand sonst im Raum war.

»Ja, Mama, das weiß ich. Aber ich sage es dir nicht, denn du würdest die Wahrheit nicht aushalten.«

»Ich verrate es keinem, Simon, wirklich nicht. Sag es mir.«

Von einer Sekunde auf die andere wurde er ruhig.

Er zupfte am Ausschnitt ihres weiten Kaftans, als wolle er ihn richten, dann lächelte er sie an.

»Sorry, Mum, ich hatte mich einen Moment nicht im Griff. Natürlich weiß ich nicht, wo Marla ist. Wahrscheinlich in Indien, das war doch immer ihr Traum.«

Sie nickte und wagte es kaum, zu atmen.

»Sie war ein süßes Mädchen und irgendwie bin ich traurig, dass sie weg ist. Wir haben uns immer gut verstanden, aber ich gönne es ihr auch von Herzen, dass sie in Indien die Erleuchtung erlebt.« Er lächelte sie gewinnend an.

»Ich bin etwas mit den Nerven runter, Dassana, die Lernerei ist ganz schön anstrengend. Du gehst jetzt besser, ich muss noch ein paar Stunden ran. Ach, könntest du mir was zu essen raufbringen? Ein bisschen von dem Linseneintopf wäre toll.«

Sie sah zu, wie er sich wieder seinem Schreibtisch zuwandte.

Mit zittrigen Beinen ging sie zur Tür, als sie sich noch einmal umdrehte, war er schon wieder ganz vertieft in die Bücher, die vor ihm lagen.

Draußen in dem engen Flur lehnte sie sich schwer atmend an die Wand.

Die Kälte der Mauer brachte sie zurück in die Wirklichkeit.

Etwas war geschehen, da war sie ganz sicher und sie war auch sicher, dass Simon etwas mit Marlas Verschwinden zu tun hatte.

Will ich das wirklich wissen?

Es ist mein Sohn, um den es geht, und anscheinend habe ich schon sehr viel falsch gemacht und seinem Leben und seiner Entwicklung geschadet.

Was wird Chanda sagen, wenn ich etwas aufdecke, dass uns alle in Gefahr bringt?

Und – wem bringt das etwas?

Marla ist in Indien.

Es geht ihr gut.

Sie wird zu ihrem höchsten Selbst finden.

Wir können sehr stolz auf sie sein.

Ich brauche jetzt dringend einen Joint oder am besten noch etwas Stärkeres.

Sie zitterte und versuchte, sich zusammenzureißen.

Nach ein paar Minuten hatte sie sich besser unter Kontrolle, zumindest fühlten sich ihre Beine nicht mehr weich und wackelig an.

Sie fasste sich und ging hinunter in die große Küche.

Simon 2009

Der Körper des Tänzers ist einfach die leuchtende Äußerung der Seele.
(Isadora Duncan, 1878 - 1927, Tänzerin und Schriftstellerin)

Er hatte nicht lange überlegen müssen, wohin er seine Ballerina bringen würde.

Der Platz im Weiher schien ihm am besten geeignet.

Ihm gefiel der Gedanke, dass sie ihren Platz neben Marla finden würde.

Die beiden waren total unterschiedlich, aber jede auf ihre Art unwiderstehlich in seinen Augen.

Marla, dieses wilde, freie Mädchen, das die Erste war, die er so sehr gewollt hatte, dass er sich nicht mehr beherrschen konnte.

Ihre frauliche Figur, die sanfte Wölbung ihrer Hüften, der kleine Bauch, die schweren, großen Brüste.

Marla, die immer noch eine Legende war und von der heute noch manche Sannyasins sprachen mit dieser typischen Ehrfurcht in der Stimme.

Seine Mutter hatte sich immer vorgestellt, dass Marla eine Einsiedlerin im Westen Indiens geworden war und von Beeren, Vogeleiern und Insekten lebte, wenn sie überhaupt etwas aß.

Eine Erleuchtete, die alle weltlichen Bedürfnisse überwunden hatte.

Simon wusste es besser, aber er hatte nicht den Hauch eines schlechten Gewissens.

In seinen Augen war es besser, eine Legende und tot zu sein, als ein Mädchen, das in der Gesellschaft keine Chance gehabt hätte.

Oft hatte er sich ausgemalt, welches Leben Marla erwartet hätte, wenn sie nicht in den Tiefen des Weihers läge.
Sie hätte ihr erstes Kind mit spätestens siebzehn bekommen und würde den Hof bereichern.
Mit ihrer Arbeitskraft, ihren Kindern und ihrem Körper, der die Lust verschiedener Männer stillte.
Durch ihn war alles anders gekommen.
Das Wasser hatte sie geholt und sich einverleibt, sie war ein Teil des Weihers geworden.
Janina würde sich bald zu ihr gesellen.
Dieses stolze, gebildete Mädchen mit einem Körper, der nur auf den Tanz ausgelegt war. Dünn, an der Grenze zu mager, mit kräftigen Muskelpartien.
Kaum Busen, schmale Hüften, nicht zu groß, gepflegt mit Markenklamotten und einem Elternhaus, das ihr alles ermöglicht hatte.
Simon hatte die Presseberichte über das Verschwinden von Janina verfolgt.
Es gab keine Spur.
Niemand hatte sie nach ihrer letzten Ballettstunde gesehen.
Sie war einfach weg.
So wie die 1.846 Kinder und Jugendliche in Deutschland, die das Bundeskriminalamt meldete und die verzweifelt gesucht wurden.
Simon wusste: Wo es keine Leiche gab, da reichten die Beweise meistens nicht aus.
Deshalb war seine oberste Priorität das Verschwinden der toten Körper. Und zwar für immer!
Er hatte Janina perfekt verschnürt, wesentlich akribischer, als er es damals bei Marla gemacht hatte.

In seinem Auto lagen sechs Betonklötze, die er vor Ort an der Leiche befestigen wollte.

Er hatte sich das Gelände um den alten Weiher noch einmal genau angesehen und eine Stelle gefunden, an der er ganz nah ans Ufer fahren konnte.

Sie lag etwas erhöht und von dort aus konnte er die Leiche des Mädchens einfach ins Wasser rutschen lassen.

Er hob das Paket hoch und trug es vorsichtig die steile Treppe des Kellers hinauf. Janina lag leicht in seinen Armen und er drückte sie fest an sich.

Auf der Fahrt durch den Wald hörte er Mendelssohn Bartholdys »Sommernachtstraum« und in seiner Fantasie erlebte er die schönen Stunden mit seiner Balletttänzerin noch einmal.

Der Wald war stockdunkel und schwierig zu befahren.

Zweimal kreuzte eine Wildschweinrotte seinen Weg und für einen kurzen Moment dachte er darüber nach, die Leiche den Tieren zum Fraß vorzuwerfen.

Er wusste, dass Wildschweine Allesfresser waren und dass wahrscheinlich nichts von dem Mädchen übrigbleiben würde.

Aber »wahrscheinlich« war ihm zu unsicher.

Was, wenn ein Wanderer die Knochen findet?

Nein, das Grab im Wasser ist die bessere Variante. Besser zu kontrollieren.

Außerdem ekelte ihn der Gedanke, dass seine schöne Ballerina von Schweinen gefressen werden könnte.

Er parkte das Auto genau an der Stelle, die er dafür vorgesehen hatte, zog Janina aus dem Kofferraum und befestigte die Betonklötze.

Unter Aufbietung aller Kräfte zog er sie dann an den Rand des kleinen Plateaus.

Schwer atmend blieb er über ihr stehen.
Der Schweiß rann von seiner Stirn und er hatte das Gefühl, dass seine Lunge platzen würde.
Ich sollte mit dem Rauchen aufhören.
Er widerstand dem Impuls, das Plastik zu zerreißen und einen letzten Blick auf seine schöne Tänzerin zu werfen.
Stattdessen strich er vorsichtig über ihren Oberkörper.
Selbst durch die Folie konnte er ihre Rippen fühlen.
Ach, mein schönes Mädchen, ich hätte dir mehr Genuss gegönnt in deinem Leben und nicht nur Entsagungen für den Tanz. Leb wohl, du hast mir sehr gefallen!
Er packte sie an den Schultern und stieß sie hinunter.
Sekunden später hörte er das Platschen.
Es war so dunkel, dass er nicht sehen konnte, wie der Körper versank, aber er wusste, dass es schnell gehen würde.
Der Beton würde dafür sorgen.
Er hatte keine Angst, dass sie jemand finden würde.
Der Wald war in Teilen zum Naturschutzgebiet erklärt worden und die Wanderer waren in dieser Gegend in den letzten Jahren eher weniger als mehr geworden.
Er wischte sich gerade den Schweiß von der Stirn, als sein Handy klingelte.
Erschrocken drückte er den Anruf weg.
Wer rief ihn um 5.00 Uhr morgens an?
Es klingelte wieder und zögernd drückte er auf die grüne Taste.
»Hallo?« Seine Stimme krächzte etwas und das Atmen fiel ihm immer noch schwer.
In der Leitung hörte er Stimmengewirr und Musik.
»Hey Simon, wir sind es: Andreas und Uwe! Wir ziehen um die Häuser und wir vermissen dich!«

Seine Arbeitskollegen, zu denen er ein loses Verhältnis hatte und mit denen er ab und zu ausging, um nach außen hin wenigstens ein paar soziale Kontakte zu haben.

Er hasste diese Treffen, aber er musste den Schein wahren.

Er versuchte, sich zu sammeln und normal zu klingen, was ihm schwerfiel.

»Mitten in der Woche zieht ihr um die Häuser? Was ist denn mit euch los?«

»Ist doch Feiertag morgen, haste das vergessen?«

Er schaltete blitzschnell.

»Hier in Frankreich ist kein Feiertag. Und übrigens ist es hier auch erst 5.00 Uhr!«

»Ach, haben wir dich geweckt? Liegst du mit einer netten Französin im Bett?«

Simon sah auf den tiefschwarzen See und schwieg.

»Tut uns leid, dass wir dich gestört haben.« Andreas lachte und klang so, als hätte er einiges an Alkohol getrunken. »Uwe hat einen neuen Puff entdeckt und du kannst dir nicht vorstellen, was für Schönheiten es hier gibt.«

Simon verfluchte innerlich den Abend, an dem er sich hatte hinreißen lassen, mit den beiden ein Bordell zu besuchen.

Er hatte kein Spielverderber sein wollen damals, aber die Nutte, zu der er mit aufs Zimmer gegangen war, hatte er nur fürs Reden bezahlt.

Obwohl er auch das nicht getan hatte.

Er hatte sich einfach auf den einzigen Stuhl in dem winzigen Raum gesetzt und zugeguckt, wie sie sich die Fingernägel feilte.

Er ekelte sich vor Prostituierten.

»Ach, Andreas, lass mal, ich würde jetzt gerne weiterschlafen.«

»Das war so geil, Simon! Die hatten ein Eröffnungsangebot. Zwei Stunden zum Preis von einer und eine Flasche Sekt gratis. Wir haben es ganz schön krachen lassen, das kannste dir vorstellen, oder?«

»Ja, kann ich.«

»Boah, du bist echt ne Spaßbremse. Du musst unter die Haube, Simon, in deinem Alter braucht man das. Such dir mal ne nette Frau, dann bist du auch nicht mehr so sonderbar.«

»Bin ich sonderbar?« Simon wurde hellhörig.

»Natürlich, die ganze Firma redet schon darüber und auch darüber, dass bei dir keine landen kann. Noch nicht mal die Sekretärin vom Chef, die es ja wohl schon ein paar Mal versucht hat und die du hast auflaufen lassen.«

»Sie gefällt mir eben nicht.«

Er wusste, dass er genervt klang, aber er war nicht in der Lage den lockeren Plauderton beizubehalten.

»Keine gefällt dir, Kumpel! Bist du schwul oder so ein pädophiler Arsch?«

Dröhnendes Gelächter schallte ihm aus dem Hörer entgegen.

»Nix für ungut, mein Freund, aber da macht man sich schon Gedanken … So, ich muss wieder los, vielleicht gehen wir noch mal rein. Noch eine Stunde für die Hälfte, ich weiß bloß nicht, ob der Uwe das noch mal packt. Tschüss Simon, bis die Tage. Genieß den Urlaub!«

Es klackte und Simon stand wie angewurzelt da.

Erst das monotone Tuten in der Leitung brachte ihn zurück in die Wirklichkeit an den Rand des alten Weihers im Wald.

Bist du schwul oder so ein pädophiler Arsch?

Ihm lief es eiskalt den Rücken herunter.

Das denken sie also von mir.

Dann sind sie verdammt nah an der Wahrheit.
Zum ersten Mal seit Tagen bekam er Angst.
Er musste sein Leben in eine andere Bahn lenken.
Er musste sich mehr anpassen an das, was man von einem Mann seines Alters erwartete.
Eine Frau, ein Haus, Kinder, Urlaube mit der Familie.
Ärgerlich setzte er sich ins Auto und knallte die Wagentür zu.
Draußen begann es, hell zu werden, und selbst in dem geschlossenen Auto hörte er das Zwitschern der Vögel.
Er hatte keine Lust, sein Leben zu ändern.
Er liebte es so, wie es war.
Frei und unabhängig.
Der einzige Fixpunkt war sein Job und den brauchte er, um Geld zu verdienen und den Hof zu unterhalten.
Die Kollegen hatte er billigend in Kauf genommen und sich sporadisch an dem ein oder anderen Treffen beteiligt.
Jetzt drohte sein ganzes Kartenhaus zusammenzufallen.
Die reden über mich in der Firma.
Sein Geheimnis musste unter allen Umständen bewahrt bleiben.
Seine Urlaube, seine Reisen, die Tänzerinnen.
All das war bedroht, wenn er keine Möglichkeit fand, sein Leben an die Erwartungen der anderen anzupassen.
Es war ihm bewusst, dass eine Familie alles viel komplizierter machen würde, aber es gab keinen anderen Weg.
Eine Frau und Kinder waren die perfekte Tarnung.
Und er brauchte eine perfekte Tarnung, wenn er so weitermachen wollte.
Er startete den Wagen und rollte vorsichtig einen kleinen Abhang hinunter.

Auf dem großen Waldweg blieb er noch einen Moment stehen und betrachtete den Weiher, der still dalag.

Die Sonne ging langsam auf und tauchte das Wasser in ein goldenes Licht.

Das Bild war fast unwirklich wie aus einem kitschigen Film: der Weiher, der stille Wald und der Sonnenaufgang.

Er dachte an seine beiden Mädchen, die jetzt tief auf dem Grund lagen, und er stellte sich vor, wie sie unter Wasser tanzten.

Einen Tanz für die Ewigkeit.

Er mochte den Gedanken, legte den ersten Gang ein und rollte langsam über den steinigen Waldboden.

Das war nicht mein letztes Mal, ich werde dafür sorgen, dass es Tage wie diese noch lange für mich gibt.

Ich werde alles dafür tun, meinen Tänzerinnen weiter so nah zu sein.

Und wenn ich dafür den Teufel heiraten muss, dann tue ich das!

Sophia 2012

Ich tanze mit dir in den Himmel hinein.

(Hans Fritz Beckmann, 1909 - 1975, deutscher Liedtexter)

Sie fühlte sich unerträglich schwer und unbeholfen. Ihre Beine taten ihr weh, sie hatte Sodbrennen und nachts wusste sie nicht mehr, wie sie schlafen sollte.

Meistens lag sie wach und dachte über das Baby nach.

Simon und sie hatten nicht wissen wollen, welches Geschlecht das Kind haben würde, und sie hatten die Ärzte immer wieder gewarnt, beim Ultraschall nur ja nichts zu verraten.

Sophia war in ihrem ganzen Leben noch nie so glücklich gewesen. In Simon hatte sie ihren Seelenpartner gefunden, davon war sie überzeugt. Und als sie fast auf den Tag genau ein Jahr nach der Hochzeit feststellte, dass sie schwanger war, schien ihr alles perfekt.

Zu perfekt.

Sie erinnerte sich an ihre Großmutter, die immer gesagt hatte: »Sag nie zu laut, dass du glücklich bist, das gefällt den Göttern nicht und dann sorgen sie für Unglück in deinem Leben.«

Simon lachte immer über die Sprüche ihrer Oma, aber für Sophia bargen sie einen Kern Wahrheit.

Freunde und Familie hatten sie immer wieder gewarnt, zu überstürzt zu heiraten. »Lass dir Zeit, wenn es der Richtige ist, rennt er dir auch nicht weg.« Ihre beste Freundin Caro wurde nicht müde, sie mit guten Ratschlägen zu überhäufen.

Simon mochte sie nicht und das beruhte auf Gegenseitigkeit.

Die beiden waren wie Feuer und Wasser. Simon hasste Partys, Caro konnte keine Woche ohne eine Feier überstehen.
Simon ging nicht gerne ins Kino, Caro liebte es im Dunkeln zu sitzen und einer Geschichte zu folgen.
Simon stand auf Fast Food, Caro ernährte sich nur von Bio-Lebensmitteln.
Sophia hatte es aufgegeben, die beiden einander näherzubringen, aber insgeheim war sie traurig, dass ihre beste Freundin ihren Mann nicht mochte.
Langsam begann sie, zu verstehen, wie Simon tickte.
Er lebte gerne zurückgezogen, das hatte sie gleich zu Anfang ihrer Beziehung bemerkt.
Er redete kaum über seine Kindheit, sie konnte nichts Konkretes aus ihm herausbekommen, wenn es um die Jahre zwischen fünf und achtzehn ging.
Seinen Vater kannte er nicht, sagte er, und zu seiner Mutter hatte er wenig Kontakt gehabt.
Sie war seit fünfzehn Jahren tot und Sophia hatte aufgehört, nach ihr zu fragen. Simon wurde kurz angebunden, unwillig und auch aggressiv, wenn sie zu intensiv nachbohrte.
Er gab sich alle Mühe, ihr ein angenehmes Leben zu bieten. Arbeitete hart und hatte sie gebeten, ihren eigenen Job aufzugeben, wenn das Baby da war.
»Ich möchte, dass du zu Hause bist und für unsere Familie sorgst. Es ist mir wichtig, dass wir ein schönes Zuhause haben«, hatte er gesagt und Sophia war schnell einverstanden gewesen.
Ihre eigene Mutter hatte ihre ganze Kindheit über in einer Wäscherei gearbeitet und Sophia war sich selbst überlassen geblieben.

Als sie noch ganz klein war, passte eine Nachbarin auf, aber als sie in die Schule kam, bekam sie mit der Schultüte auch einen Haustürschlüssel.
Sie machte sich mittags ein Brot, erledigte die Hausaufgaben und spielte dann alleine in ihrem Zimmer, bis die Mutter nachmittags um 16.30 Uhr nach Hause kam.
Der Vater war im Schichtdienst eines Autozulieferers und warmes Essen gab es erst abends oder auch gar nicht, wenn die Mutter zu müde war.
Damals hatte sie sich geschworen, dass sie das ihren Kindern nie antun würde.
Sie würde sich kümmern, kochen, waschen, Kuchen backen und mit ihnen spielen.
Sie freute sich auf diese Zeit und war Simon dankbar, dass er ihr diese Möglichkeit bot.
Dafür nahm sie auch in Kauf, dass ihre sozialen Kontakte immer weniger wurden.
Erst meldeten sich die Arbeitskollegen nicht mehr, dann die losen Freunde und vor Kurzem hatte sie ein schreckliches Telefonat mit Caro, in dem ihr die Freundin erklärte, dass sie lieber nicht die Patentante des Babys werden würde, weil sie mit Simon gar nicht mehr klarkam.
Sophia hatte sie nicht überredet, denn insgeheim wusste sie, dass das die richtige Entscheidung war.
Sie hatte ihre Cousine gefragt und die hatte freudig zugestimmt.
Simon war das egal, er war nicht gläubig, lehnte jede Art von Religion ab und sprach von »Opium fürs Volk« oder »selbstgefälligen Besserwissern«, wenn das Thema auf Kirche und Glauben kam.

Er ließ sie gewähren und stimmte der Taufe zu. Sie lebten in einer Gegend, in der es sehr ungewöhnlich war, keiner Konfession anzugehören, und sie war sicher, dass er befürchtete, dass seine Kinder später ausgegrenzt werden würden, wenn sie nicht getauft waren.

Zu der Feier würde sie auch nur ihre Eltern und eben die besagte Cousine mit ihrem Mann einladen, das hatte sie ihm versprochen.

Ihre Mutter war so stolz gewesen auf der kleinen Hochzeit.

Sie hatte geweint vor Freunde und Sophia hatte sich ihr selten so nah gefühlt.

»Du machst alles richtig«, hatte sie ihr zugeflüstert. »Simon ist ein toller Mann, halt ihn gut fest und tu alles, was er sagt, damit er bei dir bleibt.«

Genau das hatte sie sich fest vorgenommen.

Sie hatte Simon zum wichtigsten Menschen in ihrem Leben gemacht. Für ihn gab sie alles auf, was bisher eine Rolle gespielt hatte.

Es fiel ihr nicht schwer, denn das Leben mit ihm war genau das, was sie wollte.

Nur manchmal war er ihr unheimlich.

An den Abenden, an denen er schweigend auf der Terrasse saß und sie nicht an sich heranließ.

Oder in den Nächten, in denen er nicht nach Hause kam.

Er hatte oft auswärts Termine und Sophia konnte nicht schlafen, wenn er unterwegs war.

Er hatte ihr verboten, sich telefonisch bei ihm zu melden. »Ich hasse es, kontrolliert zu werden!«, hatte er gesagt und vom ersten Tag ihrer Beziehung an klargestellt, dass es Dinge in seinem Leben gab, die er nicht zu ändern bereit war.

Wie die Auszeiten, die er sich nahm, an denen er für ein paar Tage wegfuhr.
An die See oder in die Berge.
Er hatte sie nie gefragt, ob sie ihn begleiten wollte, und erst vor ein paar Tagen hatte er ihr erklärt, dass er vorhabe, diese Kurz-Trips auch nach der Geburt des Kindes fortzusetzen.
Eine Sekunde lang war sie beleidigt gewesen, aber dann hatte sie sich wieder gefangen. Wenn er diese Zeit für sich brauchte, dann war das in Ordnung für sie.
Sie wusste instinktiv, dass diese Beziehung nur dann funktionieren würde, wenn sie sich unterordnete.
Sie hatte tapfer gelächelt und ihm versichert, dass sie kein Problem damit habe.
Das Einzige, was sie belastete, war die Tatsache, dass Simon im Bett scheinbar nicht so auf seine Kosten kam, wie sie sich das gewünscht hatte.
Er schlief zwar regelmäßig mit ihr, aber ihr kam die Art, wie er es tat, mechanisch und lustlos vor.
Sie hatte ihn mehrfach darauf angesprochen, aber er war ihren Fragen immer ausgewichen.
Und so hatte sie alles Mögliche versucht: Sie hatte sich aufreizende Wäsche gekauft, sogar einen Slip mit einer Öffnung zwischen den Beinen, aber er hatte nur gelacht und ihr erklärt, dass er solche Reizwäsche nicht mochte. »Du bist keine Nutte, du bist meine Frau, also benimm dich auch so!«
Sie hatte geweint und sich geschämt.
Ihr war sogar der Gedanke gekommen, dass er gar nicht auf Frauen stand, und sie beobachtete ihn, wenn er mit Männern zusammen war. Dann hatte sie einen alten Schulkameraden auf

ihn angesetzt. Flori war schwul und hatte sein Coming-out mit siebzehn gehabt.

Er hatte gelacht und versprochen, sich Simon ganz genau anzugucken.

Sie waren zu dritt essen gewesen und danach hatte Flori sie angerufen und ihr versichert, dass ihr Mann garantiert keinen Hang zu Männern hatte.

»Er ist okay und er hat kein Problem mit Homosexualität, aber er ist definitiv nicht schwul, Sophia. Vielleicht hat er eine heimliche Freundin.«

An diese Theorie glaubte sie nicht und so testete sie weiter aus, was ihren Mann anmachte.

Sie hatte keinen Erfolg.

Sex gab es zweimal im Monat und oft genug musste sie ihn dazu überreden.

Es ging schnell und sie musste sich beeilen, um zu kommen.

Als sie schwanger wurde, stellte er die sexuellen Aktivitäten ganz ein.

»Wir dürfen das Baby nicht gefährden«, sagte er.

Selbst nachdem mehrere Ärzte ihm versichert hatten, dass dem Kind nichts geschehen würde, wenn sie miteinander schliefen, war er nicht bereit, es zu tun.

»Ich kann das nicht! Ich will nicht mit dir schlafen, während du mein Kind im Bauch hast!«

Sie hatte aufgegeben, was sie sehr schade fand, denn gerade in der Schwangerschaft hatte sie so viel Lust auf ihn gehabt.

Jetzt lag sie in dem großen Ehebett und lauschte seinen gleichmäßigen Atemzügen.

Das Baby in ihrem Bauch stieß schmerzhaft gegen ihre rechte Niere. Es fühlte sich an wie ein Fußtritt und sie stöhnte leise.

Vorsichtig, um Simon nicht zu wecken, streckte sie sich aus dem Bett und stand langsam auf.
Sie kam sich vor wie ein Walross und schob ihre dicken Füße in die Pantoffeln vor dem Bett.
Eine heiße Milch mit Honig würde ihr vielleicht beim Einschlafen helfen.
Auf dem Weg die Treppe hinunter in die kleine Küche hielt sie immer wieder inne, weil das Kind sich in ihr bewegte. Es fühlte sich an, als würde es in ihr tanzen.
Oder Fußballspielen, falls es ein Junge wird.
Während die Milch heiß wurde, dachte sie über ihr Baby nach.
Sie konnte nicht sagen, was sie lieber hätte, einen Jungen oder ein Mädchen.
Ein Junge würde wahrscheinlich genau wie Simon aussehen und bei dem Gedanken wurde ihr warm ums Herz.
Sie würde ihn verwöhnen und umsorgen und sie war sich sicher, dass sie für immer die Frau in seinem Leben sein würde, die er am meisten lieben würde.
Ein Mädchen hingegen würde sie besser verstehen können. Es würde Nachmittage in der Puppenstube geben und später gemütliche Abend auf dem Sofa mit langen Gesprächen und inniger Vertrautheit.
Sie lächelte bei diesen Gedanken und war sich bewusst, dass wahrscheinlich nichts davon wahr werden würde.
Ihr Junge würde Fußball spielen und es hassen, wenn sie ihn zwang, sein Zimmer aufzuräumen, und ihre Tochter würde mit ihr kämpfen und sich an ihr messen.
Gerade, als sie die Tasse an den Mund hob, um den ersten Schluck der heißen, süßen Milch zu trinken, durchzuckte sie ein heftiger Schmerz.

Sophia schrie auf.
Die Tasse fiel ihr aus der Hand und zerschellte am Boden.
Es fühlte sich an, als würde sich ein Messer in ihren Unterleib bohren.
Sie atmete hektisch und hielt sich an einer Stuhllehne fest.
Noch einmal krampfte sich ihre Gebärmutter zusammen und diesmal war der Schmerz so stark, dass ihr die Luft wegblieb.
Sie bekam Angst.
Etwas stimmt nicht!
Simon.
Sie wollte ihn rufen, aber ihre Stimme versagte und nur ein leises Krächzen kam aus ihrem Hals.
Sie ließ den Stuhl los und wankte auf die Wohnzimmertür zu.
Wieder der Schmerz.
Und dann plätscherte es.
Die Fruchtblase ist geplatzt, dachte sie.
Es geht los.
Das Baby kommt.
Aber warum tut das so weh?
»Simon!«
Endlich hatte sie ihre Stimme wieder und ihr Schrei gellte durch das stille Haus.
Sie sah auf den Boden unter sich und dort, wo sie das helle Fruchtwasser erwartet hatte, blickte sie auf eine dunkelrote Blutlache.
»Simon! Schnell! Das Baby!«
Sie hörte ihn mit raschen Schritten die Treppe herunterlaufen und ein paar Sekunden später stand er im Wohnzimmer.
»Sophia, um Himmels Willen, was ist passiert?«

»Ich weiß es nicht. Das Baby, ich glaube, es kommt jetzt. Aber es tut so weh und das viele Blut.«

Er folgte ihrem Blick und wurde blass.

Trotzdem klang seine Stimme ruhig und zuversichtlich.

»Es ist alles gut, mach dir keine Gedanken. Das ist normal. Ganz sicher.«

»Dann fahren wir jetzt in die Klinik?«

»Ich rufe einen Krankenwagen.«

»Also glaubst du doch, dass etwas nicht in Ordnung ist?«

Sie weinte.

»Nein, Sophia, aber die sind schneller hier, als wir dort sind, und ich würde mich besser fühlen, wenn ein Arzt dabei wäre. Ich bin viel zu aufgeregt, um Auto zu fahren. Ich hätte selbst nicht gedacht, dass mich das so mitnimmt …«

Sie wusste, dass er log, und sah zu, wie er die Nummer des Rettungsdienstes wählte und das Zimmer verließ.

Der Schmerz kam zurück und wieder war er stärker als zuvor.

Wie durch einen Nebel hörte sie Simons Stimme aus dem Flur.

»… neunter Monat … starke Blutung … sehr blass … ich mache mir Sorgen, dass etwas nicht stimmt …«

Wieder das Messer in ihrem Bauch und diesmal blieb ihr die Luft weg.

Sie hatte keine Kraft mehr zum Schreien, sondern sank auf den Boden.

Ihr Sichtfeld engte sich ein und sie hatte das Gefühl, in einem Tunnel zu stehen.

Ihr Atem setzte aus.

Es wurde dunkel.

Sie fühlte sich leicht.

Alles wird gut, dachte sie.

Sie erwachte von einem durchdringenden Piepen und einer fremden Stimme.
»Da sind sie ja wieder, Frau Berger. Wunderbar. Ich bin Frau Dr. Konkol. Mein Team und ich helfen Ihnen. Ihr Baby kommt gleich.«
»Wo bin ich?« Sophia versuchte krampfhaft, die Augen offen zu halten.
»Sie sind im Krankenhaus. In der Frauenklinik Holweide.«
»Mein Baby … Simon …«
»Ihr Mann wartet draußen. Ich hole ihn gleich. Wir bereiten sie jetzt für einen Kaiserschnitt vor …«
»Nein! Ich will das nicht! Mein Baby soll auf natürlichem Weg zur Welt kommen. Bitte! Keinen Kaiserschnitt!«
»Frau Berger, der Zustand des Babys ist ernst. Die Sauerstoffversorgung ist nicht gewährleistet. Es besteht Lebensgefahr für ihr Kind. Wir müssen uns beeilen. Ein Kaiserschnitt ist unumgänglich.« Sophia sah das Gesicht der Ärztin leicht verschwommen.
»Aber warum? Es war doch alles in Ordnung, als ich letztes Mal bei meinem Gynäkologen war. Er hat gesagt, dass unser Kind normal entwickelt ist und alles gut aussieht. Ich verstehe das nicht! Was ist denn passiert?«
Sie suchte nach einer Antwort in den grauen Augen der Ärztin.
»Ich weiß es auch nicht genau. Ich vermute, dass sich ihr Kind noch einmal zu drehen versucht hat, obwohl es in optimaler Geburtslage war. Dabei wurde wahrscheinlich die Nabelschnur, die ja an der Plazenta hängt, angerissen. Deshalb haben sie die Blutungen. Ich befürchte auch, dass die Nabelschnur sich um den Hals des Babys gewickelt hat, denn die Herztöne werden

schwächer. Verstehen Sie, warum wir uns beeilen müssen und warum der Kaiserschnitt nötig ist?«

Sophia nickte. Sie schloss die Augen und spürte die Tränen auf ihren Wangen.

»Okay, dann tun Sie bitte alles, was möglich ist, um mein Baby zu retten.«

Die Ärztin nahm ihre Hand.

»Das verspreche ich Ihnen. Sie beide werden gleich zusammen auf dieser Welt sein und Sie werden glücklich sein, Ihr Kind in den Armen zu halten. Die Schwestern bereiten Sie jetzt vor und wir sehen uns im Operationssaal. Da ist dann auch Ihr Mann wieder an Ihrer Seite.«

Sophia beschloss, sich auszuklinken.

Sie ließ ihren Geist reisen und stellte sich den wunderschönen Strand an der Playa de Muro auf Mallorca vor.

Dorthin war sie mit Simon in ihren Flitterwochen geflogen und sie hatte die Insel vom ersten Augenblick an geliebt.

Jetzt sah sie vor ihren geschlossenen Augen den weiten, großen Sandstrand, spürte den Wind in ihren Haaren und roch die salzige Seeluft.

Sie stellte sich vor, einen Kaffee in der hippen Strandbar zu trinken, und meinte, den Geschmack des würzigen Cappuccinos auf ihrer Zunge zu haben.

Sie versank in diesen Erinnerungen und bemerkte nichts von den Vorbereitungen, die getroffen wurden.

Selbst als sie in den OP gerollt wurde, reagierte sie nicht.

»Hat sie eine Narkose bekommen?« Sie hörte den vertrauten Klang von Simons Stimme.

»Nein, sie ist bei Bewusstsein ... So, Frau Berger, es geht los. Gleich haben Sie Ihr Baby im Arm!«

Vorsichtig öffnete sie die Augen und wurde von dem grellen Licht geblendet.
»Da bist du ja, Sophia. Mach dir keine Sorgen. Es wird alles gut.« Simon strich vorsichtig über ihren Arm.
»Sie werden nichts spüren, Frau Berger, vielleicht einen leichten Druck. Ich setze jetzt zu dem Schnitt an.«
Sie konnte die Ärztin nicht sehen, denn ein grünes Laken war vor ihrem Gesicht gespannt.
Sie sah in Simons Augen und bemerkte tatsächlich einen Druck auf ihrem Bauch, dann gab etwas nach.
»Da ist sie ja … meine Güte, mein Mädchen, du hast uns Sorgen gemacht.«
In der Stimme der Gynäkologin war Erleichterung zu hören.
»Absaugen, schnell, sie ist blau im Gesicht, die Nabelschnur ist zweimal um ihren Hals gewickelt … so … okay, sie müsste jetzt Luft bekommen. Dr. Emmers von der Kinderstation kümmert sich um ihre Tochter, Frau Berger. Er versorgt sie und dann bringen wir sie Ihnen zurück. In der Zwischenzeit sehen wir nach Ihnen. Alles ist gut. Machen Sie sich keine Sorgen.«
Sophia sah den Kinderarzt mit dem kleinen Bündel an sich vorbeihuschen.
»Bitte … nur einen Moment.«
Er blieb tatsächlich neben ihrem Kopf stehen und hielt ihr kleines Mädchen an ihre Wange.
Sie war blau-grau im Gesicht und eine Sekunde später wurde sie schon wieder weggerissen.
»Seien Sie tapfer, Frau Berger. Ich kümmere mich um Ihr Kind. Sie bekommt Sauerstoff und wir beobachten sie genau. Aber für mich sieht sie gut aus.«

Der Mann war aus ihrem Sichtfeld verschwunden und sie hörte seine schnellen Schritte, als er mit ihrer Tochter zusammen aus dem OP lief.

»Simon … sie sah nicht gut aus …«

»Ich weiß, Sophia, aber die machen das schon. Wir müssen den Ärzten vertrauen.«

»Was habe ich denn nur falsch gemacht, dass sie sich so gedreht hat? Hat sie sich nicht mehr wohlgefühlt in mir?«

Sie weinte.

»Unsinn.« Simon klang ärgerlich. »Dafür gibt es keinen Grund. So was passiert und bei uns ist es gut ausgegangen. Du wirst schon sehen. In ein, zwei Stunden haben wir sie hier bei uns. Und hey, es ist ein Mädchen! Ich freue mich so!«

»Wir brauchen noch einen Namen für sie.«

»Da hast du recht. Hast du dir schon was überlegt?«

Sie schüttelte den Kopf.

»Nein und du?«

Er grinste sie an. »Natürlich habe ich einen Lieblingsnamen. Willst du ihn hören?«

Wieder nickte sie.

»Mia. Er kommt aus dem Hebräischen und bedeutet Meeresstern. Das fand ich sehr passend.«

»Du meinst, weil er dich an unsere Flitterwochen auf Mallorca erinnert?«

»Genau.«

»Er gefällt mir! Sehr sogar. Mia …« Sie ließ den Namen über ihre Lippen fließen.

»Er hat noch andere Bedeutungen. Zum Beispiel: ›das Geschenk Gottes‹ oder ›die Geliebte‹.«

»Das passt alles zu ihr. Oh, Simon, sie ist da und sie wird Mia heißen!«
»Wunderbar. Aber ich kann mir nicht vorstellen, dass du dir keinen Mädchennamen überlegt hast.«
»Doch … ich finde Luisa schön, aber so nennen wir dann unsere nächste Tochter.«
Er lachte. »So machen wir es.«
»Ein wunderschöner Name für Ihre kleine Tochter! Herzlichen Glückwunsch!« Die Ärztin war neben sie getreten.
»Danke, Frau Dr. Konkol. Wir sind sehr erleichtert. Hoffentlich geht alles gut.«
»Da bin ich ganz sicher, Herr Berger, auch wenn Ihre kleine Tänzerin mir auch große Sorgen gemacht hat.«
»Wieso Tänzerin?«
Sophia war überrascht von dem plötzlich harschen Ton, den Simon anschlug.
Die Ärztin schien ebenfalls verunsichert.
»Ich meine nur, weil sie sich wie eine Ballerina im Bauch ihrer Frau einmal um ihre Achse gedreht hat. Das ist nicht ungewöhnlich, aber es hat in ihrem Fall für die Komplikationen mit der Nabelschnur gesorgt.«
»Meine Tochter ist keine Tänzerin und sie wird auch nie eine werden!«
Er erhob sich von dem kleinen Hocker neben Sophias Gesicht.
»Kann ich gehen? Ich möchte nach meiner Tochter sehen.«
»Selbstverständlich können Sie das. Schwester Susanne wird Sie hinbringen.«
Simon beugte sich über Sophias Gesicht und küsste sie auf die Stirn.
»Versprich mir, dass unsere Tochter nie tanzen wird.«

»Simon, ich verstehe dich nicht – was ist denn los?«
»Nichts. Versprich mir einfach, dass Mia nie tanzen wird. Weder im Ballett noch in der Disco und auch nicht in der Tanzschule.«
»Wie soll ich dir das denn versprechen … das ist doch …«
»Versprich es mir!«
Er brüllte so laut, dass alle zusammenzuckten.
»Herr Berger, ich muss Sie bitten, Ihren Ton zu zügeln. Das geht so hier nicht.«
Er achtete gar nicht auf die Gynäkologin und sah Sophia fest in die Augen.
»Versprich es«, zischte er wütend.
Sie kannte diesen Moment bei ihm und sie wusste, dass sie tun musste, was er verlangte, sonst würde er nur noch wütender werden.
»Ich verspreche es«, flüsterte sie.
»Was?«
»Dass Mia niemals tanzen wird.«
»Gut. Ich nehme dich beim Wort.«
Er drehte sich auf dem Absatz um und folgte der Schwester, die schon auf ihn wartete.
Sophia sah in die bestürzten Gesichter der Ärzte und Pfleger.
»Er ist überfordert. Das hat ihm sehr zugesetzt, was heute passiert ist.« Sie sprach sehr leise.
»Das glaube ich mal auch und wahrscheinlich kann er auch kein Blut sehen. Nur gut, dass er das Kind nicht bekommen hat.«
Ein junger Pfleger löste die angespannte Situation auf und alle lachten.
Sophia lachte mit, aber der Kloß in ihrem Hals war groß, und sie musste die Tränen zurückdrängen.
Alles ist gut.

Das Baby ist da.

Mia ist da.

Simon wird sich beruhigen.

Sie schloss die Augen und reiste wieder an den Strand auf Mallorca.

Gleich werde ich mein Kind in den Armen haben und nur das zählt.

Jutta 2019

Es geht im Leben nicht darum, zu warten, bis das Unwetter vorbeizieht. Es geht darum, zu lernen, im Regen zu tanzen.

(Unbekannter Verfasser)

Die Zeit wollte einfach nicht vergehen.

Sie lag in ihrem Krankenhausbett und versuchte, nicht ständig auf die Uhr zu sehen.

Anna wollte längst hier sein.

Sie hatte solche Sehnsucht nach ihrer Tochter, nach ihrem kleinen Mädchen, dass ihr bei dem Gedanken daran sofort die Tränen in die Augen schossen.

Anna und sie waren all die Jahre ein Team gewesen.

Sie hatte nichts vermisst.

Anna war ihre Familie.

Anna und der Kölner Karneval.

Aber jetzt, wo sie mit der Krankheit kämpfte, hatte sie Angst.

Angst um Anna und auch Angst um sich selbst.

Ihr Körper wurde von Tag zu Tag schwächer und sie sah an den Gesichtern der Ärzte, dass es ernst war.

Wie ernst, das hatte sie am Vormittag erfahren.

Als sie damals den ersten Knoten in ihrer Brust entdeckt hatte, hatte sie sich keine Gedanken gemacht.

Jutta Feldhoff war kein Mensch, der sich schnell ins Bockshorn jagen ließ.

Sie war zuversichtlich gewesen und selbst als ihre Ärztin zu einer schnellen Biopsie riet, blieb sie gelassen.

Es wird schon nichts sein, hatte sie damals gedacht.

Vielleicht eine Zyste oder eine Milchdrüse, die sich verdickt hat. Woher soll bei mir Brustkrebs kommen? Ich nehme keine Hormone und in meiner Familie gab es diese Krankheit nie.

Als das Ergebnis kam, hatte sie sich zusammengerissen und die Tränen runtergeschluckt.

Das schaffe ich.

Das schaffe ich für Anna und mich.

Anfangs hatte es auch so ausgesehen, aber als der Krebs zurückkam, wich ihre Zuversicht einer großen Panik.

Nach außen hin versuchte sie, immer noch stark zu sein.

Sie vermied es, in Gegenwart ihrer Tochter zu weinen, und ließ die Tränen nur nachts zu, wenn sie alleine in ihrem Zimmer war und der Schlaf nicht kommen wollte.

Dann dachte sie darüber nach, was mit Anna passieren würde.

Sie war noch so jung.

Wer würde sich um sie kümmern? Wer würde für sie sorgen? Wer würde ihr Liebe und Geborgenheit geben?

Als sie immer schwächer wurde, wusste sie, dass sie den Kampf gegen die Krankheit verlieren würde.

Sie sagte nichts dazu und teilte ihre Gedanken mit niemandem, denn sie wollte all die zuversichtlichen Worte nicht hören.

Sie wusste tief in ihrem Inneren, dass sie an der Krankheit sterben würde und zwar nicht in zwanzig Jahren, sondern in der nächsten Zeit.

Sie starrte auf die Infusion an ihrem Arm und zählte die Tropfen, die ganz langsam in ihren Körper liefen.

Schmerz- und Beruhigungsmittel, weil sie heute Morgen einen Weinkrampf bekommen hatte.

Die Schwestern hatten sich alle Mühe gegeben, sie zu trösten, aber nichts hatte geholfen.

Zum Schluss hatten sie Dr. Doberlein gerufen und der hatte den Tropf anhängen lassen.

Seitdem ging es ihr besser, aber sie fühlte sich auch, wie in Watte gepackt.

Sie weinte immer noch, aber sie spürte den Schmerz und die Angst nicht mehr.

Die Tränen liefen über ihr Gesicht, aber die Emotion blieb einfach aus.

Es war zu ertragen und sie musste sich unbedingt zusammenreißen, bis Anna ihren Besuch beendet hatte.

Eigentlich hätte das Mädchen längst bei ihr sein müssen.

Das Tanztraining ging heute bis fünfzehn Uhr. Jutta kannte den Tagesablauf ihrer Tochter ganz genau. Danach wollte sie mit der S-Bahn ins Krankenhaus kommen.

Manchmal hatte sie ein furchtbar schlechtes Gewissen, weil Anna so eingebunden war in den Tanz und den Karneval, und sie fragte sich immer öfter, ob es gut gewesen war, ihrer Tochter zu erlauben, so tief in diese Welt einzutauchen.

Aber dann erschien vor ihrem inneren Auge das Bild der dreijährigen Anna, die begeistert auf die Bühne sprang und sich jede Choreografie merken konnte.

Sie tanzte leidenschaftlicher und besser als alle Mädchen, die Jutta jemals trainiert hatte.

Ihre Augen blitzten, der blonde Pferdeschwanz hüpfte im Takt der Musik und sie konnte schon mit vier einen perfekten Spagat.

Anna sang keine Kinderlieder, sie sang die Lieder des Kölner Karnevals.

Jutta hatte sich immer köstlich amüsiert, wenn die Kleine in breitestem Kölsch mitsang.

»Nä, wat wor dat dann fröher en superjeile Zick,
mit Träne in d'r Auge loor ich manchmol zurück.
Bin ich hück op d'r Roll nur noch half su doll,
doch hück Naach weiß ich nit wo dat enden soll«

Sie hatte Annas helle Stimme im Ohr und sah das breite Kinderlächeln.

Die Gruppe »Brings« war ihre Lieblingsband gewesen und Anna konnte fast alle Texte auswendig.

So stolz war sie damals auf das winzige Gardekostüm gewesen, auf die weißen Stiefelchen und auf die Tatsache, dass sie vor Auftritten immer ein bisschen von Juttas Lippenstift tragen durfte.

Später dann, als Anna älter wurde, hatte sie nie einen Zweifel daran gelassen, wie gerne sie in der Garde tanzte.

Jutta hatte darauf geachtet, dass die Schule nicht darunter litt, und Anna hatte beides immer sehr gut unter einen Hut bekommen.

Bis auf die letzten Jahre.

In dieser Zeit hatte sie ihrer Tochter angemerkt, dass der Druck zu groß wurde.

Anna hatte erschöpft und müde gewirkt und mehr als einmal hatte Jutta sie gefragt, ob das mit dem Tanzen nicht zu viel würde.

Anna hatte nur mit dem Kopf geschüttelt.

»Ich mach das schon, Mama«, hatte sie gesagt.

Jutta hatte sich nicht weiter eingemischt und auf das Gefühl ihrer Tochter vertraut.

Sie hatte sich immer auf Anna verlassen können.

»Wir beide gegen den Rest der Welt« war ihr Leitspruch gewesen und immer, wenn es schwierig war, hatten sie sich mit diesem Satz das Versprechen gegeben, zusammenzuhalten.

Jutta erinnerte sich an das letzte Mal, als sie Anna hatte tanzen sehen. Sie war so stolz auf ihre Tochter gewesen.

Freunde hatten sie im Rollstuhl in die große Halle gebracht.

Trotz der Bedenken der Ärzte, weil ihr Immunsystem nicht so gut aufgestellt war durch die Chemotherapie, und in so einer großen Halle mit so vielen Menschen darin eine große Gefahr bestand, dass sie sich mit einem Erkältungsvirus ansteckte, was in ihrer Verfassung schwierig geworden wäre.

Aber alles war gut gegangen und Jutta hatte den Abend genossen, auch wenn es ihr zwischendurch ein wenig zu laut gewesen war.

Als Anna einmarschierte, waren der Krach und die schlechte Luft vergessen.

Sie hatte nur noch Augen für ihre wunderschöne Tochter, die mit ihren langen Beinen und dem schönen Gesicht aus der Gruppe hervorstach.

Anna hatte wundervoll getanzt.

Jeder Schritt hatte gesessen und Jutta hatte keinen Fehler entdecken können.

In der Abschlusspyramide hatte sie, ohne zu wackeln, kerzengerade auf den Schultern der anderen gethront und Jutta hatte geklatscht, bis ihre Hände brannten.

Sie hatte sich damals geschworen, dieses Bild für immer in ihrem Herzen zu bewahren, und genau das hatte sie getan.

Es war jederzeit abrufbar genau wie die anderen Bilder ihrer Tochter.

Anna war die Liebe ihres Lebens.

Es klopfte.

Anna! Endlich!

»Hey, Mum, wie geht es dir heute. Hast du schlafen können heute Nacht?«

Jutta nickte und bemühte sich, Zuversicht auszustrahlen.

»Es ging ganz gut, meine Kleine. Hier kümmern sich alle rührend um mich.«

»War Dr. Doberlein schon da heute?« Anna stellte ihre Trainingstasche auf den Boden.

»Ja, der Doc war hier und ist zufrieden mit mir. Aber jetzt erzähl du mal: Wie lief das Training und wie war es in der Schule?«

»Alles wie immer, Mama. Schule war okay, ich habe morgen Englischklausur und muss heute Abend noch lernen und das Training war auch gut. Klappt alles super, aber du kennst ja Petra, die ist nie zufrieden, und Jenny ist schwer genervt von dem Ganzen dieses Jahr. Hatte ich dir erzählt, dass sie aufhören will mit dem Tanzen?«

»Du hast das angedeutet.« Jutta richtete sich auf und stöhnte unwillkürlich. Ihre Knochen taten ihr weh. »Willst du nicht auch eine Tanzpause machen, Mäuschen? Du marschierst mit strammen Schritten auf das Abitur zu. Ist dir das nicht alles etwas zu viel?«

Anna schüttelte den Kopf und fast trotzig sagte sie: »Mir ist das nicht zu viel, Mum. Das ist unser Leben. Abitur hin oder her. Getanzt wird immer, weißt du nicht mehr?«

Jutta wusste es nur zu gut.

Aber sie wusste auch, dass ihre Tochter auch ihr zuliebe nicht aufgeben wollte. Solange wie möglich wollte Anna die Normalität in ihrer beider Leben aufrechterhalten und das Tanzen gehörte für sie dazu.

»Setz dich mal zu mir ans Bett, Anna, ich möchte über etwas mit dir sprechen.«
Sie sah den panischen Gesichtsausdruck des Mädchens und beruhigte sie sofort.
»Es ist, wie es ist, Kind, aber wir sollten reden, das ist wichtig für uns beide.«
»Hat Dr. Doberlein dir die Ergebnisse gebracht?« Annas Stimme klang, als wäre sie wieder vier Jahre alt.
Jutta nickte.
»Das hat er und es sieht nicht gut aus …«
Anna sprang von Bett auf und drehte sich mit dem Gesicht zur Wand.
»Ich will das nicht hören, Mama. Wirklich nicht!«
Sie weinte.
Jutta wartete einen Moment, dann sagte sie:
»Du bist stark, mein Schatz, du schaffst das. Ich möchte mit dir reden. Ganz in Ruhe. Es wird mir nichts passieren, jedenfalls nicht heute und nicht morgen, aber wir müssen einige Dinge besprechen und dazu musst du mir zuhören … komm, mein Liebes, setz dich wieder zu mir.«
Jutta lächelte Anna aufmunternd zu, als sie wieder an ihrem Bett Platz nahm.
Zärtlich streichelte sie über die Hand ihrer Tochter.
»Ich habe Metastasen. In der Lunge. Und in den Knochen. Am Becken. Am Lendenwirbel und an den oberen Halswirbeln.«
Jetzt war es raus.
Es war ganz still in dem Krankenzimmer.
Auf dem Nachttisch tickte der kleine, silberne Wecker, den Jutta mal von ihren Eltern bekommen hatte und der sie nun schon ihr halbes Leben lang begleitete.

Anna schwieg.
»Ich habe nicht mehr viel Zeit … und ich …«
»Du kannst noch eine Chemo machen! Das lässt die Tumore sicher schrumpfen. Vielleicht kann man sie dann entfernen und ich habe mal gelesen, dass die Knochenmetastasen gar nicht so schlimm sind. Die kann man jahrelang haben, ohne dass sie sich bemerkbar machen!«
»Ich möchte keine Chemo mehr machen und ich möchte auch keine Bestrahlung und keine Operation.«
»Findest du das fair? Findest du es fair, mich alleine zu lassen, nur weil du keine Chemo mehr willst? Was soll ich hier ohne dich tun, Mama? Du bist meine Familie? Ich will dich nicht verlieren!«
Anna warf sich auf das Bett, ihr Kopf lag an Juttas Brust.
»Nichts davon ist fair, mein Schatz, aber es ist, wie es ist. Ich möchte nicht noch schwächer werden und eine Chemo wird genau das tun. Sie wird mich schwächen. Aber ich möchte die Zeit, die mir noch bleibt, zusammen mit dir verbringen. Jeden Tag genießen, an dem wir zusammen sind. Ich möchte dich noch mal tanzen sehen, ich möchte im Frühling mit dir die Krokusse auf den Rheinwiesen bestaunen. Ich möchte Ostern mit dir Eier suchen. Ich möchte das Plaid für dich fertig häkeln und ich möchte, dass wir zusammen einen Hundewelpen aussuchen. Das hast du dir doch immer gewünscht. Einen Hund, der bei dir ist, wenn ich gehe. Etwas, das bleibt, etwas Lebendiges.«
Jutta strich über Annas bebenden Oberkörper.
»Ich will keinen Hund! Ich will dich!«
Jutta lachte leise: »Wenn das so ist, dann hast du mich aber verdammt lange mit dem Wunsch nach einem Hund gequält. Ich weiß, dass du dir das sehnlich gewünscht hast. Komm, Anna, lass uns auf die schönen Dinge sehen, die vor uns liegen. Wir haben

noch Zeit. Zeit für uns und Zeit für die Erinnerungen, die du an mich haben wirst. Ich liebe dich so sehr und ich hätte mir keine bessere Tochter wünschen können. Du bist alles für mich und es zerreißt mir das Herz, dass ich nicht bei dir bleiben kann. Aber du bist stark. Das wissen wir beide. Du wirst das schaffen. Auch ohne mich! Versprichst du mir etwas?«

»Was denn?« Annas Stimme war ganz heiser vom Weinen.

»Versprich mir, dass wir jede Sekunde auskosten werden, und versprich mir, dass du dein Leben genießen wirst! Lass dir nichts gefallen, Anna. Du bist eine Kämpferin! Du bist stark und du bist wundervoll. Lebe dein Leben! Lass dir nichts davon wegnehmen, auch nicht durch meine Krankheit und auch nicht durch den Tod. Die Zeit, die wir jetzt miteinander verbringen, die kann uns niemand mehr nehmen. Die wird dir bleiben, bis du selber eines Tages gehen musst.«

»Mama«, flüsterte Anna. »Ich liebe dich so sehr!«

»Ich liebe dich auch, Anna. Für immer. Ich werde immer bei dir sein, das verspreche ich dir. Wir beide gegen den Rest der Welt! Ist es nicht so?«

Anna nickte.

»Ja, Mum, das ist so und das war auch schon immer so.«

Jutta genoss die Umarmung.

Dann schob sie ihre Tochter vorsichtig von sich weg, dabei streifte sie Annas Handgelenk.

»Wo ist eigentlich das Armband, das ich dir geschenkt habe? Das mit dem kleinen Herzchen?«

»Das ist zu Hause, ich habe heute Morgen nur vergessen, es anzuziehen.«

»Du vergisst das doch sonst nie. Oder hast du es verloren? Das wäre schade, denn es war dir ja immer so wichtig …«

»Nein, Mama, ich habe es nicht verloren. Es ist da und ich bringe es morgen wieder mit.«
»Das ist gut, mein Schatz, und jetzt lass uns mal gucken, was du mir Leckeres mitgebracht hast, und dann überlegen wir, wie wir es schaffen, mich hier rauszukriegen. Ich habe nämlich nicht vor, länger aus nötig in diesem Krankenhaus zu bleiben. Hilfst du mir dabei?«
»Ja, Mum. Ich helfe dir.«

Simon 2019

Schon lang nicht mehr getanzt mit dir. Im Regen morgens früh um vier. Du fehlst mir und weiß erst jetzt, ich fehl' auch dir.

(Helene Fischer, Sängerin, Tänzerin, Moderatorin und Schauspielerin. Aus ihrem Album: »Schon lang nicht mehr getanzt«.)

Als er ihre Nummer auf seinem Display sah, sprang er auf und schloss die Tür seines Büros.

Es war kurz nach neun und seitdem er vor zwei Tagen vergeblich auf sie in dem Café gewartet hatte, hatte er nichts mehr von ihr gehört.

Er war unglaublich erleichtert, dass sie sich meldete, und beschloss, etwas zurückhaltender zu sein.

»Stefan Heim.« Er war stolz auf sich, dass er sich mit seinem speziellen Anna-Namen meldete.

Keine Fehler. Jeder davon kann dich teuer zu stehen kommen!

»Hier ist Anna.«

Er schwieg und wartete ab.

»Es tut mir leid, dass ich nicht zu unserem Treffen kommen konnte.«

»Ich habe meine gesamte Mittagspause damit verbracht, in einem stickigen Café zu warten.«

Er gab seiner Stimme bewusst einen ärgerlichen Ton.

»Haben Sie mein Armband noch?«

»Selbstverständlich habe ich es noch.«

»Können wir bitte noch ein Treffen ausmachen. Am besten heute noch.«

Sie klang müde und erschöpft.

»Eigentlich habe ich heute keinen Slot mehr, in den ich Sie einschieben könnte …«
»Bitte … ich komme auch überall hin, wo es für Sie bequem ist. Ich brauche das Armband dringend.«
Er musste innerlich grinsen, denn er hörte ihr an, dass sie genau an dem Punkt war, an dem er sie haben wollte.
»Wirklich Anna, das ist sehr unpassend heute.«
Er hörte sie durchs Telefon schniefen.
»Ist etwas passiert?«
»Meiner Mutter geht es nicht gut. Deshalb konnte ich auch nicht zu unserem Treffen kommen. Sie ist zusammengebrochen und im Krankenhaus.«
»Ich verstehe. Nun, ich kann heute am frühen Abend etwas möglich machen …«
»Da wollte ich eigentlich zu ihr …«
»Entweder gegen achtzehn Uhr oder gar nicht mehr heute. Tut mir leid, Anna, aber ich habe noch andere Dinge zu tun, als jungen Mädchen ihre Habseligkeiten hinterher zu tragen.«
»Gut – wo soll ich hinkommen?«
Er machte eine Pause, als würde er darüber nachdenken, dabei hatte er sich den perfekten Treffpunkt längst überlegt.
»Kommen Sie zu dem Parkplatz am Dorint Hotel an der Aachener Straße. Den können Sie gut mit der Bahn erreichen und ich kann da gut stehen bleiben, ohne den Verkehr aufzuhalten.«
»In Ordnung, ich bin um achtzehn Uhr da. Bis nachher.«
»Anna?«
»Ja?«
»Ich warte genau fünf Minuten, wenn Sie nicht pünktlich sind, fahre ich und dann war das auch unsere letzte Verabredung.«
»Ich werde pünktlich sein!«

Sie legte auf und er lächelte sein Telefon an.

Jetzt habe ich dich, kleines Gardemädchen. Ich muss mich ranhalten. Es gibt noch einiges vorzubereiten, aber heute Nacht, da wirst du für mich tanzen!

Sie stand schon auf dem Parkplatz, als er in die schmale Einfahrt einbog.

Er hatte diesen Ort mit Bedacht gewählt.

Mitten in der Woche und so früh am Abend standen kaum Autos in dem kleinen Hof.

Die Fenster des Hotels gingen größtenteils zur anderen Seite hinaus. Hier hinten befanden sich nur der Küchenausgang und der Saunabereich des Hotels.

Er hatte einiges an Vorarbeit leisten müssen.

Den Büro-Tag hatte er frühzeitig abgebrochen und dann war er nach Hause gefahren.

Sophia hatte mit den Mädchen in der Küche gesessen und Steine bemalt. Das war das neueste Hobby seiner Kinder.

Sie liebten es, Steine zu sammeln, sie bunt zu bemalen und anschließend wie Ostereier in den Straßen der Stadt zu verstecken.

Besonders Mia war begeistert von der Idee, dass jemand sich über einen lustigen Stein freuen würde.

Sophia war es gewohnt, dass er immer mal wieder einige Tage auf Geschäftsreisen oder alleine verbrachte, und trotzdem sah er jedes Mal die Enttäuschung in ihrem Gesicht.

Diesmal hatte er ihr von dem dringenden Anruf eines Freundes erzählt.

»Holger geht gerade durch eine schwierige Scheidung und muss sein Haus leerräumen. Da helfe ich ihm bei«, hatte er gesagt.

Sie hatte nur genickt und war schweigend mit ihm nach oben gegangen, um seine Sachen zu packen.
Sie fragte ihn nicht, wie lange er wegbleiben würde, und er schwieg ebenfalls zu diesem Thema.
Er hatte keine Ahnung, wie lange er mit seinem Gardemädchen beschäftigt sein würde, aber er hatte sich vorsichtshalber drei Tage freigenommen.
Zur Not musste er sie eben eine Zeit lang alleine lassen und einen oder zwei Tage zurück nach Köln fahren. So weit war es auch wieder nicht.
Auf seinem Hof war alles vorbereitet.
Darum kümmerte er sich akribisch.
Der Hof und der Bunker mussten jederzeit in Ordnung sein, das war ihm ungemein wichtig.
Mindestens einmal im Monat war er für einen Tag dort und sah nach dem Rechten.
Er konnte es kaum abwarten, Anna dorthin zu bringen.
Langsam steuerte er den Wagen auf sie zu und als er sich auf gleicher Höhe mit ihr befand, beugte er sich über die Kupplung und stieß die Beifahrertür auf.
»Steigen Sie ein, Anna, es ist kalt.«
»Nein, danke, geben Sie mir einfach das Armband, dann können Sie sofort weiterfahren.«
Er hatte mit so einer Antwort gerechnet.
»Ich habe es im Kofferraum. Eine Sekunde.«
Er ließ die Autotür auf ihrer Seite offen und stieg aus.
»Kommen Sie, ich habe es gleich, aber meine Beleuchtung im Kofferraum ist kaputt. Da stimmt irgendetwas mit der Elektronik nicht. Wären Sie so lieb und würden mir mit der Taschenlampe

leuchten. Das Armband ist in meiner Jacketttasche und das liegt hier hinten.«

Er drückte Anna die Lampe in die Hand und sie richtete den Strahl in den Kofferraum.

Verstohlen sah er sich um.

Es war still und dunkel auf dem Parkplatz.

Er stand immer noch neben ihr und nestelte im Kofferraum.

Dann drehte er sich mit einer schnellen Bewegung um und drückte ihr das Tuch mit dem Chloroform ins Gesicht.

Sein Arm umfasste ihren Oberkörper mit einem eisernen Griff.

Sie schrie kurz auf und wandte ihren Kopf ab.

Ihre Finger griffen an seinen Hals.

Er drückte fester, spürte ihren Atem in seiner Hand.

Sie entwickelte eine ungeheure Kraft, stach mit ihrem Zeigefinger in sein rechtes Auge und drückte ihn von sich weg.

Der Schmerz war hell und wild und für einige Sekunden konnte er nichts sehen.

Wut stieg in ihm hoch und er ließ seine Faust in ihr Gesicht schnellen.

Sie sackte in seinen Armen zusammen, ob das jetzt dem Schlag oder dem Betäubungsmittel geschuldet war, konnte er nicht sagen.

Es war ihm auch egal, denn dieser Moment war einer der gefährlichsten für ihn.

Irgendwo wurde ein Rollladen aufgezogen.

Das Geräusch ließ ihn zusammenfahren.

Er warf das Tuch in den geöffneten Kofferraum und schob ihren Körper hinterher.

Sie kam ihm so schwer vor, als er sie über die Kante des Wagens legte.

Er hatte nicht vorgehabt, sie im Kofferraum zu transportieren, aber er wagte es nicht, sie um das Auto herum zu tragen.
Er hatte sich schon viel zu lange in dem Hof aufgehalten.
Er legte sie so zurecht, dass sich ihre Beine angewinkelt unter ihrem Kinn befanden.
Ihre Augen waren geschlossen und sie sah aus wie ein kleines Mädchen, das auf dem Sofa eingeschlafen war.
Fast sanft drückte er den Kofferraum zu.
Für eine Sekunde erlaubte er sich, durchzuatmen, dann ging er schnell um das Auto herum, schloss die immer noch offene Beifahrertür und setzte sich hinter das Steuer.
Der Wagen sprang an und das beruhigende Geräusch des Motors gab ihm Sicherheit.
Ich fahre dich nach Hause, mein Gardemädchen!

Anna 2019

Der Tanz ist ein Gedicht und jede seiner Bewegungen ist ein Wort.
(Mata Hari, 1876 - 1917, holländische Tänzerin, erschossen wegen Spionage für Deutschland)

Sie hatte jegliches Zeitgefühl verloren.
Es war kalt und dunkel in dem Keller, in dem sie sich befand.
Der Mann, der sich Stefan nannte, kam oft und immer tat er ihr sehr weh.
Sie hatte schon drei Mal für ihn tanzen müssen.
Er hatte sie geschlagen, sie mit einem Skalpell geschnitten, bis das Blut hell aus ihr herausfloss, und er hatte sie vergewaltigt.
Das Schlimmste war der Moment, wenn er ihr Blut trank.
Beim ersten Mal war sie so entsetzt gewesen, dass sie zu schreien begonnen hatte.
Sie hatte das Gefühl gehabt, dass er ihren Lebenssaft trank.
Er hatte sie festgehalten und ein großes Glas aus Kristall unter ihren Unterarm gehalten.
Der Schnitt, den er ihr zugefügt hatte, war nicht tief gewesen, aber es floss genug Blut, um das Glas schnell zu füllen.
»Es ist noch warm«, hatte er geflüstert.
Er hielt es an seine Lippen und trank es in großen Zügen leer.
Danach stieß er einen Seufzer aus.
»Du schmeckst fantastisch, Anna!«
Sie schrie so laut, dass er das Glas fallen ließ, und es mit einem dumpfen Geräusch über die kleine Bühne rollte. Es war schwer und zerbrach nicht.

Er hob es auf und mit einer einzigen Bewegung schlug er ihr damit ins Gesicht.
Es war, als hätte jemand das Licht ausgeknipst.
Als sie erwachte, hatte er sie verbunden und in seinen Armen gewiegt.
»Was machst du für Sachen, kleine Anna. Das war doch jetzt nicht nötig ... ich glaube, du bekommst ein blaues Auge ... wie schade.«
Sie hatte sich auf seinem Schoß übergeben.
Noch niemals in ihrem Leben hatte sie einen Menschen so sehr gehasst wie diesen Mann.
All ihre Gedanken waren bei ihrer Mutter.
Sie wusste, dass sie sich furchtbare Sorgen machen würde, und sie wusste auch, dass ihnen die Zeit weglief.
Sie wollte nach Hause zu ihrer Mum und sie wollte jede Sekunde mit ihr auskosten, stattdessen war sie gefangen in einem stinkenden Keller mit einem irren Psychopathen.
Wütend rüttelte sie an den Eisenstäben, die das Bett umgaben, auf dem sie lag.
Keinen Zentimeter gaben sie nach und Anna begann, leise zu weinen.
Ich muss hier rauskommen.
Der wird mich töten.
Sie war sich sicher, dass der Mann sie nicht entkommen lassen würde, und sie war sich auch sicher, dass sie nicht das erste Mädchen war, dass er gefangen hielt.
Sie hatte Spuren von anderen gefunden.
Eine kleine goldene Schelle, die aussah, wie von einem Kostüm.
Und an der groben Wand neben dem Kopfende des Bettes war etwas in den Beton geritzt.

Winzig klein stand da »Hilfe. Janina« mit einer Jahreszahl, die sie aber nicht entziffern konnte.

Als sie das erste Mal diese Worte gelesen hatte, war ihr ein Schauer über den Rücken gelaufen. Es war wie ein Gruß von einer anderen.

Einer, die es nicht geschafft hat?

Anna hatte versucht, etwas aus dem Mann herauszubekommen, aber er sprach kaum mit ihr.

Außer den Anweisungen, die er ihr gab, wenn sie tanzte, oder wenn sie sich selber mit Kabelbindern fesseln sollte, redete er nicht mit ihr.

Wenn er ihr Essen brachte, stellte er es in eine Art Schublade, die er unter dem Gitter durchschob.

Es gab trockene Brötchen. Manchmal eine Suppe. Und jedes Mal eine Banane.

Sie hasste Bananen und sie hatte immer Hunger.

Sie fuhr zusammen, als sie das Geräusch des Schlüssels in der Tür hörte.

Er kommt.

Sie setzte sich aufrecht auf das Bett wie zum Sprung bereit.

Als er in das kleine Zimmer trat, konnte sie ihn riechen und sie spürte, dass sich ihr Magen hob.

Bitte, nicht schon wieder.

»Die Bühne wartet, Anna. Ich habe schon alles vorbereitet.«

»Kann ich danach bitte nach Hause? Sie wissen doch, dass meine Mutter krank ist. Bitte, ich habe nicht mehr viel Zeit mit ihr.«

Er schwieg und schob ihr zwei Kabelbinder durch die Stäbe.

»Erst die Füße, aber mach sie nicht zu eng, sonst kannst du wieder nicht laufen.«

»Sie hat Krebs, das habe ich doch erzählt. Bitte, lassen Sie mich gehen. Ich tanze auch ganz besonders gut heute …«

Er sah ihr zu, wie sie mit einem Kabelbinder ihre Füße verschnürte, dann nickte er und sie streckte beide Hände durch das Gitter.

Geschickt fesselte er sie.

»Zurück bis an die Wand«, bellte er.

Sie wich aus, bis sie den kalten Beton an ihrem Rücken spürte.

»Wenn du Faxen machst, steche ich dich sofort ab. Ich warne dich.«

Sie blickte ihn stumm an und überlegte fieberhaft, was sie tun konnte. Er war immer gut vorbereitet, es gab keine Chance, ihn zu überrumpeln, und resigniert beobachtete sie, wie sich das Gitter hob.

Er zog sie auf die Füße.

Sie schwankte.

Ihr war so kalt gewesen, dass sie die weißen Stiefel ihres Gardekostüms angelassen hatte.

Wie schon tausend Mal zuvor dachte sie über dieses Treffen auf dem Parkplatz nach.

Wie konnte ich nur so blöd sein und mich mit einem fremden Mann an einem so einsamen Ort treffen?

Aber er war ihr zu dem Zeitpunkt gar nicht mehr fremd gewesen.

Sie hatte das Gefühl gehabt, ihn schon lange zu kennen.

Und sie hatte unbedingt das Armband zurückhaben wollen.

Als sie nach dem Abend das erste Mal in der Zelle aufgewacht war, hatte sie sofort ihre blaue Sporttasche gesehen.

Sie hatte sie auf dem Parkplatz dabeigehabt, denn sie wollte an dem Abend noch zur Probe gehen.

Darin war ihr Gardekostüm, die Stiefel, der Hut, weiße Strumpfhosen.
Seit dem ersten Tanz, den sie für den Mann tanzen musste, hatte sie das Kostüm nicht mehr ausgezogen.
Es war schmutzig und voller Blut.
Es roch nach Schweiß und nach ihrer Angst.
Ihn schien das nicht zu stören.
Jetzt schob er sie durch den engen Gang bis zu dem Raum, in dem sie tanzen musste.
Als er die Tür aufstieß, blendeten sie die Scheinwerfer.
Die winzige Bühne war voll ausgeleuchtet.
Alles war wie immer.
Der rote Sessel vor der Bühne.
Die Lautsprecher.
Der Tisch mit den Messern und dem Glas.
Ihr wurde übel.
Ich muss hier raus!
Sie würgte.
»Wenn du kotzt, frisst du es!«
Seine Stimme klang so sicher, dass sie tief Atem holte und den sauren Speisebrei herunterschluckte.
Er schubste sie auf die Bühne und ging zu dem kleinen Mischpult.
Sekunden später dröhnte Karnevalsmusik aus den Boxen.

»Schenk mit heut Nacht dein ganzes Herz und bleib bei mir!
Dann schenk ich dir mein ganzes Herz und zeige dir
Was dir gefällt – na na na na na na na
Die ganze Welt – na na na na na na na
Schenk mir dein Herz
Ich schenk dir meins
Nur die Liebe zählt.«

Anna wusste, was kam.
Sie kannte alle Lieder, alle Texte.
»Steh auf!« Er sprang zu ihr auf die Bühne und schnitt die Kabelbinder durch.
»Los geht's, mein Tanzmariechen! Zeig mir, was du kannst!«
Sie stand schwankend auf, die Bühne, die Lichter, alles drehte sich. Ihr wurde flau und sie spürte, dass ihre Beine unter ihr nachgaben.
Mit einem Satz war er bei ihr und hielt sie fest.
»Was ist los? Hast du nicht genug gegessen? Oder getrunken? Du weißt doch, dass du genug essen musst. Wer nicht isst, kann nicht tanzen. Alte Regel. Komm mal mit … Ich habe was für dich …«
Er klang fast zärtlich, als er sie von den Brettern führte.
»Ausnahmsweise darfst du mal in meinem Sessel sitzen.«
Er drückte sie auf den Samt.
Erst jetzt sah sie auf dem Tischchen mit den Messern und dem Glas eine Schale mit Nüssen.
»Das wird dir guttun. Nüsse sind sehr nahrhaft und geben dir Energie.«
Er schob ihr eine Walnusshälfte zwischen die Lippen.
Sie kaute.
Alles ist besser als das Wasser, was er mir gibt.
Sie vermutete, dass Drogen in dem Wasser waren.

Jedes Mal bevor sie tanzte, gab er ihr davon zu trinken, und jedes Mal passierte etwas mit ihr.

Sie kaute die Nüsse und öffnete den Mund.

»Ah, das schmeckt dir … na gut, dann gibt es Nachschub.«

Er fütterte sie wie ein Kind.

Anna dachte fieberhaft nach.

Ich muss es schaffen. Ich muss hier raus.

Er hatte sich vor sie hingehockt und als er sich das nächste Mal zu den Nüssen beugte und ein paar aus der Schale klaubte, stieß sie ihm mit voller Kraft den rechten Stiefel in die Seite.

Er flog zurück.

Sie griff neben sich und umklammerte das schwere Kristallglas.

»Du Schlampe!«

Er stürzte sich auf sie.

In letzter Sekunde wich sie ihm aus und rollte aus dem Sessel.

Der Stuhl brach unter ihm zusammen.

Er lag für einen kurzen Moment auf dem Bauch, sprang dann aber auf die Knie.

Genau in der Sekunde, in der er sich aufrichten wollte, schlug sie zu.

Das Glas traf ihn direkt an der Schläfe.

Er sackte zusammen.

Sein Gesicht schlug auf den harten Betonboden auf.

Er rührte sich nicht mehr.

Anna stand schwer atmend über ihm.

Die Musik dröhnte.

»Ich trage dich auf Händen
Ich bleib dir ewig treu
Im Zweifel hab ich immer
Nen Zweitschlüssel dabei.«

Sie zitterte.

Und dann kam die Wut.

Das Gefühl nahm ihr die Luft.

Sie sah sich um.

Irgendwo hier hatte er Kabelbinder, das wusste sie, denn nach dem Tanzen hatte er sie jedes Mal wieder gefesselt.

Sie fand sie auf einer der Boxen.

Innerhalb von ein paar Sekunden hatte sie seine Hände und Füße gefesselt.

Sie starrte auf den Mann herunter, der ihr so viel angetan hatte, und sie zögerte.

Ihr Blick huschte zwischen ihm und der Tür hin und her.

Sie strich sich die Haare aus der Stirn und zog den Regler der Musikanlage herunter.

Stille.

Er rührte sich immer noch nicht.

Sie lehnte sich an die Wand.

Und wartete.

Simon 2019

Ich werde mein Leben lang tanzen: Ich möchte sterben, atemlos, verbraucht, am Ende eines Tanzes.

(Josefine Baker, 1906 - 1975, Tänzerin, Sängerin und Schauspielerin)

Das Erste, was er spürte, war der Schmerz im Kopf.

Dumpf.

Dröhnend.

Er versuchte, seine Beine zu bewegen, aber es ging nicht, etwas hielt ihn fest.

Was ist passiert?

Wo bin ich?

Es war still und er fühlte an seiner Wange den rauen Betonboden.

Es roch modrig.

Ich bin im Bunker.

Hektisch wollte er sich aufsetzen.

Er konnte sich nicht abstützen, seine Arme waren hinten an seinen Rücken gepresst.

Vorsichtig zog er die Beine an und rutschte auf seine Knie.

Langsam hob er den Kopf.

Die Bühne.

Der Sessel.

Der Tisch, ohne Messer.

»Bleib genauso, wie du bist, wenn du dich noch einen Zentimeter bewegst, werde ich dir sehr wehtun.«

Die Stimme kam ihm bekannt vor.

Eine Frau, hart und unnachgiebig.

Er versuchte, seine Füße nach vorne zu schieben.

Das Geräusch kam aus dem Nichts, es surrte scharf an seinem linken Ohr, erst dann kam der Schmerz.
Seine Wange platzte und er schrie.
»Das gefällt mir. Habe ich oben im Schuppen gefunden. Wahrscheinlich für die Pferde. Wenn sie an einer Longe gehen, dann treibt man sie damit an. Jetzt treibe ich dich damit an.«
Da war wieder die Stimme.
»Los, heb den Kopf und sieh mich an!«
Er tat, was sie sagte.
Aber er konnte nichts sehen.
Etwas floss in sein linkes Auge und brannte.
»Oh, du blutest, na so was. SIEH MICH AN!«
Er blinzelte.
Roter Nebel vor seinen Augen.
Er hörte ein Tropfen.
Dickes Blut bildete eine kleine Pfütze vor seinen Knien.
Dann sah er sie.
Anna.
Sofort fiel ihm ihr Name ein und mit ihm kamen die Erinnerungen zurück.
Scheiße. Sie hat mich gefesselt.
Wie eine Statue stand sie am anderen Ende des Raums.
In der rechten Hand eine Longierpeitsche, deren Ende locker auf dem Boden lag.
Ihr Gesicht blass und die langen Haare lagen strähnig auf ihren Schultern.
Die weiße Strumpfhose war zerrissen und dreckig.
Das Gardekostüm voller rostroter Flecken.
Er wusste, dass es Blut war.
Sie erschien ihm sehr groß und sehr stark.

Sie wirkte wie eine Göttin auf ihn und war der Inbegriff seiner Träume.

Und sie war gefährlich, das wusste er.

Er fühlte sich schwach.

»Hast du Durst?«

Er nickte.

»Das dachte ich mir. Leg dein Gesicht wieder auf den Boden. Na los!«

Er reagierte eine Sekunde zu spät und sofort war da wieder das Surren und der Schmerz; diesmal auf der anderen Seite seines Gesichtes.

»Lass das«, brüllte er.

»Nein, warum? Hast du aufgehört, als ich dich darum gebeten habe? Ich mache, was ich will, und du gehorchst mir oder es wird noch schlimmer werden. Also: Leg dein Gesicht wieder auf den Boden.«

Er rutschte nach unten.

Hörte ihre Schritte.

Sah die weißen Stiefel neben sich.

An den Absätzen klebte Blut.

Sie stellte ein Wasserglas neben ihm ab.

Er versuchte, seinen Körper näher an das Glas zu schieben.

Surren.

Schmerz.

Sein Rücken.

»Du lernst das noch. Wir haben Zeit.«

Ihre Stimme klang fast sanft.

Die Stiefel entfernten sich aus seinem Sichtfeld.

»Jetzt darfst du trinken.«

Er zog seine Knie neben seinen Körper und setzte sich umständlich.
Die Kabelbinder ließen ihm gerade genug Platz, um das Glas zu greifen.
Es dauerte unendlich lange, bis er es an seinen Lippen spürte.
Gierig leerte er es bis zum letzten Tropfen.
Es schmeckte schal und abgestanden.
»Stell das Glas wieder hin und schieb es von dir weg.«
Er tat, was sie wollte.
Sie klang so bestimmt und selbstbewusst.
»Weißt du, eigentlich wollte ich ja sofort abhauen. Zu meiner Mum. Aber ich finde, ich kann dich nicht einfach hier zurücklassen. Du würdest ja wahrscheinlich weitermachen, oder?«
Er antwortete nicht.
»ODER?«
Surren.
Schmerz.
Seine rechte Schulter.
»Nein.« Er versuchte, den Schmerz wegzuatmen. »Nein, ich würde nichts tun, ich würde dich auch nicht suchen, wirklich nicht.«
Er hörte ihr Lachen.
Glockenklar.
Irgendetwas war komisch.
Er konnte nicht richtig sehen.
Der Raum verschwand immer wieder vor seinen Augen.
Er sah sie an.
Sie lächelte wie ein Engel.
»Anna«, flüsterte er.

»Steh auf! Und mach es lieber, sonst wird es wieder wehtun.«

Diesmal gehorchte er.

Er schwankte, der Raum drehte sich, Farben schienen zu explodieren.

Er hatte einen widerlichen Geschmack im Mund.

Plötzlich war sie neben ihm und packte seinen Arm. Sie zerrte ihn hoch auf die Bühne.

Er wollte sich losreißen, sie wegstoßen, sie schlagen, aber er war nicht in der Lage, sich zu rühren.

Seine Arme und Beine gehorchten ihm nicht.

»Na, komm schon, benimm dich nicht wie ein alter Mann, so schlimm ist es doch nicht.«

Ihre Stimme schien von ganz weit weg zu kommen.

»Habe ich dir zu viel ins Glas getan? Das tut mir leid. Die Tropfen waren oben in der Küche. Ich kenn mich mit dem Zeug nicht aus, ich habe mal dreißig Tropfen genommen … war das too much?«

In seinem Kopf kreiste es.

Die Tropfen.

Scheiße. Sie hat mir die K.-o.-Tropfen gegeben.

»Und jetzt machen wir uns mal Musik. Aber weißt du, all meine schönen Veedel-Lieder sind mir zu schade für so ein Schwein wie dich. Ich will nicht, dass du zu meinen Lieblingsbands tanzt. Ich habe Marschmusik für dich. Das passt doch wunderbar!«

Sie hatte ihn einfach stehen lassen und war zu der kleinen Anlage gegangen.

Ein paar Sekunden später dröhnte der Radetzky-Marsch durch den Raum.

»Im Musikunterricht haben wir gelernt, dass er in einer Revolution komponiert wurde. Das passt doch. Das haben wir ja

gerade auch, eine Revolution. Oder hättest du gedacht, dass du mal auf der anderen Seite der Macht stehst?«
Er hatte Mühe, ihr zu folgen, und schüttelte den Kopf.
Von der Bewegung wurde ihm schwindelig.
»Los jetzt. Mach schon! Tanz!«
Er war nicht in der Lage, seine Beine zu bewegen, und stand wie angewurzelt auf der Stelle.
»Tanz!«
Surren.
Schmerz.
Seine Beine.
Er sprang zur Seite.
»Geht doch und jetzt ein bisschen mehr Rhythmus.«
Er versuchte, die Beine anzuheben und wieder zu senken.
Im Takt der Musik.
Er hörte sie lachen.
»Du siehst aus wie ein Zinnsoldat! Mach mal schneller!«
Surren.
Schmerz.
Sein Gesäß.
Er stöhnte und bemühte sich, den schnellen Takt zu halten.
Er schloss die Augen, öffnete sie aber nach ein paar Sekunden wieder, weil er sie riechen konnte.
Sie war direkt neben ihm.
Marschierte mit ihm mit.
»Kompanie haaaaalt!«
Sie hielt seinen Arm fest.
Er blieb stehen.
Sie baute sich vor ihm auf.
Seine Augen versanken in ihren Augen.

Sie war fast so groß wie er.
In ihrer linken Hand hielt sie das Kristallglas und in der rechten Hand blitzte es.
Eine schnelle Bewegung vor seinem Gesicht.
Schmerz.
Hell.
Tief.
Sein Hals.
Wie in Trance griff er nach seiner Kehle.
Es war warm und klebrig.
Sie stieß seinen Arm weg und hielt das Glas an sein Kinn.
Seine Beine knickten einfach unter ihm weg.
Ein Poltern.
Ihm wurde kalt und er sah die Bunkerdecke über sich.
Seine Lippen bewegten sich, aber es kam kein Ton aus seiner Kehle.
»Was sagst du?«
Ihre Stimme kam von sehr weit weg.
Dann sah er ihre langen Beine, die schmutzig-weiße Strumpfhose, das helle Unterröckchen über dem Samt.
Die goldenen Knöpfe an ihrem Revers.
Der Kragen, die Spitze an ihrem Kragen.
Blutbefleckt.
Triumphierend hob sie die linke Hand an ihren Mund.
Im Glas funkelte es rot.
Das Scheinwerferlicht brach sich in dem Kristall und es schillerte in allen Rotvarianten.
»Es ist noch warm«, sagte sie.

Dann hob sie das Glas an den Mund.

Anna, im November 2019

»Ich kann dich nicht lange glücklich machen«, flüsterte der Schmetterling. »Wenn der Winter kommt, ist mein Tanz zu Ende. Aber ich lege dir eine Erinnerung in deine Seele. Sie wird dich dein Leben lang begleiten.«

(Martina Straten)

Der Wind fegte über den Friedhof und die Bäume ließen die letzten Blätter fallen.

Sie stand schon seit einiger Zeit vor dem kleinen Urnengrab und spürte die Kälte nicht.

Vor ein paar Tagen hatte es das erste Mal richtig gefroren und auch jetzt lagen die Temperaturen kaum über Null.

Es gab noch keinen Grabstein, noch war es die blanke Erde, auf die Anna blickte.

Ihre Mutter war jetzt seit vier Wochen tot und sie vermisste sie mit jedem Tag mehr.

Anfangs hatte sie sich in einer Art Schockstarre befunden.

Jutta war ganz leise gegangen.

Anna hatte ihr an diesem Tag noch einen Grießbrei mit Zimt gekocht und obwohl sie kaum noch etwas bei sich behielt, hatte sie tapfer drei Löffel davon gegessen.

Die Pfleger im Hospiz hatten Anna gut zugeredet, dass sie sich hinlegen und ein wenig ausruhen sollte. In Juttas Zimmer war für diese Zwecke extra ein zweites Bett aufgestellt worden.

Bevor sie einschlief, hatte sie ihrer Mutter eine Gute Nacht gewünscht. Jutta hatte »Schlaf gut, mein Mädchen« geflüstert.

Anna erwachte von einer Hand, die sie sanft an der Schulter berührte. »Deine Mum ist eingeschlafen«, hatte die Schwester gesagt. Anna war für einen Moment verwirrt gewesen, bis sie begriffen hatte, was gemeint war.

Jutta war nicht mehr bei ihr.

Sie war gegangen, als ihre Tochter schlief.

Die Pfleger im Hospiz erklärten ihr, dass das häufig passierte. Solange die Angehörigen wach und im selben Raum mit dem Sterbenden waren, konnte dieser nicht gehen. Die Liebe hielt ihn auf der Erde. Sobald die Menschen, denen er am nächsten stand, den Raum verließen oder einschliefen, entschloss sich die Seele loszulassen.

So hatte es auch Juttas Seele gemacht.

Sie hatte sich auf die große Reise begeben, als ihre Tochter tief und fest eingeschlafen war.

Anna hatte nicht geweint.

Sie hatte all die Dinge gemacht, die man in so einer Situation tun musste.

Sie hatte den Bestatter angerufen, den Sarg ausgesucht, Kleidung für ihre Mutter bereitgelegt, das Grab gewählt, die Versicherungen informiert, das Nachlassgericht aufgesucht.

Sie wollte alles alleine tun und hatte jede Hilfe von Freunden abgelehnt.

Da sie noch nicht volljährig war, hatte sich das Jugendamt eingeschaltet.

Jutta hatte vom Sterbebett aus noch alles in die Wege geleitet. Anna konnte vorerst bei Jennys Familie bleiben.

Dort hatte jeder versucht, sie aufzufangen, aber sie reagierte auf niemanden.

Sie fühlte sich innerlich kalt und starr.

Nur »Angel« reichte an sie heran.

Eine kleine West Highland Terrier Hündin.

Jutta und Anna hatten sie zusammen ausgesucht und seitdem war sie Annas ständige Begleiterin.

»Wenn ich nicht mehr bin, dann wird sie bei dir sein. Sie soll dein Schatten werden und auf dich achten. Und du sollst dich gut um sie kümmern. So gut, wie du dich um mich gekümmert hast«, hatte Jutta gesagt, als der Züchter Anna die Kleine in die Arme gelegt hatte.

»Angel« hatte ihr über die schwerste Zeit ihres Lebens hinweggeholfen.

Sie war einfach da mit ihren schwarzen Knopfaugen, ihrem weichen, weißen Fell und ihrer Lebenslust.

Sie brachte Anna immer wieder zum Lachen und schlief nachts neben ihr im Bett. Wenn sie die Wärme des Hundes spürte, fühlte sie sich geborgen.

Jetzt steckte die kleine Hündin unter ihrer Jacke. Der Kopf schaute am Kragen heraus und manchmal spürte Anna die nasse Zunge an ihrem Kinn.

»Wir gehen gleich, ›Angel‹. Nur noch ein paar Minuten«, flüsterte sie ihr zu.

Sie legte eine rote Rose auf Juttas Grab und für einen kurzen Moment blitzte etwas in ihrer Erinnerung auf.

Rot.

Ein Glas.

Ein Skalpell.

»Tanz!«

Sie drängte es mit aller Macht zurück.

Sie hatte in den letzten Monaten gelernt, dass ihr Gehirn diese zwei Tage, die sie sich in der Gewalt des Mannes befunden hatte, vollkommen ausblenden konnte.

Trotzdem war alles in ihr jederzeit abrufbar.

Als er sich nicht mehr rührte, war sie nach oben gegangen.
Sie hatte ein paar alte Kleider in einem der Schränke gefunden, sich gewaschen und das Blut von ihren Lippen gewischt.
Alle Gegenstände, die ihr gehörten, hatte sie sorgsam in einem Beutel gesammelt.
Auf der Landstraße hatte sie ein Auto angehalten und war zum nächsten Bahnhof getrampt.
Von dort aus mit dem Zug zurück nach Köln.
Jutta hatte vor Erleichterung geweint, als sie im Krankenhaus ankam.
»Wo warst du?«, hatte sie geschrien. »Ich bin fast wahnsinnig vor Sorge geworden!«
Anna hatte ihr erklärt, dass sie Zeit für sich gebraucht hatte.
Selbst die Polizei hatte Verständnis für ihre Überforderung gehabt und die Vermisstenanzeige kommentarlos zurückgezogen.
Sie war wieder da und das zählte.
Man glaubte ihr.
Anfangs hatte sie jeden Tag damit gerechnet, etwas von dem Hof und dem Mann zu hören.
Nach zwei Wochen hatte dann tatsächlich eine Vermisstenmeldung in der Zeitung gestanden.
Er wurde gesucht.
Nach zwei Monaten wurde seine Leiche von Jugendlichen entdeckt, die in dem alten Bauernhof Fotos machen wollten.
Man suchte den Mörder von Simon Berger, fand aber keine Spur, dafür die DNA von drei Mädchen, die seit Jahren als vermisst galten.
Darunter auch genetische Spuren, die niemandem zugeordnet werden konnten. Deshalb vermutete die Polizei, dass es wahrscheinlich noch mehr Frauen gab, die von ihm gefangen

gehalten worden waren. Was mit ihnen geschehen war, blieb im Dunkeln. Die Ermittler hofften, vielleicht zu einem späteren Zeitpunkt noch Treffer in ihren Datenbanken zu finden.
Bundesweit berichteten die Zeitungen und das Fernsehen über den Fall.
Anna wollte nichts davon sehen oder hören.
Trotzdem bekam sie mit, dass man zwei Frauenleichen auf dem Grund eines Sees in der Nähe des Hofes gefunden hatte.
Sie sah Bilder von seiner Frau und den beiden kleinen Mädchen und selbst das berührte sie nicht.
Gut, dass er weg ist, hatte sie gedacht.
Sie wusste, dass er sie getötet hätte, und sie bedauerte keine Sekunde, dass sie ihm zuvorgekommen war.
Niemals würde sie über diese Nacht sprechen, niemandem würde sie je davon erzählen.
Sie vergrub die Erinnerung an den Bunker tief in sich und konzentrierte sich ganz auf ihre Mutter.
Nachdem Jutta gestorben war, hatte es einen kurzen Moment gegeben, in dem sie glaubte, verrückt zu werden.
Sie träumte von Simon und in ihren Träumen watete sie durch Ströme von Blut.
Sie war blass und durchsichtig und sie ertrug keine laute Musik.
Alle schrieben ihr Verhalten dem Tod ihrer Mutter zu, aber sie wusste, dass es der Mann war, der sie an den Rand des Wahnsinns brachte.
Manchmal hörte sie seine Stimme.
»Tanz, mein Funkenmariechen!«
Manchmal hatte sie das Gefühl, ihn zu sehen, irgendwo in den Straßen von Köln.
Und manchmal konnte sie ihn riechen.

»Angel« hielt sie am Leben in dieser Zeit.
Sie brauchte Anna und Anna brauchte den Hund.
Mit einer schier unmenschlichen Anstrengung strampelte sie sich aus diesen Erinnerungen und lebte ihr Leben weiter.
Sobald sie ihr Abitur in der Tasche hatte, wollte sie raus aus der Stadt, die ihr ganzes Leben lang ihre Heimat gewesen war.
Sie wollte studieren.
Psychologie und Sport.
Nur wenige Unis in Deutschland boten den Masterstudiengang an. Anna wollte nach Berlin und nach Abschluss des Studiums Leistungssportler betreuen.
Sie war sich sicher, dass das der richtige Job für sie sein würde.
Sie wollte ein komplett neues Leben beginnen und alles hinter sich lassen.
Sie wusste, dass sie das schaffen würde.
Sie war stark.
Und mutig.
Nur eines wollte sie nie wieder tun:
Sie würde nie wieder ein Gardekostüm tragen und sie würde nie wieder tanzen.
»Angel« wurde unruhig unter ihrer Jacke und sie setzte den Hund auf den Boden.
Die Kleine freute sich und sprang trotz der Kälte bellend um sie herum.
Anna lächelte.
Zügig ging sie auf den Ausgang zu.
Sie drehte sich nicht mehr um.

Danksagung

Liebe Leserinnen und Leser,
eigentlich hatte ich vor, jetzt im November 2020, den dritten Band meiner Serie, um die Hauptkommissarin Franziska Merten herauszubringen. Aber wie bei vielen anderen Menschen änderte »COVID-19« meine Pläne.
Für den dritten Band ist eine aufwendige Recherche-Arbeit nötig und die war im Lockdown nicht möglich.
Also spazierte ich in meiner Fantasie an Orte und Plätze, die ich gut kannte und die ich beschreiben konnte, ohne sie zu sehen.
Im »Blutmariechen« sind sie alle vertreten:
Die Orte, an denen ich aufgewachsen bin.
Die Orte, an denen ich studiert habe, und die Orte, an denen ich arbeite.
Insofern ist es ein sehr persönliches Buch geworden.
Trotzdem sind sämtliche Figuren in meinem Thriller frei erfunden.
Falls es Ähnlichkeiten mit lebenden oder toten Personen gibt, so war das nicht meine Absicht, und es ist rein zufällig passiert.
Mir war es wichtig, auch einmal die Seite des Täters zu zeigen.
Warum wird ein Mensch zu dem, was er ist?
Kann aus jedem von uns ein Killer werden, wenn wir auf die falschen Menschen treffen?
Als Kinder haben wir sicher keine Schuld an dem, was uns widerfährt, aber haben wir nicht auch die Verantwortung, unser Leben als Erwachsene in Ordnung zu bringen?
Oder gibt es Verletzungen und Wunden, die so tief und so abnorm sind, dass das unmöglich ist, und die dafür sorgen, dass man selbst zum Täter wird?

All diese Fragen kann das Buch sicher nicht beantworten, denn es liegt auch in der individuellen Persönlichkeit von Ihnen, liebe Leser, die Antwort darauf zu geben.

Ich mag mein »Blutmariechen« jedenfalls sehr, auch wenn Franziska Merten nur an einer winzig kleinen Stelle vorkommt, die wohl keiner entdecken wird, der die Kommissarin nicht kennt.
Franziska wird bald wiederkommen und darauf freue ich mich.
Aber ich weiß auch, dass es nicht der letzte Solo-Thriller sein wird, den ich geschrieben habe, und auch das fühlt sich für mich gut und richtig an.

Wie immer gibt es Menschen, ohne die dieses Buch nicht möglich wäre.
Meine Freunde und meine Familie, die mich tapfer unterstützt haben, auch wenn ich manchmal während der Schreibphase ungenießbar war.
Allen voran mein Mann, Götz, der mich aushält, mir geduldig den Computer erklärt, und der mir unsagbar viel hilft beim Setzen und Hochladen der Bücher. Danke für alles, mein Schatz!

Meine Tochter Lilith, die so sehr darauf brennt, meine Bücher zu lesen, und die garantiert noch zehn Jahre damit warten muss! Und dabei ist sie so glücklich, jetzt lesen zu können! Ich liebe Dich, kleines Mädchen, und ich würde Dich immer mit Zähnen und Klauen verteidigen!

Meine Eltern:
Mein Vater, der so unglaublich stolz darüber wäre, dass ich jetzt mein drittes Buch veröffentliche. Er hat immer gewusst, dass ich

schreiben muss, und leider nicht mehr erlebt, wie gut das funktioniert.
Meine Mutter, die immer mehr in ihre eigene Welt abgleitet, und die mich trotzdem mit ganz viel Liebe in den Augen ansieht.
Ohne Euch hätte ich das alles nie erreichen können. Meine Liebe und meine Dankbarkeit sind grenzenlos.

Mein Bruder Benjamin, der die besten aller Cover macht! Danke! Du bist großartig und ich bin froh, dass es Dich in meinem Leben gibt.

Meine Lektorin Anna Albrecht, die mich sehr unterstützt hat und die einfach nicht lockerlässt, wenn für sie etwas nicht stimmig ist. Das ist sehr gut so, Anna!

Meine Freundinnen Petra Müller-Lux, Christine Braun, Britta Schneider, Deana Zinßmeister und Dr. Uta Bastian, mit denen ich so wunderbar plotten kann, und die nie von meinen Geschichten gelangweilt sind.

Meine Freundin die Psychologin Stefanie Stahl, die einen Bestseller nach dem anderen schreibt und die mir dieses wunderbare Zitat in ihrer Rezension bei Amazon geschenkt hat. Man kann es hinten auf dem Buchrücken lesen. Danke Steffi, für Deine Begeisterung für meine Bücher!

Meine Vorbilder: Sebastian Fitzek, Arno Strobel, Catherine Shepherd, Dany R. Wood, Sabine Thiesler, Deana Zinßmeister und Peter Prange, die mich immer unterstützt haben und mir alle Fragen beantwortet haben. Durch viele Interviews und sehr persönliche Gespräche mit Euch kann ich lernen und das ist in einer Welt voller Konkurrenzdruck nicht selbstverständlich.

Danke Euch und danke für Eure Geschichten!

Die Autorin Jessika Westen, die ein wunderbares Buch geschrieben hat. »Dance or Die« handelt von der Loveparade-Katastrophe 2010 und es hat mir geholfen, mich in die Welt der Techno-Beats einzufinden. Jessika, das mit dem Kaffeetrinken müssen wir unbedingt noch machen!

Meine Testleser – zehn Stück waren es, die sich ganz viel Mühe gegeben haben und dieses Buch als allererstes lasen.
Und vor allem meine Blogger: Zu einigen von Euch habe ich ein sehr enges Verhältnis entwickelt und das ist wunderbar, denn Ihr gebt mir das beste Feedback und die wertvollsten Ratschläge.
Ein besonderes »Danke« geht an Susanne Barlang von »Susi's Leseecke«, Daniela Latzel von »Dani's Reziseite«, Franziska Becker von »Franzi's Blogsberg« und Stephanie Lippold von den »Zeilenlauschern« fürs Vorablesen!
Stephanie Lippold und Josef Fischer danke ich noch mal »extra«, weil sie meine Multimedia-Experten sind und mich in Dingen unterstützen, von denen ich keine Ahnung habe.

Mein Arbeitgeber »Radio Salü«: Ich weiß, dass dieser Support nicht selbstverständlich ist, und ich freue mich sehr darüber.

Mein Kollege Luciano Falsetti, der mit seiner genialen Stimme meine Videos und Trailer spricht und – zusammen mit meinem Kollegen Angelo Gaudio – auch noch produziert.

Meine Fee Walli, die sich immer so gruselt vor meinen Ideen und die mich trotzdem unerschütterlich unterstützt und sehr stolz auf meine Arbeit ist.

Ich kann gar nicht aufzählen, wem ich alles zu danken habe in so einem Schreibprozess.
Es sind so unglaublich viele Menschen daran beteiligt.
Allen voran aber Sie, liebe Leser.
Ohne Sie wäre das alles nicht, denn Sie lesen meine Bücher mit Begeisterung. Sie empfehlen mich Ihren Freunden und Sie schreiben mir Bewertungen bei Amazon. Und genau das ist sehr wichtig in unserer digitalen Zeit und deshalb würde ich mich freuen, wenn Sie das auch für mein »Blutmariechen« tun würden. Ihre Rezensionen werden mit dafür sorgen, dass immer mehr Figuren in meinem Kopf entstehen, und ich kann Ihnen versprechen, dass da noch ganz viele Geschichten auf Sie warten!

Noch ein Wort zu Lesungen:
Ich liebe das! Gut, das ist ja als Radiomoderatorin eine Art Kernkompetenz von mir.
Wenn Sie möchten, komme ich vorbei und lese aus meinen Büchern.
In Büchereien, Buchhandlungen, Bürgerhäusern, Hotels oder Gaststätten. Wo immer Sie sich das vorstellen können – ich bin dabei.
Schreiben Sie mir einfach eine E-Mail, wir finden ganz sicher einen Termin.

Ich würde mich überhaupt sehr freuen, wenn Sie mir schreiben. Was Ihnen gefallen hat, was Sie besonders mochten und auch was ich verbessern kann. Das hilft mir sehr.
Ihr Feedback können Sie mir an meine Facebookseiten senden oder aber auch per E Mail schicken an:
martina.straten@yahoo.com

Bis ganz bald.

Und hören Sie nie auf zu Lesen!
Ihre

Martina Straten
November 2020

Printed by Amazon Italia Logistica S.r.l.
Torrazza Piemonte (TO), Italy

20197242R00197